DES AILES D'ARGENT

"Actes noirs"

DU MÊME AUTEUR

Dans la série Fjällbacka
LA PRINCESSE DES GLACES, Actes Sud, 2008 ; Babel noir n° 61.
LE PRÉDICATEUR, Actes Sud, 2009 ; Babel noir n° 85.
LE TAILLEUR DE PIERRE, Actes Sud, 2009 ; Babel noir n° 92.
L'OISEAU DE MAUVAIS AUGURE, Actes Sud, 2010 ; Babel noir n° 111.
L'ENFANT ALLEMAND, Actes Sud, 2011 ; Babel noir n° 121.
LA SIRÈNE, Actes Sud, 2012 ; Babel noir n° 133.
LE GARDIEN DE PHARE, Actes Sud, 2013 ; Babel noir n° 158.
LA FAISEUSE D'ANGES, Actes Sud, 2014 ; Babel noir n° 175.
LE DOMPTEUR DE LIONS, Actes Sud, 2016 ; Babel noir n° 206.
LA SORCIÈRE, Actes Sud, 2017 ; Babel noir n° 223 ; Actes Sud audio, 2020.

CYANURE, Actes Sud, 2011 ; Babel noir n° 71.
LA CAGE DORÉE. LA VENGEANCE D'UNE FEMME EST DOUCE ET IMPITOYABLE,
Actes Sud, 2019 ; Actes Sud audio, 2019.
FEMMES SANS MERCI, Actes Sud, 2020 ; Actes Sud audio, 2020.

Jeunesse
SUPER-CHARLIE, Actes Sud Junior, 2012.
SUPER-CHARLIE ET LE VOLEUR DE DOUDOU, Actes Sud Junior, 2013.
LES AVENTURES DE SUPER-CHARLIE. MAMIE MYSTÈRE, Actes Sud Junior, 2015.

Cuisine
À TABLE AVEC CAMILLA LÄCKBERG, Actes Sud, 2012.

Titre original :
Vingar av silver
Éditeur original :
Bokförlaget Forum, Stockholm
© Camilla Läckberg, 2020
Publié avec l'accord de Nordin Agency, Suède

© ACTES SUD, 2020
pour la traduction française
ISBN 978-2-330-13851-6

CAMILLA LÄCKBERG

Des ailes d'argent

La vengeance d'une femme
est douce et impitoyable

roman traduit du suédois
par Rémi Cassaigne

ACTES SUD

pour Karin

I

Deux détenus condamnés pour meurtre se sont évadés tôt ce matin lors d'un transfert. Les deux hommes ont profité d'une halte du fourgon pénitentiaire sur une aire de l'autoroute E4, à la hauteur de Gränna, pour s'enfuir dans la forêt.

Plusieurs patrouilles de police ont été appelées sur place, mais les recherches pour retrouver les fugitifs se sont avérées jusqu'à présent vaines.

D'après la porte-parole de l'administration pénitentiaire Karin Malm, ces hommes ne sont pas considérés comme dangereux.

Aftonbladet, 5 juin.

Faye alluma la Nespresso. Tandis que la tasse se remplissait, elle regarda par la haute fenêtre de la cuisine. Comme d'habitude, la vue lui coupa le souffle.

Cette maison à Ravi était devenue son paradis sur terre. Le village n'était pas bien grand, environ deux cents habitants. Il fallait à peu près cinq minutes pour en faire le tour, et encore, sans se presser. Mais sur la petite place, il y avait un restaurant qui servait les meilleures pâtes et la meilleure pizza du monde. Et c'était plein tous les soirs. Parfois se pointaient de rares touristes, plus nombreux en cette fin mai : cyclistes français enthousiastes ou retraités américains ayant loué un camping-car pour réaliser leur rêve d'Italie, tandis que leurs enfants se désespéraient de les voir profiter de la vie au lieu de garder leurs petits-enfants.

Mais pas de Suédois.

Faye n'en avait pas vu un seul depuis qu'elle avait acheté la maison, et cela avait été un facteur décisif pour elle. En Suède, elle était une célébrité. En Italie, elle voulait rester anonyme, elle en avait besoin.

Sa belle maison ancienne ne se situait pas dans le village à proprement parler, mais à vingt minutes à pied. Perchée en haut d'une colline aux flancs couverts de vignes. Faye adorait aller acheter du pain, du fromage et du *prosciutto crudo*. C'était le cliché d'une vie à la campagne en Italie, et elle en profitait à fond. Comme sa mère Ingrid, comme Kerstin et Julienne. Deux ans déjà que Jack, l'ex-mari de Faye, était en prison. Elles formaient un petit quatuor bien soudé.

Kerstin et Ingrid gâtaient Julienne à qui mieux mieux, et à présent que Kerstin s'absentait de plus en plus, c'était Ingrid qui se chargeait de lui envoyer photos et nouvelles quotidiennes de sa fille.

L'expresso prêt, Faye prit sa tasse et traversa le séjour ouvert sur l'arrière de la maison. Éclaboussures et cris joyeux d'enfant annonçaient une piscine. Elle aimait beaucoup cette pièce. Il avait fallu du temps pour aménager la maison, mais armée de patience et grâce à l'un des plus habiles décorateurs italiens, elle avait obtenu exactement ce qu'elle voulait. Les épais murs de pierre gardaient la fraîcheur même au cœur de l'été, mais l'intérieur était assez sombre. De grands meubles clairs et un éclairage discret y avait remédié. Les vastes fenêtres à l'arrière de la maison laissaient aussi entrer la lumière. Elle adorait la façon dont le séjour se confondait avec la terrasse.

Elle trempa les lèvres dans son café en regardant sa fille et sa mère à la dérobée. Julienne avait tellement grandi, ses cheveux avaient presque blanchi au soleil. Chaque jour, de nouvelles taches de rousseur apparaissaient, elle était belle, en pleine santé, heureuse. Tout ce que Faye souhaitait pour elle. Tout ce qu'une vie sans Jack avait rendu possible.

"Maman, maman, regarde, je sais nager sans flotteurs !"

Faye sourit avec une mine ahurie pour montrer à sa fille combien elle était impressionnée. Julienne nagea en petit chien vers l'extrémité la plus profonde de la piscine, laborieusement, mais sans ses flotteurs Bamse abandonnés sur le bord. Ingrid suivait nerveusement des yeux sa petite-fille, mi-assise, mi-debout, prête à plonger à la rescousse.

"Ne t'inquiète pas, maman, elle gère."

Faye but une autre gorgée de café en s'avançant sur la terrasse. Sa tasse était presque vide, elle aurait mieux fait de prendre un cappuccino.

"Elle s'obstine à rester dans le grand bain, dit la mère de Faye, l'air un peu désespérée.

— Pour ça, elle tient de sa mère.

— Oui, merci, j'étais au courant !"

Ingrid rit et Faye fut frappée de constater, comme tant de fois au cours des deux dernières années, combien sa mère était belle. Malgré ce que la vie lui avait fait subir.

Les seules personnes à savoir Ingrid et Julienne en vie étaient Faye et Kerstin. Pour le reste du monde, elles étaient mortes toutes les deux. Julienne tuée par son père, un crime pour lequel Jack purgeait une peine de prison à perpétuité en Suède. Il avait failli détruire Faye. L'amour qu'elle éprouvait pour lui avait fait d'elle une victime. C'était pourtant lui qui s'était retrouvé le dindon de la farce.

Faye rejoignit sa mère et s'assit près d'elle dans un fauteuil en rotin. Ingrid ne quittait pas Julienne des yeux, sur le qui-vive.

"Tu es obligée de repartir ? demanda-t-elle sans lâcher sa petite-fille du regard.

— Le lancement de la filiale aux États-Unis approche à grands pas, et le travail ne manque pas pour préparer l'émission de nouvelles actions. Il y a aussi la négociation à Rome : si j'arrive à conclure un accord, cette société sera un important atout pour Revenge. Le propriétaire, Giovanni, veut vendre, il s'agit juste de le convaincre que mon offre est la meilleure. Mais comme tous les hommes, il se surestime grossièrement."

Le regard de sa mère passa avec inquiétude entre Faye et Julienne.

"Je ne comprends pas pourquoi tu continues à travailler autant. Tu possèdes 10 % de Revenge, et avec tout ce que t'ont rapporté tes actions, tu n'as plus besoin de lever le petit doigt jusqu'à la fin de tes jours."

Faye haussa les épaules, finit son expresso et posa la tasse sur la table en rotin.

"Bien sûr, une partie de moi aimerait bien rester ici avec vous. Mais tu me connais. Je mourrais d'ennui au bout d'une semaine. Et quel que soit le nombre de mes parts, Revenge est mon bébé. Je préside toujours le conseil d'administration. En plus, je me sens une énorme responsabilité à l'égard de toutes les femmes qui sont entrées dans le capital, ont investi et possèdent aujourd'hui des actions de Revenge. Elles ont pris un risque pour moi, pour l'entreprise, et je veux continuer à la diriger. Ces derniers temps, j'ai même songé à racheter des parts supplémentaires, si certaines souhaitaient vendre. Dans tous les cas, elles feraient une bonne affaire.

Sa mère se leva un peu quand Julienne fit demi-tour au bout de la piscine.

"Oui, oui, la sororité, tout ça, dit-elle. Je n'ai peut-être pas la même vision que toi de la loyauté entre femmes.

— Les temps ont changé, maman. Les femmes se serrent les coudes. En tout cas, Julienne est OK pour que je fasse un saut à Rome, on en a parlé hier.

— Tu sais que je te trouve très douée ? Tu sais que je suis fière de toi ?"

Faye prit la main d'Ingrid.

"Oui, je sais, maman. Prends soin de cette petite fripouille, qu'elle ne se noie pas, je serai bientôt de retour."

Faye s'approcha du bord de la piscine, où Julienne haletait, alternant brasses et tasses.

"Salut, chérie, j'y vais !

— Sal…"

Julienne but la tasse en essayant de saluer de la main tout en nageant. Du coin de l'œil, Faye vit Ingrid se précipiter vers la piscine.

Dans le séjour, ses bagages l'attendaient, et la limousine qui devait la conduire à Rome était sans doute déjà arrivée. Elle souleva sa belle valise Louis Vuitton pour que les roulettes ne rayent pas le parquet sombre et brillant et se dirigea vers la porte. En passant devant le bureau de Kerstin, elle la trouva penchée sur son ordinateur, ses lunettes comme toujours au bout du nez.

"Toc, toc, j'y vais…"

Kerstin ne leva pas le regard, elle avait une profonde ride d'inquiétude entre les yeux.

"Tout va bien ?"

Faye avança d'un pas dans la pièce et posa sa valise.

"Je ne sais pas…, fit lentement Kerstin, les yeux toujours rivés sur son écran.

— Tu m'inquiètes, là. Un problème avec la nouvelle émission d'actions ? Ou c'est la filiale aux États-Unis ?"

Kerstin secoua la tête.

"Je ne sais pas encore.

— Il faut que je m'inquiète ?"

Kerstin tarda à répondre.

"Non… pas encore."

Une voiture klaxonna dehors, et Kerstin lui désigna la porte.

"Allez, vas-y. Va régler l'affaire à Rome. On parlera plus tard.

— Mais…

— Ce n'est sûrement rien."

Kerstin lui adressa un sourire rassurant, mais en poussant la lourde porte en bois, Faye ne put se défaire de l'impression qu'il se passait quelque chose, quelque chose de grave. Mais elle allait arranger ça. Il le fallait. Elle était comme ça.

Elle prit place sur la banquette arrière, fit signe au chauffeur de démarrer et ouvrit la petite bouteille de champagne qui l'attendait. Tandis que la voiture roulait vers Rome, elle sirota pensivement sa flûte.

Faye examina son visage dans le miroir de l'ascenseur. Trois hommes en costume appréciaient la scène. Elle ouvrit son sac à main Chanel, fit la bouche en cœur et appliqua lentement son rouge à lèvres Revenge. Elle rejeta une mèche blonde derrière son oreille et revissa le bouchon gravé d'un "R" au moment où l'ascenseur atteignait le lobby. Les hommes s'écartèrent pour lui céder le passage. Ses pas retentirent sur le sol de marbre blanc, et l'air nocturne agita sa robe rouge quand le concierge lui tint les portes vitrées ouvertes pour la laisser passer.

"Taxi, *signora* ?" demanda-t-il.

Elle secoua la tête en souriant et, sans ralentir l'allure, prit le trottoir sur la droite. La circulation était bloquée. Les voitures klaxonnaient, les chauffeurs juraient par leurs vitres baissées.

Elle profitait pleinement du luxe d'être seule dans une ville où elle ne connaissait pas grand monde, et où personne ne pouvait rien exiger d'elle. Être libre, sans responsabilités, sans comptes à rendre. Le rendez-vous avec Giovanni, le propriétaire de la petite entreprise familiale de cosmétiques qui allait compléter la ligne de produits Revenge, avait été un succès éclatant. Dès lors que Giovanni avait constaté que ses techniques de domination masculine ne suffiraient pas à la faire plier à ses conditions, elle avait pris le dessus.

Faye adorait le jeu de la négociation. Le plus souvent, ses interlocuteurs masculins commettaient l'erreur de sous-estimer sa compétence pour la simple raison qu'elle était une femme. Quand ils devaient s'avouer vaincus, il y avait chez eux deux types de réaction. Ceux qui sortaient du rendez-vous bouillants de rage, avec une haine des femmes encore plus profondément ancrée. Et ceux qui aimaient ça ; que son assurance et son habileté excitaient, qui quittaient la réunion avec une bosse dure dans le pantalon et l'invitaient à dîner.

La ville frémissait dans l'air tiède du soir. Faye savait que celle-ci allait combler ses désirs. Elle se promenait sans but. Tout pouvait arriver, pourvu qu'elle laisse son corps vibrer au pouls de la ville.

Elle allait bientôt devoir remettre son masque, jouer le rôle qui était devenu le sien dans son pays natal. Mais ce soir, elle pouvait être qui elle voulait. Elle continua jusqu'à une belle place pavée. Elle s'enfonça au hasard dans le labyrinthe des ruelles.

Il faut se perdre pour se retrouver, songea-t-elle.

Un homme sortit de l'ombre, lui proposa ses marchandises en chuchotant d'une voix rauque. Faye secoua la tête. Une grande porte baignée par la lumière jaune des réverbères s'ouvrit doucement et un couple qui attendait dehors entra.

Faye s'arrêta et regarda alentour avant de se diriger vers la porte refermée. Une petite sonnette. Au-dessus : une caméra. Elle pressa le bouton, tendit l'oreille, mais n'entendit aucune sonnerie. La serrure finit par cliqueter et la porte s'ouvrit. Elle découvrit une pièce immense pleine de gens élégants assemblés dans un tintement de verres entrechoqués. En face, une baie vitrée donnait sur une magnifique terrasse.

Au loin, les ruines du Colisée brillaient tel un vaisseau spatial échoué.

Dans un grand miroir au cadre doré, elle voyait des silhouettes sans visage, bien habillées, qui conversaient par petits groupes derrière elle. Les femmes étaient jeunes, belles et maquillées avec goût, vêtues de robes courtes et élégantes. Les hommes en général un peu plus âgés, mais portant beau, dégageant le calme et la confiance en soi que donne souvent la richesse. Des bribes de conversations en italien lui parvenaient. Aussitôt vidés, les verres étaient remplis.

Un peu plus loin, un jeune couple s'embrassait. Fascinée, Faye était incapable d'en détacher les yeux. Ils étaient jeunes, peut-être dans les vingt-cinq ans. Il était grand, d'une beauté typiquement italienne, avec une seyante barbe de trois jours, un nez marqué et des cheveux noirs coiffés d'une raie de côté. Elle portait une luxueuse robe ivoire qui lui moulait les hanches et mettait en valeur sa taille fine. Ses cheveux brun foncé étaient attachés.

Ils semblaient si amoureux qu'ils ne pouvaient s'empêcher de se toucher. Il n'arrêtait pas de glisser ses longs doigts à l'intérieur des cuisses bronzées de son amie. Faye sourit. Quand son regard rencontra celui de la jeune femme, elle ne baissa pas les yeux, mais continua calmement à observer le couple. Elle porta son whiskey sour à ses lèvres. Elle avait été amoureuse, elle aussi. Mais l'amour l'avait étouffée, avait fait d'elle une masse veule dans une cage dorée.

Faye fut soudain tirée de ses pensées par la jeune fille qui s'était approchée.

"Mon fiancé et moi voudrions vous inviter à boire un verre avec nous, dit-elle en anglais.

— Vous n'avez pourtant pas l'air de chercher de la compagnie, s'amusa Faye.

— La vôtre, si. Vous êtes très belle."

Elle s'appelait Francesca, était née à Porto Alegre, sur la côte brésilienne, travaillait comme mannequin et peignait. Lui se nommait Matteo, sa famille possédait un empire hôtelier, il peignait lui aussi, mais pas aussi bien que Francesca, expliqua-t-il avec un sourire timide. Ils étaient adorables et polis. Leur joie de vivre et leur insouciance étaient contagieuses : ils la firent rire. Faye se laissa entraîner et but encore deux verres. Elle était éblouie par leur beauté, leur jeunesse et leur amour, sans éprouver la moindre jalousie. Elle ne cherchait pas à avoir un homme. Elle voulait mener sa propre vie, sans égard pour les autres. Mais elle adorait les voir ensemble.

Au bout d'une heure, Matteo s'excusa et s'éloigna en direction des toilettes.

"Nous allons bientôt y aller, dit Francesca.

— Moi aussi, je rentre chez moi demain matin.

— Voulez-vous nous accompagner chez nous pour continuer la soirée ?"

Faye soupesa la proposition sans détourner le regard. Elle pourrait toujours récupérer le manque de sommeil pendant le voyage du retour. Elle ne voulait pas que la soirée se termine, pas encore. Elle était encore curieuse d'eux.

Le taxi freina devant un immeuble cossu. Matteo paya, ils descendirent et un concierge en uniforme leur ouvrit. L'appartement était au dernier étage, avec de grandes baies vitrées et un balcon donnant sur un beau parc. Les murs étaient ornés de photographies noir et blanc. En les examinant de près, Faye remarqua que plusieurs d'entre elles représentaient Francesca. Les baffles déversèrent bientôt une sorte de musique pop italienne. Derrière elle, Matteo préparait des cocktails sur un chariot à liqueurs, et Francesca racontait à Faye une histoire qui la fit éclater de rire comme ça ne lui était pas arrivé depuis bien longtemps.

Faye s'installa sur un gigantesque canapé crème à côté de Francesca. Matteo leur tendit leurs cocktails avant de s'asseoir de l'autre côté de Faye. L'ivresse lui faisait agréablement tourner la tête, la rumeur qui montait de la rue l'apaisait tout en l'emplissant d'une excitation fébrile.

Francesca posa son verre sur la table basse, se pencha vers Faye, écarta doucement du bout des doigts la fine bretelle de sa robe rouge et l'embrassa sur la clavicule. La chaleur l'envahit par vagues. Matteo tourna la tête de Faye vers lui, ses lèvres s'approchèrent, mais il dévia au dernier moment : sa bouche lui frôla le cou, il lui huma la nuque avant de l'embrasser. Francesca lui caressa doucement la cuisse, remonta, mais s'arrêta au dernier moment pour lui taquiner le creux des reins. C'était comme dans un rêve.

Ils la déshabillèrent d'abord, puis se mirent nus.

"Je veux vous voir tous les deux, chuchota Faye. Ensemble."

Elle revit le visage de Jack. Elle repensa à toutes les fois où il avait parlé d'inviter une autre femme à les rejoindre. Faye avait refusé. Pas parce que l'idée ne l'attirait pas, mais parce qu'il était chaque fois tellement évident qu'il ne s'agissait que de son plaisir à lui. Avec Francesca et Matteo, c'était différent.

Faye était là pour eux deux. Non qu'ils se soient lassés l'un de l'autre, mais leur amour et leur désir étaient si puissants qu'ils débordaient et pouvaient accueillir une personne de plus. Et elle jouissait de cette situation.

Faye gémit quand Matteo la pencha au-dessus de Francesca et la pénétra par-derrière. Elle plongea son regard dans les yeux de la Brésilienne, écarquillés devant les coups de boutoir de son fiancé. La bouche de Francesca était entrouverte, elle le dévisageait intensément.

"J'aime te voir la baiser, mon chéri", chuchota-t-elle à Matteo.

Pour eux, Faye n'était qu'un instrument pour renforcer leur union. Mais en même temps, elle avait son rôle à jouer.

Quand elle fut sur le point de jouir, Matteo se retira. Leurs corps en sueur s'enlaçaient pêle-mêle sur le canapé profond. Faye n'avait jamais rien connu d'aussi intime que de participer au plaisir de ces deux belles personnes amoureuses. Elle frémit lorsque Francesca se colla contre elle. Sans se quitter des yeux, elles se hissèrent à quatre pattes au bord du canapé, reins cambrés. Matteo se trouvait derrière elles. Il pénétra d'abord Francesca, puis Faye, passant de l'une à l'autre. Enfin, Faye jouit. Elle poussa un cri. Matteo ne pouvait plus se retenir, sa respiration se fit plus lourde.

"En elle", haleta Francesca

Faye le sentit durcir avant d'exploser.

Après, ils allèrent s'étendre sur le grand lit de la chambre voisine. Étroitement enlacés, ils partagèrent une cigarette, hors d'haleine. Faye régla l'alarme de son portable, essaya de dormir, mais renonça au bout d'une demi-heure. Elle s'extirpa précautionneusement du lit sans réveiller le couple. Ils bougèrent un peu dans leur sommeil et se serrèrent dans les bras l'un de l'autre sur la place chaude laissée par Faye.

Nue, elle se servit du champagne et sortit avec sa coupe et la bouteille sur le balcon. La rumeur et les lumières de la ville l'enveloppèrent. Elle s'installa sur une chaise longue, les pieds sur la rambarde. Une chaude brise d'été caressa son corps, frémissant, chatouillé. Mais ce qui aurait dû être un instant parfait fut gâché par le souvenir de l'expression du visage de

Kerstin devant son écran d'ordinateur, dans son bureau, juste avant son départ. Il n'y avait pas grand-chose qui puisse ébranler Kerstin. C'était un roc contre lequel les autres rocs étaient réduits en poussière. Quelque chose n'allait pas.

Faye sirotait pensivement son champagne, tandis que ses pensées s'agitaient dans son esprit. Tant de choses pouvaient mal tourner au sein d'une grosse société comme Revenge, avec les grandes manœuvres en cours. Beaucoup d'argent, de gros investissements, de gros profits, mais aussi de gros risques. Rien n'était assuré. Rien n'était gravé dans le marbre. Faye était bien placée pour le savoir.

Elle se retourna vers le beau couple étendu sur le lit. Leur sourit. Pour l'heure, elle ne voulait pas penser à la mine soucieuse de Kerstin, à tout ce qui l'attendait. Elle voulait autre chose.

"Maman !"

Julienne se précipita vers Faye et sauta dans ses bras, trempée.

"Ne cours pas sur les dalles ! lança Ingrid depuis un des fauteuils en rotin.

— Tu es toute mouillée, maman ! s'inquiéta Julienne en voyant la tache humide sur le chemisier de Faye.

— Ça ne fait rien, ma chérie. Ça séchera. Mais dis-moi, tu es sortie de la piscine depuis mon départ ?

— Nan, pouffa Julienne. J'ai dormi dans la piscine et aussi mangé dans la piscine.

— Ça alors, je croyais avoir une petite fille, et en fait c'est une petite sirène !

— Oui ! Comme Ariel !

— C'est ça, comme Ariel."

Faye caressa les cheveux mouillés de sa fille, qui commençaient à virer au vert.

"Je monte défaire ma valise, je reviens vite", lança-t-elle à Ingrid, qui se contenta de hocher la tête avant de retourner à son livre.

Visiblement, elle faisait davantage confiance à Julienne dans la piscine.

Une fois dans sa chambre, Faye se dépêcha de se débarrasser de son chemisier mouillé et de ses vêtements de voyage, et enfila une tenue décontractée en coton. Elle poussa sa valise dans le dressing. Paola, sa femme à tout faire, la déferait plus tard.

Incapable de résister, Faye s'allongea sur le lit, mains jointes derrière la tête, pour s'accorder un moment de détente. Le souvenir de ce qui s'était passé à Rome dessina un sourire sur ses lèvres. Elle bâilla, tellement lasse – elle n'avait littéralement pas fermé l'œil de la nuit. En revanche, elle avait dormi pendant tout le voyage de retour. Elle ne voulait pas risquer de s'assoupir maintenant, mais elle maîtrisait désormais l'art de prendre quelques minutes de repos total pour repartir avec une énergie renouvelée. Le truc était de résister à l'envie de fermer les yeux : elle promena son regard autour d'elle, attentive autant aux détails qu'à la vue d'ensemble.

Sa chambre était une oasis. Tonalité claire là aussi, blanc vif mêlé de bleu adouci. Des meubles élancés et élégants, rien de lourd. Rien de comparable avec le bureau massif qu'elle avait offert à Jack uniquement parce qu'il avait appartenu à Ingmar Bergman. Jack adorait ça. Les effets de manche. Avoir matière à fanfaronner. Pouvoir faire faire le tour du propriétaire à ses invités en mentionnant, l'air de rien, que ce bureau devant lequel ils venaient de passer avait appartenu au grand réalisateur.

Faye contempla avec satisfaction son élégant bureau clair. Il n'avait jamais appartenu à un sale type autoritaire et suffisant ayant tout au long de sa vie trompé et exploité des femmes. Il n'avait jamais appartenu qu'à elle. Sans le poids du passé. Il lui ressemblait : Faye s'était libérée de sa propre histoire. Recréée elle-même.

Elle se redressa et balança les jambes par-dessus le bord du lit. L'inquiétude provoquée par les paroles de Kerstin la reprit. Elle ne pouvait plus remettre à plus tard. Ayant trouvé le bureau de Kerstin vide, elle la supposa dans sa chambre. Kerstin allait souvent faire une sieste l'après-midi. Faye n'oubliait jamais qu'elle n'était plus toute jeune, elle avait franchi la barre des soixante-dix ans. La seule pensée que Kerstin ne serait pas toujours à ses côtés la faisait suffoquer. La perte de son amie Chris ne lui avait que trop rappelé que rien ni personne n'était éternel. Et pourtant, à l'époque, la mort faisait déjà partie de sa vie depuis bien trop longtemps.

Elle frappa à la porte de la chambre de Kerstin.

"Tu dors ?

— Non !"

Kerstin se redressa, mal réveillée, quand Faye entra. Elle attrapa ses lunettes sur la table de nuit, le regard embué de sommeil.

"Bien dormi ?

— Je ne dormais pas, insista Kerstin en se levant et en lissant son pantalon. Je me reposais juste un petit moment."

Faye fronça un peu le nez en sentant les lourds parfums qui flottaient dans la chambre de Kerstin. Depuis que, lors d'un voyage, elle avait rencontré Bengt, en poste au consulat de Suède à Mumbai, elle s'était mise à passer de plus en plus de temps en Inde. Elle s'était engagée dans un foyer pour enfants à qui elle apportait toujours quantité de produits de première nécessité. Le problème était qu'elle revenait toujours avec des tonnes de bibelots indiens. De temps à autre, elle tentait de descendre un coussin ou un plaid à franges dorées sur le canapé du séjour, mais Paola avait des instructions strictes : toutes les choses de ce genre devaient illico être remontées dans la chambre de "Ms Karin". Elles avaient très vite renoncé à enseigner à l'ombrageuse Italienne comment prononcer *Tcheerrstinn*, et *Karin* avait paru un compromis plus simple.

"Bengt te manque ?"

Kerstin pouffa et chaussa une paire de pantoufles sagement rangée au pied du lit.

"À mon âge, on ne se manque pas. C'est, comment dire… différent quand on vieillit.

— Tu parles, sourit Faye. Paola a cafté : « *Ms Karin has much nicer underwear now.* »

— Mais enfin, Faye !"

Kerstin rougit jusqu'au cou, et Faye ne put résister à l'envie de la prendre dans ses bras.

"Je suis si contente pour toi, Kerstin. Mais j'espère qu'il ne va pas t'accaparer à plein temps, on a besoin de toi.

— Aucun risque, je me lasse de lui au bout d'un moment."

Le sourire de Kerstin ne remonta pas tout à fait jusqu'à ses yeux.

"Viens, allons dans mon bureau. Il faut que je te montre quelque chose."

Elles descendirent l'escalier en silence. À chaque marche, Faye sentait son cœur se serrer un peu plus. Quelque chose n'allait pas. Vraiment pas.

Kerstin s'assit à son bureau et alluma l'ordinateur qui se mit à ronronner. Faye s'installa dans un des deux grands fauteuils chippendale placés en face. Même si l'interdiction de la déco sari valait aussi pour le bureau de Kerstin, Faye avait pensé à elle en l'aménageant. Hormis sa récente passion pour tout ce qui était indien, Kerstin avait un grand amour dans la vie : Winston Churchill. Faye avait donc veillé à ce que son bureau ait un style anglais classique, avec une touche de modernité. Et le clou était une gigantesque photo du Vieux Lion trônant au mur dans son cadre.

Kerstin tourna l'écran de l'ordinateur vers Faye, qui se pencha pour essayer de voir clair dans la masse tremblante de chiffres qui s'affichait. Elle était parfaitement compétente dans ce domaine, mais c'était Kerstin qui s'était révélée être la véritable connaisseuse des arcanes du monde des affaires. Derrière elles, Winston les toisait avec sévérité. Faye évita de regarder le cadre : elle avait l'impression que ce vieux bonhomme la jugeait, et ce n'était pas le moment.

"Bon, tu sais que je me charge de surveiller l'action Revenge, surtout maintenant que tu es accaparée par le développement de la filiale aux États-Unis et l'ouverture du capital. Avant ton départ pour Rome, deux parts ont été vendues. Et là, encore trois autres.

— Le même acheteur ?"

Kerstin secoua la tête.

"Non, mais je ne peux pas m'empêcher de penser que tout a l'air synchronisé.

— Tu crois que quelqu'un essaie de prendre le contrôle de Revenge ?

— Peut-être, dit Kerstin en regardant par-dessus ses lunettes. J'ai bien peur que ça nous pende au nez."

Faye se cala au fond du fauteuil. Son corps était tendu, la moindre de ses veines gorgée d'adrénaline. Elle s'efforça de garder son calme, même si ses pensées partaient en vrille. Il était trop tôt pour émettre des hypothèses. Ce dont elle avait le plus besoin pour l'heure, c'était de faits.

"Qui vend ?

— Je t'ai imprimé une liste."

Kerstin poussa une liasse de documents vers Faye. Kerstin la connaissait bien. En affaires, elle voulait toujours lire les informations critiques imprimées, et pas seulement sur un écran. Elle compenserait autrement la déforestation.

"Je ne comprends pas... Qu'elles vendent...

— Pas le temps de faire du sentiment. Il faut commencer par évaluer la situation, tu dois te plonger là-dedans pendant que je continue de creuser. On sera furieuses plus tard. Pas maintenant. On ne peut pas se permettre de gaspiller notre énergie."

Faye hocha lentement la tête. Elle savait que Kerstin avait raison. Il était pourtant difficile de ne pas spéculer : qui, parmi les femmes à qui elle avait fait confiance, vendait à présent ses parts ? Dans son dos ?

"Je veux qu'on regarde tout ensemble. De A à Z."

Kerstin hocha la tête.

"Allons-y."

Leurs yeux se croisèrent, puis Faye consulta les documents. Son ventre se serra. Elle n'avait rien vu venir. Et c'était ce qui l'inquiétait plus que tout.

La maison était silencieuse. Tout le monde était allé se coucher. Sauf Faye. Elle était plongée dans la liste, récapitulait, encore et encore. Essayait de rassembler ses idées.

Les chiffres dansaient devant ses yeux. Elle était fatiguée, découragée, un sentiment qu'elle n'avait plus éprouvé depuis longtemps, pas depuis Jack, et qu'elle détestait violemment. Des pensées interdites s'immisçaient. Et s'il était trop tard ? Et s'il n'était plus possible de sauver Revenge ? Et si, en baissant la garde ces deux dernières années, elle avait laissé entrer l'ennemi incognito ? Elle ne pourrait jamais se le pardonner. La faiblesse était quelque chose qu'elle avait laissé derrière elle. Avec Jack. Elle lui en avait légué le fardeau, qu'il portait désormais en prison, avec son uniforme mal taillé.

Faye reposa la liasse de documents. Penser à cette trahison la minait. Les noms des femmes qui avaient vendu des parts lui étaient tous connus. Leurs visages défilaient, des femmes à qui elle avait présenté l'idée d'où était né Revenge. Des femmes qu'elle avait convaincues et qui avaient décidé de croire en son projet, de croire en elle. Pourquoi personne ne lui avait rien dit ? Toutes ces histoires de sororité, du vent ? Sauf pour elle ?

Faye frotta ses yeux irrités de fatigue et jura quand des résidus de mascara s'y collèrent. Faye cligna frénétiquement des paupières et fila dans la salle de bains se démaquiller. Elle était de toute façon trop fatiguée pour quoi que ce soit ce soir, elle accusait le contrecoup de l'aventure de la veille : sans une bonne nuit de sommeil, elle ne serait bonne à rien, autant pour Revenge que pour elle-même.

Alors qu'elle avait écarté la couette pour se glisser entre les draps craquants en coton égyptien, elle s'interrompit. Elle se tourna vers la porte, le manque était physique. Elle sortit sur le palier sur la pointe des pieds. La porte de la chambre de Julienne restait toujours entrouverte, sinon elle n'arrivait pas à dormir. Faye la poussa délicatement et se faufila à l'intérieur. Une petite veilleuse en forme de lapin luisait doucement au milieu de la pièce. Juste assez de lumière pour chasser tous les fantômes. Sa fille dormait sur le côté, dos tourné. Ses longs cheveux blonds se répandaient sur l'oreiller. Doucement, très doucement, Faye se glissa contre Julienne. Elle écarta ses cheveux pour s'allonger derrière elle. Julienne gémit un peu dans son sommeil et bougea à peine, sans se réveiller, même quand Faye passa son bras autour d'elle. Millimètre par millimètre, elle se colla plus près de Julienne, jusqu'à plonger son nez dans ses cheveux qui sentaient la lavande et le chlore.

Faye ferma les yeux. Ses tensions se relâchèrent et le sommeil prit le dessus. Là, sa fille dans les bras, elle savait qu'elle était obligée de tout faire pour sauver Revenge. Pas pour elle-même. Mais pour Julienne.

FJÄLLBACKA – JADIS

Même si je n'avais que douze ans, j'avais l'impression de tout connaître de la vie. L'existence à Fjällbacka était si prévisible. Toujours la même alternance entre dix mois de calme plat et deux mois de chaos estival. Tout le monde connaissait tout le monde, et les mêmes touristes revenaient été après été. À la maison non plus, rien ne changeait jamais. Nous courions comme le hamster dans sa roue, en rond, en rond sans aucune chance d'avancer. Sans que rien ne doive jamais changer.

Je savais donc à l'avance, quand nous nous sommes mis à table pour le dîner, que ce serait un de ces soirs. J'avais senti l'odeur d'alcool de papa dès mon retour de l'école.

Je détestais et en même temps j'adorais notre maison. C'était la maison où maman avait grandi. Elle l'avait hérité de ses parents, et tout ce que j'aimais dans cette maison venait d'elle. Elle avait fait de son mieux. C'était coquet et douillet, tout ce qu'on associe à un foyer heureux. La table en bois usée qui datait du temps de grand-mère et de grand-père. Les rideaux en lin blanc que maman avait cousus elle-même – elle était douée pour la couture. Le dicton encadré, brodé au point de croix, que grand-mère avait reçu de son arrière-grand-mère en cadeau de mariage. L'escalier bancal et branlant usé par les pas de plusieurs générations, avec sa grosse corde en guise de rampe. Les petites pièces, avec leurs fenêtres blanches à croisées. J'aimais tout ça.

Ce que je détestais, c'étaient les traces de papa. Les entailles de couteau sur le plan de travail de la cuisine. Les marques dans le bois de la porte du séjour, qu'il faisait à coups de pied dans ses accès de rage alcoolique. La tringle légèrement tordue depuis la fois où papa avait tiré sur le rideau pour l'enrouler autour de la tête de maman, jusqu'à ce que Sebastian prenne son courage à deux mains et les sépare de force.

J'aimais la cheminée du salon. Mais les cadres sur son rebord étaient une pure provocation. Les photos de famille que maman y avait placées, images souriantes de papa et d'elle, de mon grand frère Sebastian et de moi. J'aurais voulu les arracher de là, mais en même temps, je ne voulais pas rendre maman triste. C'était pour nous qu'elle essayait d'entretenir ce rêve. Une fois, elle y avait ajouté une photo de son frère. Mais en voyant le portrait d'oncle Egil, papa avait été furieux. Pendant que maman était à l'hôpital, il avait fait disparaître la photo.

J'avais mal au ventre en attendant que tout explose. Comme toujours.

Plusieurs heures après mon retour de l'école, papa était toujours dans son fauteuil défoncé devant la télévision même pas allumée, tandis que le niveau de sa bouteille de vodka Explorer descendait de plus en plus vite. Maman aussi savait. Je le voyais à ses gestes inquiets, tremblants. Elle avait particulièrement soigné le dîner, avec tous les plats favoris de papa. Épaisse tranche de lard avec de la purée de pois, des oignons frits et des pommes de terre. Tarte aux pommes avec de la crème fouettée très épaisse.

Aucun de nous autres n'aimait le lard à la purée de pois, mais nous savions qu'il faudrait quand même tout finir. En même temps, nous étions conscients que ça ne servirait à rien. Le point critique était déjà dépassé, comme une bascule au-delà de son point d'équilibre et qui ne peut plus que plonger.

Personne ne disait rien. Nous avons mis le couvert en silence, les jolies assiettes avec des serviettes que j'ai pliées en éventail. Papa ne faisait jamais attention à ces détails, mais nous laissions toujours maman croire que ça arrangerait peut-être les choses. Qu'il verrait comme nous avions tout bien préparé, les bons petits plats que maman avait cuisinés, qu'il serait dans une certaine mesure touché par ces attentions et s'abstiendrait. Tout simplement s'abstiendrait. Laisserait la bascule rebondir jusqu'à son point d'équilibre. Mais il n'y avait rien en lui qui puisse être touché, ému. C'était vide. Désert.

"Gösta, le dîner est prêt."

La voix de maman tremblait un peu. Elle s'efforçait de paraître gaie. Elle a doucement passé la main sur sa coiffure. Elle s'était faite belle. Avait attaché ses cheveux, mis un chemisier et un joli pantalon.

Nous nous sommes bientôt attablés, chacun à sa place. Maman a servi à papa la quantité exacte de lard qu'elle savait qu'il voulait. Avec la proportion exacte de purée de pois, de pommes de terre et d'oignons frits. Papa a regardé son assiette. Longtemps, bien trop longtemps. Nous savions tous les trois ce que cela signifiait. Moi, maman, Sebastian.

Nous sommes restés figés, figés dans la prison où nous vivions, Sebastian et moi, depuis notre naissance. Maman depuis qu'elle avait rencontré papa. Nous étions figés tandis que papa fixait son assiette. Puis lentement, comme au ralenti, il a pris une grosse poignée de nourriture. Lard, pois, oignons et pommes de terre. Il avait réussi à attraper un peu de tout dans sa grosse pogne. De l'autre main, il a tiré sur les cheveux de maman, sur le chignon avec lequel elle s'était si longtemps débattue. Puis il lui a étalé la nourriture sur le visage. Doucement, soigneusement, il l'a tartiné.

Maman n'a rien fait. Elle savait que c'était le mieux. Mais quoi qu'elle fasse, Sebastian et moi nous doutions que, ce soir, ça ne servirait à rien. Son regard était trop froid. La bouteille était trop vide. Sa main serrait trop fort le chignon. Nous n'osions pas la regarder. Ni nous regarder.

Papa s'est levé lentement. A tiré maman de sa chaise. J'ai vu les restes de lard et de purée de pois sur son visage. Du four montait le parfum de sucre et de cannelle de la tarte aux pommes que papa adorait. J'ai passé en revue tout ce qu'il allait pouvoir faire. Toutes les parties du corps qu'il pouvait choisir d'attaquer. Peut-être réviserait-il ses gammes. Les bras, déjà cassés à cinq reprises. Les jambes, deux fois. Les côtes, trois. Le nez, une.

Non. Papa était visiblement dans une veine créative, ce soir. De toute la force de son bras musclé, il a cogné le visage souillé de maman contre la table. Ses dents contre le rebord. Nous les avons entendues se casser. Un éclat de dent a failli m'entrer dans l'œil, intercepté de justesse par mes cils avant de tomber dans mon assiette. Dans la purée de pois.

Sebastian a sursauté, sans pour autant lever les yeux.

"Mangez", a craché papa.

Nous avons mangé. Du bout de ma fourchette, j'ai écarté le bout de dent de maman.

"Du café ?

— Non merci. Mais volontiers encore un peu de champagne et du vin rouge.

— Pour moi un café, merci."

Kerstin prit le gobelet que lui tendait l'hôtesse de l'air, qui partit ensuite chercher ce qu'avait commandé Faye.

"Qui ça peut bien être, à ton avis ? s'inquiéta Faye.

— Impossible de le savoir. Et ce serait une perte de temps et d'énergie d'essayer de le deviner.

— Je ne comprends pas comment j'ai pu être aussi naïve. L'idée ne m'avait même jamais effleurée que les autres actionnaires puissent vendre leurs parts sans m'en parler d'abord."

Kerstin haussa un sourcil.

"Je t'avais prévenue qu'il était risqué de céder une trop grande partie de l'entreprise.

— Oui, je sais, dit Faye, frustrée, cherchant des yeux l'hôtesse qui tardait à revenir avec ses bouteilles. Ça me semblait la meilleure solution, à l'époque. Avec Jack, Julienne, le procès, les médias, tout ça. Et la mort de Chris. J'ai garanti le capital et je croyais qu'en tant que présidente du conseil d'administration je garderais le contrôle.

— En affaires, il ne faut jamais croire, commenta Kerstin.

— Je sais que tu adores dire : « Je te l'avais bien dit », mais est-ce que tu pourrais la mettre un peu en veilleuse ? Parlons d'autre chose, là. Ça me stresse d'être coincée dans cet avion sans pouvoir rien faire ni rien savoir avant les réunions de demain. J'ai déjà ruminé tout le week-end, ça suffit."

L'hôtesse revint avec une petite bouteille de champagne et une autre de vin rouge. Faye lui remit en échange les deux bouteilles vides qu'elle avait sur sa tablette. Elle ouvrit d'abord les bulles, puis plaça la bouteille de rouge sortie du réfrigérateur entre ses cuisses pour la réchauffer.

"Santé, hein ? lâcha sèchement Kerstin en trempant les lèvres dans son café tandis que Faye remplissait son verre.

— Écoute, on n'a pas de réunion avant demain. Alors j'ai l'intention de noyer mes soucis dans l'alcool sans avoir mauvaise conscience. Et d'ailleurs, tu ne devrais pas boire, toi qui as peur en avion ?

— Merci de me le rappeler, j'avais justement réussi à penser à autre chose. Non, si je dois mourir, je mourrai lucide.

— C'est complètement idiot. Et inutile. Quand je mourrai, je veux être bourrée. Et en prime, je ne cracherais pas sur ce petit pilote entre mes cuisses…"

Faye haussa un sourcil en indiquant de la tête un des pilotes sorti du cockpit pour échanger quelques mots avec une hôtesse. Il avait l'air d'avoir la trentaine, brun, un sourire charmeur et des fesses longuement sculptées en salle de gym.

"Tu sais, je crois qu'il vaut mieux laisser notre pilote se concentrer sur son vol plutôt qu'aller s'envoyer en l'air avec lui dans les toilettes de l'avion."

Kerstin semblait nerveuse, et Faye rit.

"Du calme, Kerstin, c'est justement pour ça que Dieu a inventé le pilote automatique…

— Pour que le pilote puisse coucher avec ses passagères ? J'en doute."

Faye finit son champagne, ouvrit la bouteille de rouge et la versa dans le même verre.

Elle aimait Kerstin, mais les occasions qui lui rappelaient le fossé des générations ne manquaient pas. Chris aurait été exactement sur la même longueur d'onde qu'elle, elle aurait ri avec elle, l'aurait peut-être encouragée au point de prendre au sérieux sa saillie au sujet du pilote. Depuis leur rencontre à Sup de Co, Chris avait toujours été là pour Faye. Elle l'avait guidée, protégée, avait été sa plus grande fan – et sa critique la plus sincère. Faye portait toujours son bracelet

FUCK CANCER en souvenir de Chris et de ce qu'elle avait perdu.

Kerstin lui tapota la main. Comme d'habitude, son amie voyait bien quand elle se mettait à penser à Chris.

Faye se racla la gorge.

"Il faudra attendre quelques jours avant que les appartements que nous avons repérés soient disponibles à la location, dit-elle. On logera au Grand Hôtel en attendant.

— Sûr qu'on n'y manquera de rien", répliqua sèchement Kerstin.

Faye sourit. C'était sûr, en effet.

"Je pense parfois aux premiers temps après mon divorce, reprit-elle. Quand j'étais en pension chez toi. À ces soirées où, après dîner, on échafaudait des plans pour Revenge.

— Tu étais une fantastique source d'inspiration, dit Kerstin en lui tapotant à nouveau la main. Et tu l'es encore."

Faye dut chasser des larmes en se retournant vers le cockpit. Le pilote était à nouveau sorti pour échanger quelques mots avec une des hôtesses. Faye leva son verre dans sa direction et reçut un léger sourire en réponse.

Quelques minutes plus tard, le pilote annonça qu'il fallait se préparer pour l'atterrissage. Le personnel de cabine ramassa les déchets et vérifia que les sièges et les tablettes étaient bien relevés et les ceintures attachées.

Kerstin s'agrippa si fort à ses accoudoirs que ses phalanges blanchirent. Faye lui prit la main. La caressa doucement.

"La plupart des accidents ont lieu au décollage et à l'atterrissage", haleta Kerstin.

Les roues de l'appareil rebondirent bientôt sur la piste et Kerstin serra tant la main de Faye que ses bagues lui scièrent la peau. Mais Faye demeura impassible.

"On s'est posés, dit-elle. C'est fini."

Kerstin poussa un soupir et lui adressa un pâle sourire.

Une fois l'avion stationné, elles rassemblèrent leurs bagages et s'avancèrent dans l'allée. Le personnel se tenait à la sortie pour remercier et saluer les passagers. Le pilote croisa le regard de Faye, qui lui glissa discrètement sa carte

de visite. Il lui fit un sourire chaleureux – elle espéra secrètement qu'ils avaient le droit d'emporter leur uniforme à la
maison.

Quand elles eurent pris leurs chambres au Grand Hôtel de Stockholm, Kerstin monta se reposer. Faye envisagea de descendre réserver une séance au spa, mais constata qu'elle était trop sur les nerfs et décida d'aller plutôt faire un tour au bar Cadier.

Elle s'installa devant le zinc tout en longueur et regarda autour d'elle. La clientèle était principalement constituée d'hommes d'affaires aux costumes coûteux, aux cheveux clairsemés et aux ventres alourdis par les déjeuners d'affaires. Les femmes elles aussi avaient des tenues de luxe, et Faye énuméra les marques qu'elle identifiait d'un simple coup d'œil : Hugo Boss, Max Mara, Chanel, Louis Vuitton, Gucci, et quelques rares aventurières qui se risquaient à porter du Pucci. Emilio Pucci signifiait "riche, mais rebelle" : Faye avait elle-même dans sa garde-robe un grand nombre de vêtements de ses dernières collections.

Aujourd'hui, elle avait cependant choisi une tenue plus sobre. Un pantalon slack Fürstenberg et un chemisier en soie Stella McCartney. Crème. Du prêt-à-porter. Des bracelets *Love* de chez Cartier. Elle sursauta en s'apercevant qu'à côté de son bracelet FUCK CANCER elle avait encore celui que Julienne lui avait fabriqué : des perles multicolores enfilées sans aucune logique. Elle se dépêcha de l'enlever et le fourra dans sa poche. Un instant, elle avait oublié que tout le monde en Suède pensait Julienne morte.

"Qu'est-ce que ce sera ?"

Un jeune barman blond la regardait attentivement. Elle commanda un mojito, un des cocktails préférés de Chris. Elle revit son amie touillant son verre avec son air malicieux avant de lui raconter sa dernière aventure – dans le monde des affaires ou avec un jeune minet.

Le barman se retourna et, avec des gestes élégants, entreprit de préparer le cocktail dans un long verre. Faye sortit son ordinateur, déplia l'écran et l'alluma. Elle n'avait aucune prise sur les ventes massives d'actions avant le lendemain et pouvait donc aussi bien continuer à travailler à la création de la filiale américaine, comme si de rien n'était. Cela l'apaiserait.

Le travail avait toujours eu cet effet sur elle. Rétrospectivement, elle ne comprenait pas comment Jack avait pu la convaincre d'abandonner ses études et sa carrière. Pour errer comme une âme en peine entre les quatre murs de leur maison, ou perdre son temps à des déjeuners sans intérêt ponctués de conversations ineptes. Cette vie l'avait-elle jamais rendue heureuse, avant que tout s'effondre ? Ou se l'était-elle seulement imaginé ? Parce qu'on ne lui avait pas donné d'autre choix ? Parce que Jack avait fait d'elle une potiche ?

Jack l'avait brisée comme personne d'autre. Mais elle avait pris sa revanche, bâti une entreprise prospère et détruit la sienne. Le meilleur ami de Jack, son associé Henrik Bergendahl, entraîné dans sa chute, avait dû tout recommencer à zéro. Enfin… avec quelques millions sur son compte en banque et une grande villa à Lidingö, la plupart n'appelleraient pas ça "recommencer à zéro".

Au début, Faye l'avait plaint. Il avait toujours été aimable avec elle, et son seul tort était d'être l'associé de Jack. Mais elle savait qu'il trompait sa femme, Alice, depuis toujours et, au fond, il n'y avait pas de si grande différence entre lui et Jack : ils avaient tout au long de leur vie traité les femmes comme des produits consommables.

Henrik s'était bien vite remis en selle : sa société d'investissement remportait de grands succès et sa fortune était désormais supérieure à ce qu'elle était à l'époque de Compare. Elle n'était pas jalouse de sa réussite, mais ne s'en réjouissait pas non plus. S'il n'avait pas si mal traité Alice, elle aurait peut-être éprouvé une pointe de compassion pour l'avoir écrasé au passage. Mais à présent, ça ne l'empêchait pas de dormir.

Le barman posa le mojito devant elle avec un sourire. Elle paya.

"Comment tu t'appelles ?" demanda Faye, avant d'aspirer une gorgée avec sa paille.

Pour elle, cette saveur était tellement associée à Chris.

"Brasse.

— Brasse ? Abréviation de… ?

— Rien du tout. C'est mon prénom.

— OK, ça mérite une explication. D'où vient ce nom ?"

Il répondit tout en agitant un cocktail.

"C'était l'idée de papa. Le match Suède-Brésil. Mondial 1994. *Brasse,* comme *Brasil.*

— 1994 ? Attends voir, alors tu as…

— Vingt-cinq ans", coupa un homme assis à côté d'elle.

Faye se tourna vers lui et le toisa rapidement de la tête aux pieds. Costume gris. Hugo Boss. Chemise blanche. Bien repassée. Rolex en platine à cadran bleu, dans les trois cent mille couronnes, portée à gauche. Cheveux blonds, fournis. Soit de bons gènes, soit une visite discrète dans une clinique spécialisée. Un physique assez quelconque, mais il s'entretenait. Un club de sport d'Östermalm, supposa-t-elle. Il était du genre à aimer les arts martiaux.

"Je sais, je fais plus jeune, dit Brasse tout en versant un cocktail dans une poupée russe.

— Majeur et vacciné", le taquina Faye.

L'homme à côté d'elle rit.

"Pardon ? s'agaça-t-elle. Je peux vous aider ?

— Non, non, je ne veux pas vous déranger…"

Brasse fila à l'autre bout du bar pour prendre des commandes. Faye se tourna vers l'homme en costume gris qui lui tendait la main.

"David, dit-il. David Schiller."

Elle lui prit la main avec réticence.

"Faye.

— Joli nom. Inhabituel."

Elle vit à son regard qu'il avait fait le rapprochement.

"Vous êtes…

— Oui", fit-elle sèchement.

David saisit le signal, car il ne commenta pas davantage. Il désigna plutôt son ordinateur de la tête.

"Vous travaillez beaucoup, je suppose que c'est la clé du succès. Moi-même, j'ai rendez-vous avec un ami dans un moment.

— Bon, et vous travaillez dans quoi ?"

Faye écarta son ordinateur. Pour flirter, elle aurait préféré Brasse, mais, de toute façon, elle n'arrivait pas à se concentrer sur son travail. Elle pouvait aussi bien passer le temps en bavardant avec un inconnu.

"La finance. C'est cliché, je sais. Un type de la finance qui sirote un gin tonic au bar Cadier.

— Un peu cliché, en effet. Ou non. Très cliché.

— Pathétique même, si on veut être honnête."

Il lui sourit et son apparence changea. Une seconde, il fut presque mignon.

"Incroyablement pathétique, dit-elle en se penchant en avant. Et si on jouait au loto de la finance ? Pour voir combien j'en mets dans le mille ?

— Allez-y, fit-il, amusé, une lueur dans le regard.

— OK, je commence simple." Elle fronça légèrement le front. "BMW ? Non, non, Alfa Romeo !

— Bingo !"

Il sourit à nouveau, et Faye ne put se retenir de sourire elle aussi.

"Mhh. Le Grill du Théâtre au moins une, non, deux fois par mois ?

— Bingo !

— Maintenant, la question est si vous habitez un appartement ou une villa. Östermalm ou Djursholm. Ou peut-être Saltis ? Oui, je dirais une villa à Saltis.

— Encore bingo, vous êtes incroyable.

— Oui, c'est vrai, mais jusqu'ici, c'était évident. Passons au niveau supérieur…"

Faye finit son verre et David fit signe à Brasse.

"Vous voulez la même chose ?

— Non, là, j'aimerais essayer ce cocktail poupée russe."

Brasse hocha la tête et se lança dans la préparation.

"J'espère que je n'ai pas ruiné ce qui aurait pu être le début d'une merveilleuse histoire d'amour."

David montra Brasse de la tête.

"Bah, de toute façon, je commence à me lasser des garçons de vingt-cinq ans, dit Faye. Trop lisses et enthousiastes.

— Lisses et enthousiastes..."

David éclata de rire. Faye aimait vraiment son rire.

"Allez, continuez les devinettes. Jusqu'à présent, vous avez été brillante. C'est juste un peu inquiétant que je sois tellement dans le cliché.

— Mh, voyons... Vous faites du sport, bien sûr. Un sport de combat ? En salle ?

— Bingo ! Là, j'avoue, je suis un peu impressionné.

— Quel sport de combat ?

— Jiu-jitsu brésilien.

— Évidemment. Bon, quoi d'autre ? Vous avez essayé le padel l'an dernier et maintenant vous êtes complètement mordu ?

— Bingo.

— Mais votre femme, elle, continue à faire du tennis au Court royal. Quand elle ne monte pas à cheval."

David haussa légèrement un sourcil.

"Bingo. Et re-bingo. Aïe, arrêtez, maintenant, je suis sur les charbons ardents, ça commence à sentir le roussi, je suis cuit."

Faye sourit en coin.

"Et quelle marque de barbecue vous utilisez ?"

David secoua la tête et se cacha le visage dans les mains en simulant la honte.

"Un Summit S-670 GBS, au gaz.

— Tout est dit."

Faye se fit servir son cocktail, qu'elle goûta du bout des lèvres. Un SMS illumina le téléphone de David.

"Mon rendez-vous est là, sur la véranda. Ravi de vous avoir rencontrée... Faye."

Quand il fut parti, elle se tourna vers son ordinateur, qu'elle rapprocha. Contre toute attente, David l'avait mise de bonne humeur, et elle pouvait à nouveau se concentrer sur son travail.

Un message s'afficha à l'écran. De Kerstin. Faye allait porter son cocktail à sa bouche, mais s'arrêta net. Un paquet d'actions Revenge venait encore d'être racheté. Elle referma son ordinateur et demanda l'addition. Sa bonne humeur s'était envolée.

Le café était une lavasse brûlée, comme d'habitude chez AKV – expertise comptable. Les locaux eux-mêmes étaient exigus et sombres, les murs couverts de rayonnages de dossiers pleins à craquer. Pour la société sans papier, ce n'était pas encore ça. Faye et Kerstin avaient pourtant choisi de se réunir là plutôt que dans les bureaux de Revenge, nettement plus chics : pour le moment, il était sage de ne pas afficher que l'entreprise traversait des turbulences. Un peu comme l'image qu'avait accrochée au mur Örjan Birgersson, l'expert-comptable de Revenge : un canard qui nageait calmement, mais qui, sous la surface, ramait comme un fou. Exactement comme se sentait Faye.

"Encore un peu de café ?" proposa avec enthousiasme Örjan.

Faye et Kerstin agitèrent vigoureusement la tête. Accepter une tasse par politesse, soit, mais deux, ce serait suicidaire.

"Alors, qu'est-ce que vous en pensez ?"

Faye se pencha en tentant de déchiffrer l'expression d'Örjan. Il était petit et grisonnant, avec de fines lunettes cerclées de métal. Ses yeux étaient vifs, et il manifestait toujours un enthousiasme disproportionné dès qu'il était question de chiffres, d'indicateur clé, de débit et de crédit.

"C'est sûr, c'est compliqué", répondit-il gaiement.

Faye entendit ses dents grincer.

Pour elle, c'était une question de vie ou de mort. Pour elle, Revenge était un être vivant, de chair et de sang, qui respirait. Chris continuait à vivre à travers Revenge. Julienne faisait partie de Revenge. Kerstin. Toutes ces femmes dont les blessures et les cicatrices avaient formé le socle fondateur de Revenge. Toutes, elles vivaient à travers l'entreprise. Mais certaines à présent en menaçaient aussi l'existence.

"Kerstin a tout à fait raison. Quand on regarde ces acquisitions en détail, on devine une régularité : tout porte à croire qu'il s'agit d'un seul et même acheteur.

— Est-ce que vous pouvez voir qui se cache derrière ? Le dénominateur commun ?"

Faye, qui venait de prendre une gorgée de café, fit la grimace. Elle reposa sa tasse pour ne pas réitérer cette erreur.

"Pas encore, ça prendra du temps. Celui qui rachète les actions, individu ou société, sait ce qu'il fait. La meilleure image serait une pelote de laine : un fouillis de sociétés dont il aurait été difficile de déceler qu'elles dissimulaient un seul et unique acheteur si elles n'avaient pas suivi un même schéma. C'est ce qui les a trahies. Ce que Kerstin, encore une fois, a très habilement remarqué."

Il fit un clin d'œil à Kerstin. Faye le regarda avec stupéfaction. Kerstin ne semblait pas du tout apprécier.

"Faites de votre mieux pour en tirer tout ce que vous pouvez. Au plus vite", lâcha-t-elle de son ton le plus strict.

Örjan ne parut pas le remarquer, car il continua ses œillades.

"Certainement, Kerstin, certainement. Chez AKV, nous faisons toujours de notre mieux et, sans vouloir me vanter, je suis un des meilleurs du secteur. Je me souviens par exemple de la fois où nous avons été chargés de la défense de…

— Quelle est notre situation ?" le coupa Faye.

Elle savait d'expérience que les histoires de l'expert-comptable étaient interminables et d'un ennui mortel pour qui se trouvait forcé d'écouter.

"Ça ne se présente pas très bien.

— Ça, on avait compris, mais il nous faut des précisions."

Faye entendait le ton cassant de sa voix, mais le stress et l'impatience s'y mélangeaient. C'était une femme d'action, elle voulait agir, mais si elle ne disposait pas de tous les faits pertinents, sa marge de manœuvre serait fortement réduite. Pour riposter, il lui fallait savoir contre qui, et comment.

"Vu la dernière acquisition, hier, mon impression est que l'acheteur ne cherche plus à dissimuler qu'un rachat de la société est en cours : il estime qu'à l'heure qu'il est, la sonnette d'alarme a été tirée."

Faye grommela, et Kerstin posa une main sur son bras pour l'apaiser. Personne ne lui prendrait ce qui lui appartenait. Personne ne lui prendrait ce qu'elle avait construit au prix de tels risques, de tels sacrifices.

Elle avait intégré la société de Chris à Revenge quand elle en avait hérité après sa mort. Cela signifiait qu'on cherchait aussi à lui enlever ce que Chris avait bâti. Et si elle était sûre d'une chose, c'était bien de cela : si elle le pouvait, Chris reviendrait de l'au-delà l'étrangler à mains nues pour avoir laissé faire une chose pareille. Faye ne pourrait plus dormir que d'un œil.

"Trouvez qui se cache derrière ça. Et imprimez-nous tout ce que vous avez compilé, qu'on l'emporte avec nous."

Faye se leva, Örjan parut déçu. Il regarda Kerstin qui se leva elle aussi, prit son sac et lissa sa jupe.

"Je comprends que vous soyez très occupées en ce moment, mais il faut bien manger, alors je me demandais si…"

Il regarda à nouveau Kerstin qui, prise de panique, pinça la cuisse de Faye.

Faye se racla la gorge.

"Nous n'avons pas le temps de manger maintenant, mais vous avez mon numéro. Appelez dès que vous avez du nouveau.

— Naturellement. Mais je crois que ça va être difficile pour vous, les filles, de démêler tout ça. Vous devriez peut-être engager une équipe de consultants de chez McKinsey ? Ils ont des types doués.

— Non merci."

Faye sortit en claquant la porte.

"Je vais remplacer Örjan, dit-elle quand elles furent dans le taxi. Il faudra recruter quelqu'un d'autre."

Kerstin hocha la tête.

"J'avais compris dès l'instant où il nous a appelées « les filles »."

Le taxi s'arrêta devant la porte à tambour dorée du Grand Hôtel. Elles en descendirent.

"On déjeune ?"

Faye prit son sac à main et son manteau tout en regardant Kerstin.

" J'ai quelques trucs à vérifier tout de suite. Ça te dérange de manger seule ?

— Non, ça va aller, j'ai aussi pas mal de boulot à abattre. Mais on se voit à deux heures ? Dans ma chambre ? Il va falloir se retrousser les manches.

— D'accord, à deux heures, c'est bien."

Kerstin passa la première la porte tournante, Faye dans le compartiment suivant. Elle jeta son manteau sur son autre bras pour pouvoir sortir sa clé de son sac à main et sursauta en sentant son manteau tiré en arrière. Elle se retourna et vit qu'il s'était coincé dans le tambour.

"Putain de bordel de merde !"

Elle chercha à dégager son manteau, mais il était complètement bloqué. Le concierge quitta son pupitre pour se précipiter à son secours, mais n'arriva à rien non plus. Il s'excusa d'une mine contrite et fila chercher de l'aide pendant que Faye continuait à tirer.

Quelqu'un frappa contre la vitre. C'était David, l'homme rencontré la veille au bar.

"Reculez d'un pas, que je puisse débloquer la porte. Inutile de tirer sur le manteau.

— J'avais remarqué" pesta Faye.

Elle recula. David essaya de pousser la porte, une embrasure se forma et elle parvint à extraire le manteau. Le portier, qui arrivait avec le concierge, parut soulagé.

David lui sourit.

"C'est réglé, tant mieux.

— Vous alliez faire une petite partie de padel à l'heure du déjeuner ?" persifla-t-elle.

Elle aurait dû être reconnaissante, elle le sentait bien, mais il avait l'air tellement content d'avoir pu jouer les chevaliers blancs.

"Non, j'allais déjeuner tout seul quelque part dans le coin. Vous avez mangé ?

— Non, répondit-elle en se mordant aussitôt la langue.

— Vous alliez manger ?

— Oui. Ou plutôt non. Il faut que je travaille un peu, je comptais prendre quelque chose…

— Très bien, déjeunons ensemble, alors. Ici, ou ailleurs ?

— Ici."

Faye se mordit à nouveau la langue. Qu'est-ce qui lui prenait ? Elle n'avait même pas envie de déjeuner avec cet homme-là. Mais de toute façon, elle aurait du mal à se concentrer sur son travail après le rendez-vous chez l'expert-comptable, alors autant reprendre sérieusement des forces.

"Le buffet. Et c'est vous qui invitez."

Il lui adressa à nouveau son fameux sourire.

"Vendu.

— Je vous préviens. Je suis chère à l'entretien. Je mange comme un bûcheron. Et je bois du champagne comme une épouse de luxe qui vient de se faire larguer pour une secrétaire.

— Pas de problème. J'ai les moyens."

Il commença à gravir le tapis rouge et se retourna pour l'interroger du regard. Elle soupira et le suivit.

"Tenez, écoutez, pas question de vous laisser m'inviter. C'est pour moi."

David haussa les épaules.

"À vous de voir. Mais je vous avertis. Moi aussi, je suis cher à l'entretien.

— Moi aussi, j'ai les moyens", répondit Faye.

Mais la question était de savoir pour combien de temps encore.

"Tu ne veux pas quand même goûter une huître ? Une petite ?"

Kerstin considéra Faye avec dégoût.

"Je ne sais pas combien de fois tu m'as demandé ça. Est-ce qu'il m'arrive de te répondre autre chose ? Non.

— C'est très bon, je t'assure."

Faye pressa du citron sur une huître et ajouta une petite cuillère de vinaigre à l'échalote.

"Vraiment, tu ne sais pas ce que tu rates.

— Je préfère la nourriture quand elle est préparée. Comme ce homard, par exemple. On ne s'obstine pas à le manger cru."

Kerstin saisit une des moitiés de homard sur le grand plateau de fruits de mer qui se trouvait devant elles. Le Sturehof bondé vibrait d'éclats de rire, de tintements de couverts, tandis que le personnel en élégantes vestes blanches ornées de décorations dorées manœuvrait souplement entre les tables.

"Pourtant tu aimes le hareng, non ?

— Mais il n'est pas cru, il est… tiens, zut, comment il est, ce hareng ? Mariné ? En conserve ? Pas cru, en tout cas.

— Si tu le dis…

— Tais-toi et mange tes fruits de mer. Sinon, je prends aussi ton demi-homard.

— Je te le laisse, je n'ai pas très faim après ce déjeuner."

Faye se cala au fond de son siège et but une gorgée de vin. Au grand dam du serveur, elle avait commandé une bouteille d'amarone. Visiblement, on ne buvait pas ça avec des fruits de mer. Mais on se garda bien de le lui faire remarquer. Le client a toujours raison. Elle était pourtant certaine que le sommelier était en pleurs dans la cuisine.

"Et ce déjeuner, alors ? C'était… sympa ?

— Oh, ce n'est pas ce que tu crois, on a juste bavardé au bar de l'hôtel hier soir. Exactement le genre de type qu'on s'attend à trouver au Cadier.

— Mais on dirait quand même que vous avez passé un bon moment ? Tu en as parlé plusieurs fois cet après-midi…

— Là, c'est toi qui es lourde."

Faye saisit une langoustine et commença habilement à la décortiquer. Quand on venait de Fjällbacka, on savait décortiquer les crustacés les yeux fermés.

"Bon, disons qu'on a passé un bon moment. De l'humour, de la légèreté, cultivé sans étaler sa science. C'est toujours plaisant chez un homme."

Kerstin haussa les sourcils, mais Faye secoua la tête.

"Assez parlé de mon déjeuner. On a un plan de bataille, alors ?"

Elles avaient passé tout l'après-midi dans la chambre d'hôtel de Faye à tourner et retourner toutes les hypothèses qui s'offraient à elles. Lesquelles étaient moins nombreuses qu'elles n'espéraient. En guise de ballons d'essai, elles avaient lancé les noms des sociétés et des personnes potentiellement à l'origine de ce rachat, sans qu'aucune se révèle plus crédible qu'une autre. Faye n'arrivait tout simplement pas à se faire une idée de qui pouvait bien vouloir lui prendre Revenge.

Elle n'arrivait pas non plus à comprendre comment des actionnaires avaient pu agir dans son dos. Ces femmes avec qui elle avait partagé la croissance et le succès de Revenge. Il n'y avait eu aucun sujet de mécontentement. Son leadership ne lui avait valu que compliments, éloges dans la presse et un titre de femme d'affaires de l'année. Jamais aucune plainte susceptible de l'alerter. Elle ne comprenait tout simplement pas.

"Tu ne peux pas laisser la tête comme ça, dit Faye en montrant le demi-homard de Kerstin. Ce truc brun, dans la tête, c'est le beurre de homard, le meilleur. Et tu sais, tu peux sucer les pattes, et dans la queue tu trouves de très, très fines tranches de chair si tu sépares les écailles…

— Mais laisse-moi donc manger comme j'en ai envie, grommela Kerstin en reposant la carapace sur la glace du plateau avant de prendre une poignée de crevettes.

— Tu devrais peut-être demander du homard en conserve la prochaine fois, pour ne pas avoir à t'embêter à le décortiquer..."

Kerstin secoua la tête en riant, puis écarta sa frange du revers de la main. Faye but une gorgée d'amarone tout en observant Kerstin qui peinait visiblement à décortiquer ses crevettes. Une nouvelle fois, elle pensa avec reconnaissance à la chance qu'elle avait eue de la rencontrer. Combien sa vie en avait été changée. Quand Faye avait loué une chambre dans sa villa d'Enskede, Kerstin y vivait seule depuis que son salaud de mari était parti dans un centre de soins après avoir eu une attaque. Ce dont Kerstin ne s'était pas plainte, car il avait fait de sa vie un enfer. Peu à peu, elles avaient toutes les deux formé une famille et, à présent, elles étaient là l'une pour l'autre pour le meilleur et pour le pire. Faye avait du mal à faire confiance aux gens, mais elle avait une foi aveugle en Kerstin.

Un monsieur distingué, chapeau blanc et moustache frisée, couvait un peu trop Kerstin du regard. Faye lui fit du pied.

"Là. À deux heures. Le type qui a l'air tout droit sorti de l'époque coloniale. Il n'arrive pas à détacher les yeux de toi. Tu prends des bains avec une huile musquée ou quoi ?"

Faye montra du doigt Kerstin, qui rougit jusqu'aux oreilles.

"Je ne relève même pas. Commande-moi plutôt un verre de chardonnay, qu'on révise nos plans pour demain."

Faye fit signe au serveur pour passer la commande. Le moustachu sourit à Kerstin, qui fit de son mieux pour l'ignorer.

"On commence ensemble par l'émission de Skavlan demain, mais ensuite on se partagera les actionnaires n'ayant pas vendu pour en appeler le plus possible."

Faye prit une autre langoustine sur le grand plateau en argent.

"L'important, c'est de ne pas révéler que quelque chose se trame, nous ne voulons pas que tout le monde sache que l'entreprise subit une attaque.

— Oui, je sais, mais le plus important, c'est que nous empêchions davantage de ventes."

Le serveur installa un seau à champagne à côté de leur table et disposa élégamment deux coupes devant elles avant de faire sauter le bouchon de la bouteille.

"De la part de ce monsieur, là-bas."

Faye haussa un sourcil entendu. Kerstin pouffa.

"Tu vois bien, dit Faye. De l'huile musquée."

Elle supposait que c'était le bonheur qu'éprouvait Kerstin depuis qu'elle avait rencontré Bengt qui la rendait si irrésistible aux yeux des hommes.

Faye lui désigna de la tête le moustachu colonial qui levait son verre pour trinquer en souriant d'une oreille à l'autre. Elle donna un coup de pied à Kerstin sous la table.

"Tiens-toi bien. Trinque et remercie. On ne sait jamais sur quoi ça peut déboucher.

— Faye !"

Kerstin rougit à nouveau. Mais leva son verre et trinqua charitablement.

L'éclairage du plateau l'éblouissait, Faye avait perdu la notion du temps, ne savait plus quand avait commencé l'interview, ni combien de minutes il restait. Le public était aligné sur les gradins, masse affamée et indistincte, attentive au moindre mot, au moindre changement d'expression sur son visage.

D'habitude, elle était à l'aise dans ce genre de situation. En elle, un petit singe cabotin aimait se montrer en public, sentir le trac avant une émission de télé. Mais aujourd'hui, elle était partagée et inquiète.

Elle avait passé une nuit agitée à ressasser ces transferts d'actions. Elle avait préparé les entretiens qu'elle devait avoir aujourd'hui avec des actionnaires afin de les convaincre de conserver leurs parts, sans pour autant les alarmer. Exercice délicat exigeant tact et finesse.

Un silence un peu trop long l'arracha à ses pensées. On lui avait posé une question, on attendait à présent sa réponse.

"Le projet est de se développer aux États-Unis, s'entendit-elle dire. Je suis ici à Stockholm pour un bon mois afin de rencontrer les investisseurs potentiels et de ficeler les derniers détails. Et je veux personnellement superviser la nouvelle émission d'actions."

Il faisait terriblement chaud. Un filet de sueur lui coulait le long du dos.

Le présentateur norvégien Fredrik Skavlan se redressa.

"Mais cet appétit... Qu'est-ce qui vous motive ? Vous êtes déjà milliardaire. Une icône féministe."

Faye laissa durer le silence. Les autres invités sur le plateau étaient un acteur hollywoodien, une professeure de linguistique qui venait de sortir un livre à succès et une femme qui avait escaladé l'Everest avec une prothèse de jambe. L'acteur flirtait sans gêne avec Faye depuis son arrivée dans le studio.

"Avant sa mort, j'ai promis à ma meilleure amie Chris de vivre pour nous deux. Je veux voir jusqu'où j'arrive, ce que je peux construire. Ma plus grande crainte est de mourir sans avoir exploité tout mon potentiel.

— Et Julienne, votre fille, assassinée par votre ex-mari, que signifie pour vous son souvenir ?"

Fredrik Skavlan se pencha en avant, et la tension monta d'un cran dans le studio.

Elle attendit pour répondre, laissa la température s'élever encore. Atteindre le point d'ébullition. Sa réponse était préparée, mais il était important qu'elle paraisse spontanée.

"Elle est présente dans tout ce que je fais. Quand son absence et mon chagrin sont trop pénibles, je me réfugie dans le travail. Je conduis Revenge, j'essaie de faire croître l'entreprise pour ne pas mourir à mon tour. Pour ne pas être une femme de plus dans l'ombre, réduite au silence par un homme. Pour que cet homme que j'ai aimé, qui a tué notre fille, ne me tue pas moi aussi."

Faye serra les lèvres, tandis qu'une larme coula lentement sur sa joue et tomba sur le sol noir luisant du studio. Ce n'était pas difficile. Sa douleur était toujours à fleur de peau, il lui était aisé d'y puiser.

"Merci, Faye Adelheim, d'être venue nous raconter votre histoire. Je sais que vous êtes très prise et devez nous quitter."

Le public se leva pour l'applaudir à tout rompre, cela semblait ne jamais devoir finir. Sous les clameurs, elle traversa le plateau en titubant, passa devant le pupitre et disparut dans les coulisses.

Sur le chemin de sa loge, elle demanda à une jeune femme portant une oreillette de lui commander un taxi. Un peu plus loin dans le couloir, la star de Hollywood l'appela par son prénom. Elle l'ignora et referma la porte de sa loge derrière elle. Un ventilateur ronronnait. Un canapé moutarde fatigué semblait oublié dans un coin. Faye s'arrêta. Adossée au mur, elle essaya de sourire à son reflet dans le miroir. Mission accomplie. Tout s'était bien passé. Le puzzle de mensonges et de demi-vérités s'était assemblé pour former l'image d'elle qu'elle voulait donner. Pourtant, il lui manquait la décharge d'adrénaline qu'elle éprouvait d'habitude après un passage à la télévision réussi. Elle n'arrivait pas à se défaire de l'inquiétude qui l'oppressait comme une couverture mouillée. Elle avait commis l'erreur de considérer l'avenir comme allant de soi. Elle était victime du même orgueil qui avait poussé Icare à s'approcher trop près du soleil avec ses ailes de cire. Elle en payait à présent le prix, tandis que la cire fondait et que ses ailes se réduisaient à néant.

FJÄLLBACKA – JADIS

Le jour de mes treize ans, j'ai été violée pour la première fois. C'est sans doute un hasard que ça soit arrivé à cette date. C'était un jour comme les autres : on n'avait pas fêté mon anniversaire, car papa avait coutume de dire que c'était de l'argent gâché. Et il n'avait aucune envie de se lever plus tôt pour chanter *Happy Birthday to You* avant de partir travailler.

Au dîner – du gratin de poisson –, nous sommes restés silencieux tous les quatre. Plusieurs fois, maman a tenté de bavarder, de glisser quelques questions sur la vie quotidienne, pour lancer une conversation, créer pendant quelques secondes un semblant de normalité, mais quand papa lui a beuglé de fermer sa gueule, elle s'est tue elle aussi, le nez dans son assiette. Malgré tout, j'appréciais qu'elle ait essayé. Sans doute à tort, j'imaginais qu'elle se donnait un peu plus de mal parce que c'était mon anniversaire. Sous la table, je l'ai remerciée en silence d'une rapide caresse sur la main, mais je ne sais pas si elle a compris.

Quand papa a eu fini, il s'est levé de table et a disparu en laissant son assiette. Sebastian a posé la sienne dans l'évier. Nous occuper de la vaisselle ne nous dérangeait pas, maman et moi. Au contraire. À dessein, maman mettait le plus de désordre possible à la cuisine en préparant le dîner pour prolonger ce moment que nous passions ensemble.

La télé s'est allumée dans le séjour, et nous nous sommes souri, soulagées d'être seules. Protégées par les bruits de vaisselle et d'eau, nous nous sommes raconté notre journée à mi-voix. J'avais l'habitude d'inventer et d'ajouter des détails amusants pour qu'elle soit moins triste. Je crois qu'elle faisait la même chose. Ce moment à la cuisine était notre seul répit. Pourquoi le gâcher avec quelque chose d'aussi déprimant que la réalité ?

"Viens."

Maman m'a pris par la main en laissant couler le robinet pour que papa nous croie encore occupées à faire la vaisselle. Je me suis glissée derrière elle dans l'entrée. Elle a plongé la main dans la poche de son manteau, doucement, pour ne pas faire de bruit, et m'a tendu un petit paquet décoré d'un ruban.

"Bon anniversaire, ma chérie", a-t-elle murmuré.

J'ai délicatement tiré sur le ruban, sorti une boîte du papier cadeau, ouvert en silence son couvercle. Dedans, un collier d'argent avec un pendentif en forme d'ailes. Le plus beau que j'aie jamais vu.

J'ai pris maman dans mes bras. Serré fort, humé son parfum, senti son cœur inquiet battre dans sa poitrine. Quand nous avons relâché notre étreinte, elle m'a passé le collier autour du cou. Puis, après une tape affectueuse sur la joue, elle est retournée à la vaisselle. J'ai tâté ces ailes d'argent. Elles semblaient si frêles sous mes doigts.

Dans le séjour, papa a toussé. J'ai lâché le pendentif, vite fourré le collier sous mon pull et rejoint maman pour l'aider à la cuisine.

Après, je suis montée dans ma chambre, qu'une cloison séparait de celle de Sebastian. J'ai expédié quelques devoirs. Bien qu'en cinquième, j'utilisais déjà le manuel de maths de troisième. J'avais tenté de protester, je savais que mes camarades de classe y verraient une provocation, que ça les monterait contre moi, mais mon prof avait insisté en disant qu'il fallait faire des efforts si on voulait arriver à quelque chose dans la vie.

Mon bureau était vieux et bancal. Couvert de marques de stylo. Régulièrement, je devais rajuster la cale en papier sous l'un de ses pieds pour le stabiliser.

J'ai posé mon stylo et me suis étirée. Comme si souvent, mon regard s'est arrêté sur mes rayonnages. Des livres cornés, lus et relus. Régulièrement, le cœur lourd, je devais y faire de la place pour caser les nouveaux que je trouvais aux puces ou que me donnait la gentille bibliothécaire Ella quand elle désherbait la bibliothèque municipale.

Il y avait certains livres dont je ne me serais jamais défait. *Les Filles du Dr March. Tess d'Uberville. Lace. La Diable. Kristin Lavransdatter. Les oiseaux se cachent pour mourir. Les Hauts de Hurlevent. La Petite Princesse.* Ce n'étaient pas seulement des livres hérités de maman, mais aussi des souvenirs. Souvenirs d'heures où j'avais pu prendre pied dans un autre monde. Fuir le mien. Devenir une autre.

Là où les murs n'étaient pas couverts de rayonnages, j'avais mis des posters de mes écrivains préférés. Les autres filles de ma classe affichaient Take That, Bon Jovi, Blur ou Boyzone, moi Selma Lagerlöf, Sidney Sheldon, Arthur Conan Doyle, Stephen King et Jackie Collins. Ils avaient autrefois été les idoles de maman. Maintenant c'étaient les miennes. Mes héros. Ils me soustrayaient à la réalité et me transportaient ailleurs. Je savais que c'était un peu naze. Mais personne ne venait jamais à la maison, alors quelle importance ?

Je me suis mise au lit en faisant l'impasse sur le brossage de dents. J'entendais Sebastian faire les cent pas dans sa chambre. En bas, papa criait sur maman, elle se taisait, prenait sur elle. Elle allait sans doute promettre de s'améliorer, dans l'espoir que ça suffirait aujourd'hui pour éviter d'être rouée de coups. Depuis le début de l'année, elle était allée quatre fois à l'hôpital. À la longue, ils ne devaient quand même plus être dupes des mensonges qu'elle leur servait, ces portes où elle se cognait, ces escaliers dans lesquels elle tombait. Une maison dont tout le mobilier semblait avoir une dent contre elle, un puissant ennemi de bois. Personne ne pouvait gober ça. Mais personne ne faisait rien. Dans cette petite localité, on laissait chacun à ses secrets. C'était plus simple ainsi, car tous les fils s'entremêlaient, dépendants les uns des autres, comme une gigantesque toile d'araignée.

Je me suis tournée sur le côté, la tête dans les mains. Visage vers le mur. Plus jeunes, Sebastian et moi communiquions en frappant sur la cloison. Surtout quand maman se faisait tabasser. Parfois, il dormait aussi dans mon lit quand papa et maman se disputaient. Mais le plus souvent, nous toquions à la cloison. Puis il a cessé, d'un coup. Ça remontait à un an. J'avais essayé en vain de renouer le contact, des semaines durant, jusqu'au soir où, comme je tapais de plus en plus désespérément pour qu'il me réponde, il s'était précipité dans ma chambre en me hurlant de cesser.

"Petite pute !" avait-il crié.

J'avais bredouillé des excuses, choquée par ses paroles.

Ç'avait coïncidé avec l'époque où les brimades contre lui avaient cessé à l'école, il traînait désormais avec deux gars un peu plus âgés, deux types populaires, Tomas et Roger.

Tomas croisait toujours mon regard quand on se voyait. Il avait quelque chose de touchant, de fragile et pourtant de charmant, qui me faisait toujours ralentir un peu le pas quand je le rencontrais dans le couloir. Une partie de moi espérait qu'il viendrait un jour à la maison avec Sebastian. Une autre partie que non.

J'ai éteint le plafonnier, mon lit est devenu un petit îlot de lumière dans toute cette obscurité et, comme j'avais fini mon Agatha Christie en attendant le dîner et que je n'étais pas passée à la bibliothèque, j'ai pris *Les Aventures de Huckleberry Finn*, un des livres que je conservais précieusement et que je relisais bien pour la dixième fois.

La fatigue me brûlait les yeux, mais je lisais pour oublier, ne pas avoir à penser. Plus je serais fatiguée, plus je m'endormirais vite, sans ressasser éveillée dans mon lit.

Il devait être un peu moins de minuit quand, soudain, un bruit m'a fait tendre l'oreille. Je m'attendais à entendre l'escalier grincer, quelqu'un se glisser aux toilettes. Mais non, et la porte de ma chambre s'est ouverte. Sur le coup, j'ai été contente, je croyais que Sebastian et moi allions recommencer à nous parler. Il m'avait tellement manqué ces derniers temps.

Le bar Cadier était à moitié plein. Touristes et hommes d'affaires étaient dispersés dans les fauteuils, verre à la main. Des serveurs pressés allaient et venaient. Faye repoussa son assiette vide, et l'un d'eux vint aussitôt lui demander si elle voulait autre chose. Faye secoua la tête, se cala au fond de son siège et contempla le château royal, de l'autre côté de la baie. À côté d'elle, des Américains chafouins exprimaient bruyamment leur déception devant ce que les Suédois appelaient un château. Selon eux, ça ressemblait davantage à une prison. Elle supposa que l'esthétique Disney leur avait donné de fausses attentes.

Elle était épuisée après une journée intense. D'abord l'émission de Skavlan, puis plusieurs entretiens avec des actionnaires, certaines au téléphone, d'autres en face-à-face. Mais elle s'en était bien sortie. Elle estimait avoir réussi à leur faire passer le message – garder leurs actions – sans pour autant éveiller leurs soupçons. Kerstin et elle avaient défini une stratégie qui semblait marcher : laisser entendre que de grandes choses se profilaient en lien avec l'implantation aux États-Unis et qu'il pouvait donc être judicieux de conserver ses parts.

Une voix de plus en plus forte la fit se retourner. Une table plus loin, un cinquantenaire – ventre rebondi, à moitié chauve – était assis en face d'une femme d'une vingtaine d'années. Il aurait pu s'agir d'un père et de sa fille, mais Faye comprit bientôt qu'il s'agissait d'un entretien d'embauche. La jeune femme s'efforçait de circonscrire la conversation au plan professionnel et d'exposer ses compétences, tandis que l'homme, de plus en plus éméché, répliquait en lui demandant si elle avait un petit ami, si elle faisait beaucoup la fête, et rabâchait qu'elle ferait mieux de prendre un verre et de se "détendre".

Faye secoua la tête, sentant monter sa colère.

"Vous êtes sûre que vous ne voulez pas un gin tonic ? demanda-t-il. Ou vous préférez peut-être les cocktails sucrés ? Un de ces mojitos, peut-être ?"

La jeune femme soupira.

"Non merci, ça ira comme ça."

Faye la plaignait. Il était évident que cet homme qui, d'après les bribes de conversation qu'elle avait perçues, était propriétaire d'une agence de communication, pensait à tout autre chose qu'à une embauche.

Faye se leva et rejoignit leur table, verre de vin à la main. L'homme, en pleine dissertation sur son bateau à bord duquel il venait d'inviter la jeune femme à l'accompagner, se tut.

"Je n'ai pas pu m'empêcher d'entendre le fascinant récit de la création de votre agence. Bravo."

Il était à présent évident qu'il avait reconnu Faye. Il se lécha les lèvres et hocha la tête.

"Le travail paie toujours, dit-il.

— Comment vous appelez-vous ?"

Faye tendit la main.

"Patrick Ullman.

— Faye. Faye Adelheim."

Elle lui sourit.

"Mais il y a une chose qui m'intrigue, Patrick, alors permettez-moi de vous le demander : organisez-vous tous vos entretiens d'embauche dans des bars d'hôtel à cette heure-ci, ou seulement quand il s'agit de jeunes femmes ?"

Patrick Ullman ouvrit la bouche et la referma aussitôt. Il faisait penser à une perche suffoquant sur un ponton en plein soleil.

"Inciter à boire, interroger sur un éventuel petit ami et lancer une invitation à venir sur son bateau ne me semble pas être la méthode idéale pour s'enquérir des compétences d'une personne. Mais qu'est-ce que j'en sais, moi ?"

La jeune femme sourit. Le visage de Patrick Ullman virait au cramoisi. Un bruit se forma tout au fond de sa gorge, mais Faye le prit de vitesse.

"C'est un Galeon 560 que vous avez, c'est bien ça ? Mais mon pauvre monsieur, je ne monterais jamais sur ce bidon en plastique, même pour pêcher à la ligne."

La femme ne put retenir un éclat de rire.

"Espèce de sale…"

Faye leva un doigt en l'air et se pencha vers lui jusqu'à lui frôler le nez.

"Espèce de quoi ? fit-elle tout bas. Qu'est-ce que vous alliez dire, Patrick ?"

L'homme referma les lèvres, Faye se redressa.

"C'est bien ce que je pensais."

Elle lui sourit, but une gorgée de vin et se tourna vers la femme en sortant de sa pochette une carte de visite qu'elle posa sur la table.

"Si vous voulez un vrai boulot ou monter sur un vrai bateau, contactez-moi."

Elle fit demi-tour et regagna sa table.

Patrick Ullman, écarlate, bredouilla quelque chose à sa convive, paya l'addition et quitta le bar en trombe.

Dans son dos, Faye salua de la main son départ, but encore une gorgée et se prépara à remonter dans sa suite. Elle avait hâte de se plonger dans un bain brûlant, de se débarrasser de son maquillage de plateau télé pour enfin se glisser dans son lit.

Elle fut tirée de ses pensées par un raclement de gorge. En se retournant, elle aperçut David Schiller. Le rire pétillait dans ses yeux. Elle n'avait pas encore remarqué leur couleur. Azur. Comme la Méditerranée. Il tenait un dry martini.

"Je voulais vous remercier, dit-il.

— De quoi ? demanda Faye, sur la défensive.

— Pour ce que vous venez de faire. Vous m'avez fait penser à mes deux filles : je voudrais qu'elles grandissent avec l'idée que le monde est à leurs pieds, comme on me l'a appris, à moi. Cette jeune femme pourrait être ma Stina ou ma Felicia d'ici quelques années. Et je serais bien content alors qu'elles soient soutenues par des personnes comme vous."

Le cœur de Faye se noua à ces paroles. Elle leva son verre :

"À quoi bon avoir assez de pognon pour les faire taire, si on ne leur dit jamais de fermer leur gueule ?"

David éclata si fort de rire que du martini lui coula à la commissure des lèvres.

"Ma meilleure amie, Chris, avait l'habitude de dire ça.

— À la santé de Chris", trinqua David.

Il n'avait pas relevé qu'elle s'était exprimée à l'imparfait, mais elle ne le lui fit pas remarquer. La douleur était encore trop vive. Elle n'avait même pas encore eu le courage de reprendre contact avec Johan, l'homme adorable avec qui Chris s'était mariée sur son lit de mort. Il lui rappelait trop tout ce qu'elle avait perdu.

Faye regarda à nouveau David. Elle haussa les épaules, sans bien savoir pourquoi – ses anciennes réserves peut-être ?

"Voulez-vous vous asseoir ?" proposa-t-elle.

Ils commandèrent de nouveaux cocktails : un dry martini pour David et un gin tonic pour Faye.

"Depuis combien de temps habitez-vous à l'hôtel ? demanda-t-elle quand elle eut posé son verre. Car je suppose que vous logez ici ? Sinon, votre manie de traîner jour et nuit au Grand Hôtel aurait de quoi inquiéter."

David fit la grimace.

"Je loge ici depuis deux semaines.

"Ça fait long. Il y a une raison à ça ? C'est un peu bizarre quand on a une villa à Saltis."

Il soupira.

"Je suis en instance de divorce avec la mère de mes filles."

Il saisit l'olive dans son cocktail et la fourra dans sa bouche.

"Ça pourrait être pire, dit-il avec un geste large. Je loge au Grand Hôtel, malgré tout. À deux pas d'ici, des SDF dorment sur le trottoir, sans même de quoi se payer une chambre premier prix. Il faut voir les choses en face : j'ai beau faire, Johanna est bien meilleure que moi avec les filles, et ce n'est que justice qu'elle reste à la maison avec elles. Mais merde, qu'est-ce qu'elles me manquent."

Faye but une gorgée de son gin tonic. Elle appréciait sa façon de parler de sa future ex-femme. C'était un signe de respect de ne pas dépeindre l'autre partie comme un monstre maléfique.

David rit, penser à ses filles semblait avoir réveillé quelque chose en lui.

"Stina et Felicia viennent me voir samedi. On va aller faire du manège à Gröna Lund, puis un tour au marathon Harry Potter. C'est un peu triste à dire, mais je m'en fais une joie."

Il agita en l'air une baguette magique imaginaire, forçant Faye à sourire.

"Nous avons déjà établi que vous êtes dans la finance, dit-elle. Mais vous faites quoi, exactement ?"

Elle avait beau faire, force était de constater que David l'intriguait. Elle était attirée par son côté désarmant, ouvert.

"Eh bien… je suis sans doute ce qu'on appelle un *business angel*. Je déniche des sociétés nouvelles et prometteuses et j'y investis, si possible à un stade précoce de leur développement.

— Et quels ont été vos investissements les plus réussis, jusqu'à présent ?"

David nomma une entreprise de biotechnologie dont Faye avait entendu parler. Elle avait connu un succès fulgurant en Bourse, ses fondateurs avaient empoché des millions. Et ce n'était qu'un début.

— Bien vu. Félicitations. Et vous y êtes entré tôt ?

— Oh, ça, tellement tôt que les gars n'étaient pas encore diplômés. Ils étaient encore à l'université Chalmers, et ça a commencé comme un projet de fin d'études. Mais ils ont eu un peu de presse autour de leur innovation, j'ai lu ça par hasard, ça m'a intéressé, je les ai contactés, et… le reste appartient à l'Histoire. Avant tout, derrière l'entreprise, c'est dans les hommes qu'on investit. Il s'agit plus d'avoir une bonne connaissance de la nature humaine que de savoir compter. Certaines personnes ont un je ne sais quoi qui fait qu'elles vont réussir, qu'elles n'abandonneront pas, c'est comme ça. Ce sont elles qu'il faut repérer. Beaucoup de ceux qui viennent me voir avec leurs pitchs sont des fils à papa qui n'ont jamais eu à se battre pour quoi que ce soit dans la vie et qui pensent qu'être entrepreneur est une promenade de santé.

— Merci, je vois le genre, j'en ai connu une brochette à Sup de Co."

David montra son gin tonic.

"Pas de cocktail poupée russe, ce soir ?

— Non, je suis assez routinière, au fond, et je m'en tiens le plus souvent aux classiques.

— Ce n'est pas pour rien que ce sont des classiques, dit-il en levant son dry martini.

— C'est vrai."

Elle observa David par-dessus le rebord de son verre. Elle était impressionnée par son allant. Être *business angel* exigeait habileté, intuition, compétence et un important capital.

"Ça doit quand même être très risqué, non ?

— De boire du dry martini ?

— Très drôle. Non, d'investir dans des sociétés sur ses fonds propres. J'ai vu tellement d'entreprises partir à vau-l'eau, quelle que soit la qualité de leurs produits ou de leurs concepts. Entreprendre est une route semée d'embûches, sans compter les caprices du marché.

— Bien sûr, vous connaissez ça par cœur. Il faut d'ailleurs que je vous dise que je suis incroyablement impressionné par ce que vous avez accompli avec Revenge. Ce sera dans les manuels scolaires : comment monter en relativement peu de temps une affaire qui génère des milliards. Très impressionnant.

— Merci.

— Mais pour revenir à votre question, oui, c'est un business risqué, mais j'aime ça, de A à Z. Si on n'ose pas prendre de risques, on n'ose pas vivre.

— Vous avez raison."

Faye fit glisser pensivement son doigt sur le rebord de son verre. Autour d'eux, le bar Cadier commençait à se remplir, et le brouhaha montait de plus en plus haut vers le plafond. Le barman Brasse les interrogea de la tête en désignant leurs verres vides. Faye regarda David, qui secoua la tête.

"Je serais volontiers resté prendre un autre verre avec vous. Ou deux. Ou trois. Mais ce soir, je dois me farcir un dîner d'affaires. Au Grill du Théâtre, vous voyez le tableau…"

Faye répondit à son sourire. Elle était étonnée d'éprouver de la déception. Elle se plaisait en sa compagnie.

Il fit signe à Brasse.

"Mets aussi les consommations de madame sur ma note."

Il prit son manteau et se tourna vers Faye.

"Inutile de protester. Vous n'aurez qu'à m'inviter la prochaine fois.

— Très volontiers", dit Faye.

Et c'était sincère.

Sans se presser, il gagna la sortie. Elle le suivit longtemps du regard.

Sur sa terrasse, Faye finit son smoothie et s'essuya la bouche avec une serviette. Elle saisit son téléphone. Il fallait qu'elle regarde combien de mails étaient arrivés pendant la nuit, mais son ventre noué lui rappela l'absence de Julienne. Elle composa alors le numéro et attendit impatiemment les sonneries.

Sa mère répondit, et après avoir un peu bavardé, Faye lui demanda de lui passer Julienne. Elle eut chaud au cœur en entendant la voix de sa fille, si proche, la joie qu'elle transmettait en lui annonçant qu'elle savait maintenant nager jusqu'au fond de la piscine.

Puis la question inévitable :

"Tu rentres aujourd'hui, maman ?

— Non, dit-elle, sentant sa voix s'encombrer de larmes. Il faut que je reste un peu plus longtemps ici. Mais bientôt, très bientôt, je vais rentrer à la maison. Je t'aime tellement, tu me manques beaucoup et je t'envoie plein, plein de bisous."

Après avoir raccroché, Faye essuya quelques larmes têtues. Son ventre se noua à nouveau, déchiré par l'absence de Julienne, mais elle se répéta qu'elle était bien à Ravi avec sa grand-mère. Il fallait à présent ne plus penser à elle et se réadapter à un environnement où tous croyaient sa fille morte.

Elle alla chercher un tailleur-pantalon bleu dans la penderie de la chambre.

Le soleil brillait et la chaleur était écrasante, bien qu'il ne soit pas encore midi. Elle avait vu en feuilletant les journaux que la météo promettait un été exceptionnellement chaud.

Lundi, elle aurait enfin les clés de l'appartement.

"Ç'aurait pu être pire", murmura-t-elle en souriant au souvenir de sa soirée avec David Schiller.

Son charme l'avait prise de court. "Si on n'ose pas prendre de risques, on n'ose pas vivre" : la formule l'avait fait réfléchir. Avec Revenge, elle pouvait prendre de gros risques sans sourciller, alors que dans sa vie privée elle s'était entourée de murailles si hautes qu'il aurait fallu une immense échelle pour parvenir jusqu'à elle. Cela faisait longtemps qu'un homme ne lui avait pas tenu des propos qui la fassent réfléchir sur elle-même. Mais David Schiller avait décidément quelque chose de particulier.

Elle alluma son ordinateur pour préparer son rendez-vous avec Irene Ahrnell à la Taverna Brillo de Stureplan. Elle avait attendu pour la contacter d'avoir assuré ses arrières auprès de quelques-unes des autres actionnaires. Irene était la première en date. Et la plus importante. Une légende dans le petit monde de la finance suédoise. Elles étaient devenues amies.

Irene était une des rares personnes vers qui Faye se tournait pour obtenir des conseils, mais elle l'avait négligée tout au long de l'année écoulée. Elle n'était plus très au courant de ce qui se passait dans sa vie.

Elle rechercha le nom d'Irene sur Google. Elle avait déjà lu certains articles parus depuis un an, mais elle avait manqué des épisodes. Les douze derniers mois avaient été bons pour Irene. Deux nouveaux sièges dans des conseils d'administration, une revente très commentée d'une des sociétés qu'elle avait contribué à mener jusqu'au succès et un nouveau poste de PDG d'une des sociétés d'investissement les plus respectées d'Europe. Un nouvel homme dans sa vie, également. L'héritier d'un constructeur automobile italien. Les sujets de conversation ne manqueraient pas au déjeuner.

Le tailleur-pantalon bleu Proenza Schouler lui allait à la perfection. Un coup de cœur dans la boutique Nathalie Schuterman qui lui avait coûté une petite fortune. Mais aujourd'hui, elle avait besoin de se sentir merveilleuse. Elle lissa de la main quelques plis minuscules. Elle était prête à affronter sa journée.

Faye chaussa ses lunettes de soleil en entrant dans le lobby. Du coin de l'œil, elle vit une femme se lever d'un des fauteuils et se diriger vers elle.

"Avez-vous un instant ?"

Faye fronça les sourcils en la reconnaissant vaguement. Elle supposa qu'il s'agissait d'une journaliste : autant se réhabituer à être sollicitée.

"Ce n'est pas vraiment le moment", dit-elle aussi aimablement qu'elle le pouvait.

La femme jeta un coup d'œil par-dessus son épaule, puis sortit une carte de police de la poche de son jean. Yvonne Ingvarsson. Faye réalisa que c'était la policière qui s'était occupée de l'enquête sur le meurtre de Julienne. Elle ferma les yeux quelques secondes et se coula dans le rôle de la mère en deuil.

"Vous l'avez retrouvée ? murmura-t-elle. Vous avez retrouvé ma Julienne ?"

Yvonne Ingvarsson secoua la tête.

"Pouvons-nous nous asseoir quelque part où nous serons tranquilles ?"

Elle prit Faye par le bras et la conduisit vers la porte à tambour, au pied des marches, avant de sortir sur le quai devant l'hôtel. Elles s'assirent sur un banc.

"Nous n'avons pas encore trouvé le c… votre fille", dit l'enquêtrice en suivant des yeux le bac de Djurgården.

Faye se força à rester calme et laissa Yvonne Ingvarsson faire le premier pas. C'était inquiétant qu'elle soit venue la trouver, mais pour le moment, il n'y avait rien de catastrophique.

"Maintenez-vous que vous vous trouviez à Västerås la nuit où votre ex-mari est censé avoir tué votre fille ?"

Faye frémit : heureusement qu'elle avait ses lunettes de soleil.

"Oui, bien sûr, fit-elle tout bas.

— Au coin de Karlavägen et de Sturegatan, il y a un distributeur de billets", dit calmement Yvonne Ingvarsson, le regard toujours braqué sur l'eau.

Faye rassembla ses idées. S'ils avaient vraiment quelque chose contre elle, elles ne seraient sûrement pas là à discuter au soleil.

"Ah bon ?

— Sa caméra a filmé une personne présentant une ressemblance troublante avec vous, mais à ce moment-là, vous étiez donc à Västerås ?"

Yvonne Ingvarsson finit par tourner la tête et regarda Faye, qui restait impassible.

"Qu'est-ce que vous insinuez ? demanda Faye. Qu'est-ce que vous prétendez ?"

Yvonne Ingvarsson haussa les sourcils.

"Je ne prétends rien du tout. J'ai juste posé une question : ne serait-il pas possible que vous vous soyez trouvée à proximité du lieu supposé du meurtre, et pas du tout dans une chambre d'hôtel de Västerås ?"

Le silence se fit. Faye ramassa son sac à main et se leva.

"Je ne sais pas de quoi vous parlez. Faites donc votre boulot au lieu de m'importuner avec ces affirmations ridicules, trouvez le corps de ma fille."

Elle tourna les talons et s'éloigna, son cœur tambourinant dans sa poitrine.

Faye arriva à la Taverna Brillo avec un quart d'heure de retard, le dos ruisselant de sueur. Irene Ahrnell se leva en souriant d'une table située dans la belle salle intérieure. Faye garda la tête haute, ignora les chuchotements et les regards des autres clients et l'embrassa avant de s'asseoir avec elle.

"Irene, ça fait bien trop longtemps, et pardon d'être en retard.

— Penses-tu. C'est vrai, ça fait un bail, mais j'ai cru comprendre que tu avais eu beaucoup à faire.

— Oui, l'année a été intense, avec les préparatifs de la nouvelle émission d'actions et la création de la filiale aux États-Unis. L'intégration de Queen, la société de Chris, au sein de Revenge, a également été un vrai défi. Ça a mis du temps, la greffe commence tout juste à prendre."

Irene hocha la tête et saisit le menu. Elle posa une paire de lunettes de lecture sur l'arête de son nez.

"Oui, je vois exactement ce que tu veux dire : structures différentes, cultures d'entreprise différentes, mille choses à rationaliser. Et ne te sens jamais obligée de m'appeler. Je suis moi aussi très occupée, mais je serai toujours là, quel que soit le temps écoulé entre nos contacts.

— À propos d'« occupations »…" Faye regarda Irene par-dessus son menu. "J'ai lu quelque chose à propos d'un nouvel homme."

Irene rougit et Faye l'observa, amusée. Elle n'avait jamais vu Irene rougir, la femme de soixante ans ressemblait à une écolière.

"Oh, on verra bien ce que ça donne. Mais jusqu'ici, ça va. Mario est merveilleux. C'est presque trop beau pour être vrai, alors je m'attends sans arrêt à tomber sur un cadavre dans le placard.

— Je suis aussi sceptique que toi concernant la gent masculine, tu le sais. Mais il doit bien y en avoir quelques-uns de valables, dans le tas. Tu es peut-être tombée sur l'un d'eux.

— On peut toujours espérer, dit Irene en reposant le menu. Même si j'en ai vu défiler, des tocards."

Elle secoua légèrement la tête, et Faye se pencha vers elle.

"Ça te dirait, quelques bulles ?"

Irene opina du chef avec un sourire, puis fit signe à une serveuse qui vint prendre leur commande. Une fois le champagne servi, Faye en but précautionneusement une gorgée en réfléchissant par où commencer.

Irene se racla la gorge et la prit de vitesse :

"Le bruit court que Revenge est en train d'être racheté."

Le ventre de Faye se noua. Irene savait.

"C'est exact. J'ignorais que tu étais au courant."

Irene haussa les épaules en posant ses lunettes sur la table.

"Je ne connais pas les détails, c'est juste une vague rumeur."

Faye posa son verre.

"Ça a commencé il y a quelque temps par de petites acquisitions. Mais leur fréquence soutenue nous a fait soupçonner qu'elles étaient organisées par un seul et même acheteur.

— Et tu n'as aucune idée de qui il s'agit ?

— Non. Les acquisitions ont habilement été dissimulées sous une multitude d'identités. Mais nous creusons sans relâche pour trouver la réponse. Le problème, c'est que c'est long, et j'ignore combien de temps nous avons. Je ne sais pas quoi faire.

— Et tu as peur que je vende ?"

Une pizza arriva, placée sur un plateau au milieu de la table. Un fumet merveilleux. Généreusement garnie de caviar de Kalix, de crème fraîche et d'oignons rouges. Elles en prirent chacune une part fumante. Mais Faye avait du mal à se concentrer sur la nourriture. Elle observait la femme assise en face d'elle : expérimentée, sophistiquée, à certains égards encore inaccessible.

"Oui, je ne comprends pas pourquoi les autres ont vendu et je voulais m'assurer que tu allais conserver tes parts."

Irene était la plus importante actionnaire individuelle, juste après Faye : ce serait une catastrophe si elle vendait.

"Personne ne m'a approchée. Pour le moment. Sûrement parce qu'on sait que nous sommes amies et que je t'en aurais aussitôt informée. Mais je te donne ma parole que je ne vais pas vendre.

— Ça me rassure", dit Faye en se resservant une part de pizza.

Elle en prit une bouchée, qu'elle fit descendre avec une gorgée de champagne. La saveur était merveilleuse.

"*Tu vas vraiment manger ça ?*" La voix de Jack en elle. Ces sourcils froncés. Cet air dégoûté. Les années qui avaient suivi la naissance de Julienne, elle avait sans cesse eu droit à des piques sur son physique et son poids. Elle avait beau faire, rien ne trouvait grâce aux yeux de Jack.

Désormais, elle mangeait de tout, mais pas tout le temps, en veillant à faire le plus d'exercice possible, et son manque d'assurance avait disparu. Désormais, elle était fière de son corps. Il avait malgré tout conçu et mis au monde Julienne. L'estime de soi était une des nombreuses choses qu'elle avait su reprendre à Jack.

"Et sinon ? fit Irene en la regardant. Est-ce que… comment s'appelle-t-elle… Kerstin t'a accompagnée en Suède ?

— Oui, Kerstin est avec moi, elle travaille jour et nuit pour essayer de comprendre ce qui se passe. Hier, nous avons parlé à plusieurs actionnaires pour leur demander de ne pas vendre.

— Sans rien révéler de la situation, j'espère ?"

Irene la fixa avec sévérité tout en tendant elle aussi la main vers une autre part.

"Naturellement. Et je crois que ça a marché. Mais la question est de savoir si ça suffira à arrêter la personne qui se cache derrière tout ça. J'ai bien peur qu'on ait affaire à quelqu'un de très déterminé."

Irene posa ses couverts.

"Comment vas-tu ?"

Faye savait qu'avec Irene il valait mieux jouer cartes sur table.

"Très sincèrement, je suis surprise de voir à quel point ça me secoue. L'entreprise a déjà traversé des crises. Des centaines, des milliers de crises d'ampleur variable. Diriger une entreprise, c'est gérer des crises, bon, ça, tu le sais bien. Mais là… Quelqu'un essaie de m'arracher l'œuvre de ma vie. J'ai créé Revenge de mes propres mains, et c'est toujours moi qui tiens la barre. J'ai été assez naïve pour n'avoir jamais imaginé que quelqu'un puisse vouloir me l'enlever."

Irene secoua énergiquement la tête.

"Ce n'est pas de la naïveté. Ça arrive encore, aujourd'hui, les OPA hostiles ? En principe jamais. Est-ce que Jack pourrait être derrière tout ça ?

— Jack ? Non, il n'a plus les moyens. Ni les contacts. Il est ruiné et tout le monde lui a tourné le dos. Je ne vois pas comment il pourrait réaliser une chose pareille, surtout pas depuis sa prison.

— Tu penses à quelqu'un d'autre ?"

La serveuse leur apporta leurs plats chauds. En regardant la pizza à demi entamée, elle demanda :

"Vous avez fini ? Je la remporte ?

— Non, non, laissez, nous avons besoin de glucides aujourd'hui, dit Faye, et Irene opina du chef. Bien sûr, je me suis fait pas mal d'ennemis, reprit-elle une fois la serveuse repartie. On ne peut pas construire une grande entreprise sans marcher sur les plates-bandes des autres. Mais personne ne se détache en particulier. J'aimerais avoir une vision plus claire, ou du moins une idée de qui il s'agit. Mais, hélas, je n'en sais absolument rien.

— En tout cas, rassure-toi : moi, je ne vais pas vendre. Et je vais activer mon réseau. J'apprendrai peut-être quelque chose, et dans ce cas, bien sûr, je te préviendrai aussitôt."

Faye sentit ses épaules retomber : alors seulement, elle prit conscience de combien elle était tendue.

Elle leva son verre et elles trinquèrent. Tandis que le brouhaha des clients continuait tout autour d'elles, les deux femmes attaquèrent leur plat de résistance.

L'eau tiède enveloppait agréablement son corps. Faye nageait à grandes brasses en s'appliquant à respirer profondément. La piscine du Grand Hôtel était comme une grotte, avec une belle voûte et un éclairage tamisé. On n'y parlait qu'à voix basse, avec en fond sonore une musique discrète, typique des spas du monde entier.

Kerstin était assise au milieu du large escalier qui plongeait dans le bassin. Faye la rejoignit. Elle se pencha en arrière, accoudée à une marche, battant doucement des jambes.

"Combien tu en as sur ta liste, aujourd'hui ?

— Entre cinq et sept, selon le nombre que j'arrive à joindre et la durée des conversations.

— En tout cas, encore une fois, pas besoin de s'inquiéter pour Irene, elle a promis de ne pas vendre.

— Bon. Ce n'est pas que je pensais qu'elle vendrait, mais en même temps, je ne le pensais pas non plus de celles qui ont vendu."

Faye plongea les yeux dans l'eau, observa les remous que faisaient ses jambes. Elle se souvint à nouveau de l'eau noire. Entendit les cris. Revit les visages effrayés.

"Faye, qu'est-ce qu'il y a ?"

La voix de Kerstin la ramena au présent, et Faye secoua légèrement sa tête hors de l'eau.

"Il faut que je consacre ma journée à un certain nombre d'urgences concernant les États-Unis. Je ne peux pas me permettre de passer tout mon temps à gérer cette crise, il faut continuer à expédier les affaires courantes, sinon, à la fin, on n'aura plus rien à perdre.

— Concentre-toi là-dessus, de mon côté je continue à fouiner."

Kerstin ferma les yeux pour profiter de la piscine. Elle était arrivée au spa une heure avant Faye et avait eu le temps de bien se dépenser, même si le bassin était un peu trop petit pour la nage sportive.

"Je sais que tu as beaucoup à faire, mais est-ce que tu pourrais m'aider à vérifier un truc ?

— Bien sûr, dit Kerstin en ouvrant les yeux. De quoi s'agit-il ?

— Tu pourrais te renseigner un peu sur David Schiller ? C'est un *business angel*.

— Pas de souci, répondit Kerstin avec un sourire amusé. Quelque chose me dit que c'est cet homme, à l'hôtel, qui n'était pas du tout ton genre ?"

Faye l'éclaboussa un peu.

"Tu te moques ?"

Kerstin sourit.

"Je ne me moque pas. Je souligne simplement le fait que tu veux en savoir plus sur un homme dont tu affirmes par ailleurs qu'il ne t'intéresse absolument pas."

Faye regarda à nouveau ses pieds au fond de l'eau.

"Bon, d'accord, peut-être bien qu'il a finalement montré quelques qualités. Et c'est donc d'autant plus important d'en savoir davantage à son sujet."

Elle se tourna vers Kerstin.

"Je ne veux plus jamais me laisser surprendre par un homme."

Kerstin se leva, enfila son peignoir blanc au logo de l'hôtel et en serra la ceinture.

"Je te promets de déterrer tout ce que je pourrai. En attendant, tu devrais en profiter pour te ressourcer un petit moment. Si tu fonces dans le mur, personne ne sera plus avancé. Reste donc une heure ici.

— Tu as raison. Je vais m'offrir ce luxe."

Faye sortit de la piscine et attrapa son peignoir.

Kerstin partie, elle s'allongea sur une des méridiennes et profita du calme. Son déjeuner avec Irene avait apaisé une grande inquiétude, et l'effroi provoqué par sa rencontre avec l'enquêtrice Yvonne Ingvarsson commençait à s'estomper. Elle disposait pour seule preuve d'une image floue de quelqu'un qui lui ressemblait. Et alors ? Jack avait été condamné pour le meurtre de Julienne. Il ne sortirait pas avant plusieurs années. Les médias avaient martelé à longueur d'articles que Julienne était morte. C'était désormais une vérité établie. Même si le corps n'avait pas été retrouvé.

Elle attrapa le verre de jus d'oranges fraîchement pressées posé à côté de la méridienne et en but une gorgée, tandis que ses pensées dérivaient vers sa fille bien-aimée, probablement en train de s'ébattre dans une autre piscine à l'heure qu'il était. C'était le 1er juin, une vague de chaleur s'était apparemment abattue sur l'Italie.

Des pas sur le carrelage lui firent tourner la tête. David, descendu de la salle de sport du deuxième étage, regarda autour de lui sans la voir, ôta son short et son tee-shirt noir, dénudant un dos étonnamment athlétique, et plongea en slip dans les reflets verts de la piscine. C'était sans doute contraire au règlement. Il nagea quelques longueurs, et Faye tendit discrètement le cou. Elle finit par se lasser de l'observer, se leva et gagna le bassin.

David nagea jusqu'à elle avec ce sourire qui le transformait et le rendait presque beau.

"Bonjour, dit-elle. Alors, cette sortie avec vos filles ?"

Un trait sombre traversa son visage. Il se hissa hors du bassin et prit avec reconnaissance la serviette que lui tendit Faye.

"Elles n'ont pas pu venir, lâcha-t-il.

— Il s'est passé quelque chose ?"

Ils se dirigèrent côte à côte vers les méridiennes.

"Johanna a décidé au dernier moment de les emmener à Disneyland Paris.

— Mais pourquoi ?"

David s'assit et s'essuya les jambes avec sa serviette. Il évitait de la regarder.

"Elle a déjà fait ça plusieurs fois, dit-il tout bas. Elle entend les filles parler de mes projets et elle me coupe l'herbe sous le pied à la dernière minute. Je ne sais pas pourquoi, elle a sûrement ses raisons.

— Je croyais que vous vous entendiez bien, malgré tout ?

— J'ai peut-être enjolivé les choses, la dernière fois. Je ne veux pas être le type qui bave sur son ex-femme dans son dos."

Elle le regarda au fond des yeux.

"Vous pouvez me raconter."

Ils se regardèrent un moment en silence, puis il s'étendit, les mains jointes sous la nuque. Faye se coucha sur sa méridienne, tournée vers lui.

"Elle a toujours été jalouse, finit par avouer David, mais il y a deux ans, ça s'est mis à dégénérer. Je n'ai jamais été infidèle, ni avec elle ni avec personne d'autre. Mais j'ai remarqué qu'elle avait commencé à m'espionner, à surveiller mes moindres faits et gestes. Il lui arrivait d'un coup d'exiger de lire mes SMS. Je n'avais rien à cacher, alors je la laissais faire. Mais après… Elle a débarqué au bureau. Intimidé mes collaboratrices, leur a envoyé des menaces sur Facebook."

David soupira.

"J'ai essayé de la protéger, d'arrondir les angles, j'ai dédommagé mes collaboratrices pour qu'elles ne portent pas plainte. J'ai tout fait pour protéger Johanna, protéger les filles. Parfois, elle se renfermait complètement, tournait en rond à la maison comme une somnambule. Elle oubliait d'aller chercher Stina ou Felicia à leurs activités, leur parlait méchamment. Qu'elle ait des crises de colère contre moi était une chose, mais contre elles ? Elle s'éloignait de nous. J'ai commencé à travailler depuis la maison pour que les filles ne restent pas seules avec elle."

Une larme lui coula sur la joue. Il l'essuya vite. Ses mâchoires se serrèrent.

"Putain, je me sens tellement impuissant !"

Se sentir impuissante, Faye connaissait par cœur. Mais elle parlait rarement du passé. Rarement de Jack.

"Je sais exactement ce que vous voulez dire, fit-elle à voix basse, les yeux rivés sur le carrelage du sol. J'ai éprouvé ça pendant des années. Je me suis laissé commander, contrôler, priver de mon identité, de mon amour-propre. De tout."

Elle sentit sur elle le regard de David et se força à le croiser. Elle avait l'impression d'être nue, vulnérable, mais aussi vivante. Comment avait-elle pu le trouver quelconque ?

David posa sa main sur la sienne. Ce fut comme une décharge électrique.

"Je suis désolé que quelqu'un vous ait fait autant souffrir, dit-il sans détourner ses yeux bleus des siens. Et je sais que s'il y a bien quelqu'un qui n'a besoin de personne pour s'en sortir, c'est vous, mais je veux que vous sachiez que vous pouvez me parler, de tout, vous n'avez pas à être dure avec vous-même.

— J'ai l'habitude", dit-elle en retirant sa main.

Elle sentait encore la chaleur de sa peau sur la sienne.

"Vous avez la force de tout me raconter ? Je suis là. Et je veux écouter."

Faye hésita. Elle avait si longtemps gardé closes les portes sur son passé avec Jack qu'elle n'était même pas sûre de pouvoir les rouvrir. Ni de savoir comment. David ne disait rien. Il attendait, tandis que ses pensées tournoyaient. Puis elle se décida.

"Nous nous sommes rencontrés à Sup de Co."

David posa à nouveau sa main sur la sienne. Cette fois-ci, elle la laissa là, tandis que les mots lui venaient. D'abord lentement, comme si chaque syllabe faisait mal, puis de plus en plus vite.

FJÄLLBACKA – JADIS

Je suis restée tremblante dans le noir, les yeux écarquillés.
"Si tu le dis à quelqu'un, je te tue."
Sebastian m'a pris la gorge et l'a serrée en approchant son visage jusqu'à ce que je sente son haleine aigre.
"Pigé ?"
J'ai lentement hoché la tête en croassant :
"Oui."
Quand il m'a lâchée, j'ai toussé. Sebastian a ramassé son slip et a regagné sa chambre sans se presser. J'ai ouvert la fenêtre pour aérer, avant de retourner me blottir sous la couette humide. Mon entrejambe me brûlait, je me suis essuyée avec mon tee-shirt. Puis je suis restée assise, le regard perdu au-delà de la fenêtre.
Les souvenirs se bousculaient. Sebastian et moi petits. Nous nous tenions fort la main sous la table tandis que papa criait au visage de maman, son nez touchant le sien. Sebastian en boule contre moi, cherchant ma chaleur rassurante.
Tout ça, fini. Aucun de ces souvenirs ne valait plus rien. Il me les avait arrachés.
Nous avions cherché refuge l'un auprès de l'autre, nous deux qui étions les seuls à comprendre. Maintenant, il ne restait plus que maman et moi. Et maman était faible. Ce n'était pas un jugement. Elle était faible parce qu'elle nous avait portés, protégés de son mieux. Parce qu'elle était restée, pour nous.
J'ai entendu le pas inquiet de Sebastian sur le sol de sa chambre, jusqu'à ce que sa fenêtre s'ouvre et que le silence se fasse. Je me suis demandé quelle tête il faisait et comment il

allait, recroquevillé sur le rebord de la fenêtre, à deux ou trois mètres de moi. Puis j'ai réalisé que je pouvais le tuer. Il était jambes ballantes dans le vide à quatre ou cinq mètres du sol au moins. Me lever sur la pointe des pieds, ouvrir sa porte et me précipiter : j'aurais eu le temps de le pousser dans le vide. J'aurais dit à maman et papa que je l'avais entendu crier et que j'étais accourue pour voir ce qui se passait. Mais je ne pouvais pas faire ça. Je l'aimais toujours, malgré ce qu'il m'avait fait.

Si j'avais su ce qui m'attendait, ce qu'il allait m'infliger, je l'aurais tué sur-le-champ et sans hésiter. Ça m'aurait épargné beaucoup de souffrance. Et d'ennuis.

Faye était étendue sur le grand lit de sa suite. Ses valises attendaient près de la porte : demain, elle quitterait le Grand Hôtel pour s'installer dans l'appartement d'Östermalstorg. Même si elle appréciait d'habiter chez elle après tant de jours passés à l'hôtel, elle réalisait, à son grand étonnement, que David lui manquerait.

L'écran de son téléphone s'alluma : un SMS de Kerstin. Elle l'afficha et, à mesure qu'elle le lut, un sourire se dessina sur son visage.

Tout a l'air vrai. Rien trouvé de bizarre au sujet de David Schiller. Pas de casier judiciaire, pas de dettes, rien sur Flashback, et j'ai même discrètement posé quelques questions dans son réseau d'affaires, sans rien découvrir qui puisse suggérer qu'il n'est pas nickel.

Faye roula sur le ventre. Elle ne pouvait s'empêcher de sourire en songeant au moment qu'elle avait passé la veille avec David au spa de l'hôtel. Ils y étaient restés plus d'une heure à discuter, avant de devoir se quitter.

Avoir pu enfin parler de Jack à quelqu'un, raconter tout ce qu'il lui avait infligé, lui donnait l'impression de s'être délestée d'un poids. Un soulagement énorme. Avec David, elle s'était sentie regardée, écoutée. Comme une personne. Pas seulement une femme avec qui un homme a toujours pour objectif final de coucher.

Elle prit son téléphone et appela Julienne sur FaceTime.

Le visage de sa fille sur le petit écran lui faisait toujours oublier tous ses soucis, toutes ses pensées négatives. C'était bien la seule reconnaissance qu'elle avait envers Jack. Il lui avait donné une enfant qu'elle trouvait en tout parfaite. Des ongles de ses orteils tartinés de vernis rose à ses cheveux blonds qui descendaient en boucles le long de son dos.

"Salut, ma chérie !

— Salut, maman", fit Julienne en la saluant gaiement de la main.

Ses cheveux étaient mouillés : Faye se douta qu'elle sortait de la piscine.

"Qu'est-ce que tu fais ?

— Grand-mère et moi, on s'est baignées.

— C'était bien ?

— Mmh… super bien, fit Julienne.

— Moi aussi je me suis baignée hier, et j'ai pensé à toi.

— Ah bon ?"

Faye voyait bien qu'elle commençait à se désintéresser du téléphone. La vie l'appelait.

"Je rappellerai ce soir. Tu me manques. Bisou.

— Mmh, salut, dit Julienne en agitant la main en vitesse, impatiente.

— Dis à grand-m…" commença Faye, mais Julienne avait déjà raccroché.

Faye sourit. Julienne allait très certainement devenir une femme de caractère.

Elle se leva du lit et alla se faire couler un bain brûlant. Quelqu'un frappa alors à sa porte. Faye jeta un coup d'œil à sa montre : neuf heures moins vingt. Elle coupa le robinet et gagna l'entrée.

"Oui ? cria-t-elle à travers la porte.

— Police, Yvonne Ingvarsson."

Faye inspira à fond, puis ouvrit. L'enquêtrice la regarda en esquissant un sourire.

"Je peux entrer un moment ?"

Faye resta les bras croisés.

"Je trouve déplacé que vous débarquiez comme ça.

— Je voudrais vous montrer quelque chose. Je peux entrer, oui ou non ?"

Faye soupira et fit un pas de côté pour laisser passer Yvonne. Au bout d'un mètre, la policière s'arrêta.

"Jolie suite.

— Je ne savais pas que les visites de ce genre faisaient partie de votre travail. Quelle utilité ?"

Yvonne Ingvarsson ne répondit pas. Elle plongea la main dans son sac et en sortit une coupure tirée d'un journal people. Une photo ancienne de Faye et Jack. Elle la lui tendit.

"Je ne sais pas si…"

Yvonne leva un doigt pour la faire taire, plongea à nouveau la main dans son sac et en tira une photo imprimée. Faye remarqua que les ongles d'Yvonne étaient rongés, leur pourtour sec et enflammé. Cette image-là était plus floue, la lumière était jaunâtre, la photo semblait avoir été prise le soir. Faye reconnut aussitôt la femme qu'on y apercevait de dos : c'était elle. Le blouson qu'elle portait était le même que sur la photo avec Jack.

"Qu'est-ce que vous en dites ? demanda Yvonne en l'observant avec curiosité.

— À quel sujet ?

— C'est vous sur cette photo. Vous le savez, et je le sais. Vous n'étiez pas à Västerås, vous étiez sur le lieu du crime."

Un sourire désagréable passa rapidement sur son visage. Elle regarda Faye en plissant les yeux.

"Ce n'est pas moi, dit Faye. Ce blouson, un Moncler, toutes les femmes au foyer d'Östermalm en ont un. C'est l'équivalent des sabots à la campagne."

Yvonne secoua lentement la tête, mais Faye garda son calme. Tout comme la dernière fois où Yvonne s'était présentée ainsi à l'improviste, Faye se dit que cette conversation n'aurait pas lieu s'il y avait des preuves. Et le fait qu'elle se pointe un dimanche lui laissait supposer qu'elle outrepassait ses prérogatives.

Que voulait-elle ? De l'argent ? Ça ressemblait à une croisade privée, à une vendetta contre Faye.

"Que voulez-vous, en fait ? demanda-t-elle.

— La vérité, répondit vite Yvonne. Tout ce que je cherche, c'est la vérité."

Sans quitter Faye des yeux, elle sortit un papier de la poche arrière de son pantalon. Faye se demanda ce qu'Yvonne allait bien pouvoir encore déballer. Elle était comme Mary Poppins avec son sac.

Yvonne brandit le papier entre le pouce et l'index et l'agita sous le nez de Faye. Cette dernière s'en saisit. C'était un vieil article de *Bohusläningen* qu'elle reconnut aussitôt. Son ventre se noua, et elle se fit violence pour cacher son émotion.

"Vous semblez porter malheur aux gens que vous côtoyez, dit Yvonne, avant d'ajouter d'une voix douce : Matilda."

> Deux garçons originaires de Fjällbacka sont portés disparus après une sortie en voilier avec leurs camarades. Le village tout entier est abasourdi.
>
> "Je refuse de croire qu'ils sont morts", a déclaré Matilda, 13 ans, présente lors de l'accident.

Faye déglutit, replia lentement le papier sans finir de lire et le rendit à Yvonne qui secoua la tête.

"Gardez-le, dit-elle en se dirigeant vers la porte. Jolie suite. Vraiment ravissante", murmura-t-elle en sortant, avant de disparaître dans le couloir.

Faye étudia la fille de treize ans, au-dessous du gros titre, qui regardait droit vers l'objectif. Elle avait l'air malheureuse et désemparée, mais Faye savait qu'elle n'avait fait que poser pour le photographe. Les ténèbres s'étaient abattues sur elle.

Elle s'étendit sur le lit et fixa le plafond. Elle ne voyait pourtant pas les stucs ivoire du Grand Hôtel, mais tout autre chose, les tourbillons d'une eau sombre qui lui retournaient le ventre.

Une sonnerie stridente la fit sursauter. Elle regarda autour d'elle, terrorisée, s'attardant un instant encore face à l'eau déchaînée. Son pouls se calma quand elle réalisa que c'était juste son téléphone qui sonnait. Le nom de Kerstin s'afficha.

"Malheureusement, j'ai de mauvaises nouvelles."

Comme toujours, Kerstin allait droit au fait.

"Qu'est-ce que c'est encore ?" lâcha Faye en fermant les yeux.

Voulait-elle vraiment savoir ? Allait-elle en supporter davantage ? Elle ne savait plus, et cela l'effrayait.

"*Dagens Industri* a appelé. Le journal a eu vent de l'OPA. Si on n'arrive pas à stopper l'article, ça va bientôt être rendu public."

Faye laissa échapper un soupir.

"Ce qui entraînera encore plus de cessions de parts. Les rats quittent toujours le navire.

— Qu'est-ce que tu veux que je fasse ? demanda Kerstin.

— Je connais une journaliste à la rédaction. Je vais l'appeler pour tâter le terrain. Ne fais rien. Je gère."

Faye raccrocha et jeta le téléphone sur le lit. Si abandonner avait été une solution, elle aurait tiré la couette sur sa tête et dormi deux jours d'affilée. Mais ça ne lui ressemblait pas. Elle n'avait jamais été comme ça. Elle reprit donc son téléphone. La lutte continuait.

Faye était prostrée sur son lit avec les papiers laissés par Yvonne et le rapport de Kerstin sur les ventes d'actions de la société. Séparément, chacun de ces problèmes était déjà assez inquiétant, mais ensemble, ils étaient presque insurmontables. Le travail pour l'implantation aux États-Unis allait bientôt commencer pour de bon : les bureaux de Revenge, à Stureplan, avaient signalé que plusieurs personnes désireuses d'investir s'étaient manifestées après la prestation de Faye dans l'émission de Skavlan. Avoir Yvonne Ingvarsson aux basques dans cette phase délicate était risqué, et Faye devait avant tout faire en sorte que Revenge existe toujours quand viendrait le moment de s'établir aux États-Unis.

Son portable bipa. Elle ouvrit l'application Telegram, où les messages et les images s'effaçaient après quinze secondes, et sourit en voyant une photo de Julienne au bord de la piscine.

"Ma petite chérie", murmura-t-elle avant que l'image ne disparaisse.

Faye sursauta en entendant à nouveau frapper à la porte. Elle tira le couvre-lit pour escamoter les papiers, se leva et alla ouvrir. La vue de Julienne lui avait redonné de l'énergie, avait réveillé en elle l'envie de se battre. Yvonne Ingvarsson ne savait pas quelle ennemie elle s'était faite, et elle avait bien l'intention de remuer ciel et terre pour découvrir qui s'attaquait à son entreprise.

Elle trouva David Schiller devant sa porte. Il lui sourit.

"Vous avez l'air de quelqu'un qui a besoin d'une promenade avec un nouvel ami."

Faye et David marchaient le long de Strandvägen. C'était dimanche, l'avenue était déserte, la soirée chaude. Des gens promenaient leurs chiens dans la contre-allée, les attractions de Gröna Lund scintillaient, tournoyaient et luisaient au loin à Djurgården. Faye avait oublié la beauté enchanteresse des soirs d'été à Stockholm.

"Ça va, après notre conversation d'hier, tout ce que vous m'avez raconté ?"

David avait une pointe d'inquiétude dans la voix. Faye s'en trouva émue.

"Parfaitement, dit-elle avec un sourire, et les yeux bleus de David brillèrent.

— Tant mieux. J'avais peur que vous regrettiez, après coup.

— Non, non, pas de souci. C'était… libérateur. En fait, je n'avais jamais parlé à personne de ce qui s'était passé, de comment était la vie avec Jack. Même pas à Kerstin, que je considère pourtant comme mon amie la plus proche. Bien sûr, Chris était au courant d'à peu près tout…

— Qui est Chris ? demanda précautionneusement David. Vous avez déjà mentionné ce nom."

Il avait l'air de faire un pas incertain sur la glace de la nuit.

"Chris. Ah, comment expliquer ? Nous sommes devenues amies à Sup de Co. Elle… elle était une force de la nature. Rien n'était difficile pour elle.

— Que lui est-il arrivé ? Si je peux demander… ?"

Ils passaient devant la terrasse de Strandbryggan, où les préparatifs battaient leur plein avant l'assaut du soir. La jeunesse dorée et alcoolisée s'y retrouvait pour s'inspecter sous toutes les coutures : sacs à main de marque, faux cils et Rolex offertes pour le bac.

"Elle a eu un cancer, dit Faye en levant le bras pour qu'il voie son bracelet FUCK CANCER. C'est allé vite. Mais elle a eu le temps de tomber amoureuse d'un homme merveilleux qui était parfait pour elle.

— C'est beau, malgré tout, dit David. De trouver l'amour avant. N'est-ce pas ce que nous cherchons tous ?"

Ils avaient tourné et remontaient en direction du Musée nordique et de Junibacken.

David regarda vers l'eau, l'air soucieux. On apercevait le musée Vasa, un curieux monument à la gloire d'un des plus grands flops de l'histoire suédoise.

"Est-ce que vous l'aimez ?"

David la regarda, interloqué.

"Qui ?

— Votre femme, qui d'autre ?"

David lâcha un rire gêné.

"Euh, oui, j'aurais dû comprendre. Après quinze ans ensemble, c'est un peu une drôle de question. S'aimer. Est-ce qu'on continue de s'aimer après quinze ans, avec le quotidien, les enfants ? Est-ce que l'un des deux continue ?

— C'est assez cynique.

— Peut-être. Ou alors nous n'étions tout simplement pas faits l'un pour l'autre. S'il faut être tout à fait honnête."

Il secoua la tête, se détourna.

"C'est affreux ce que je dis…

— Non, poursuivez."

Faye lui prit le bras alors qu'ils approchaient de Gröna Lund. Du parc d'attractions provenaient, de plus en plus fort, les cris ravis des visiteurs.

David se racla la gorge.

"Il n'y a sans doute jamais eu d'amour. C'était plutôt… un arrangement pratique. On a coché toutes les cases, mais des sentiments ? Je ne sais pas."

Il tapota le bras de Faye.

"Ça vous choque ?

— Non, pas du tout. Les gens sont ensemble pour mille raisons différentes. Il n'est donné qu'à peu de personnes de réellement connaître l'amour. L'amour véritable.

— Vous avez connu ça ?" dit-il en s'arrêtant.

Une partie d'elle aurait voulu éviter son regard, éviter de répondre. Elle entendait les cris de la chute libre : des gens avaient choisi de leur plein gré d'être hissés à une hauteur vertigineuse et d'avoir le ventre retourné avant d'être précipités vers le sol. C'était un peu son expérience de l'amour.

"Oui, je l'ai connu. J'ai aimé Jack. Plus que je ne pensais jamais pouvoir aimer quelqu'un. Mais ça n'a pas suffi. Je n'ai pas suffi. Puis Julienne est venue. Et c'était un amour d'une tout autre sorte qui a pris le relais…"

Sa voix se noua et elle se détourna. Un instant, elle fut submergée. Par tout ce que sa famille avait subi. À cause de Jack. Et à cause d'elle quand elle avait voulu lui échapper.

"Je ne peux même pas imaginer ce que vous avez enduré", dit David.

Faye sursauta : un bref instant, elle avait oublié sa présence.

"Et perdre un enfant ? Faye, je… j'aimerais pouvoir vous ôter tout ce chagrin, mais je ne crois pas que quiconque le puisse."

Faye s'ébroua. Chassa toutes les émotions et les souvenirs qui affluaient. Si elle s'y abandonnait, elle ne pourrait pas faire un pas de plus.

"C'est bon que vous soyez là. Que vous m'écoutiez."

Ils s'arrêtèrent devant les lumières clignotantes des manèges de Gröna Lund. Durant un long moment, aucun d'eux ne dit plus rien. Puis David tendit sa main.

"Venez. Rentrons."

Faye hocha la tête. Ils firent demi-tour et remontèrent vers Strandvägen. Quand ils repassèrent devant Strandbryggan, David s'immobilisa et se tourna vers elle.

"Voulez-vous vous baigner ? proposa-t-il.

— Ici ?

— Oui, la soirée est chaude, et nous habitons la Venise du Nord. Il y a des points de baignade partout. Là, par exemple."

Il indiqua un endroit, entre deux barges d'habitation, où un ponton en bois s'avançait dans l'eau. Sans l'attendre, il y courut. Grâce aux barges, on était à l'abri des regards. Il se pencha et défit ses lacets. Faye jeta un coup d'œil alentour. Personne en vue. La circulation était faible. David ôta sa chemise en lin, son jean et ses chaussures. Son slip. Ses fesses pâles luisirent dans le noir, puis Faye entendit un cri suivi d'un plouf. Elle se pencha. Deux mètres plus bas, il barbotait dans l'eau en levant les yeux vers elle.

"Froide, mais bonne, rapporta-t-il. Allez, plongez !"

Faye jeta un coup d'œil par-dessus son épaule et constata qu'il n'y avait personne. Elle ôta ses chaussures et plia sa robe à côté du tas d'habits de David, mais garda ses sous-vêtements. Prit son élan et battit des jambes en l'air avant de crever la surface de l'eau. Elle poussa un cri de ravissement mêlé d'effroi. C'était vraiment glacé.

Ils nagèrent un peu, puis s'arrêtèrent. Ils firent du sur-place côte à côte et contemplèrent en grelottant les lumières de la ville.

"Je t'aime bien", dit David.

Ses mots étaient hachés par ses claquements de dents.

Faye sourit, car c'était comique, mais elle avait si chaud au cœur qu'un instant elle oublia le froid. Elle aurait voulu répondre, mais resta silencieuse. Elle s'était promis de ne plus tomber amoureuse, même si elle savait que sa ligne de défense menaçait de s'effondrer. David la faisait rire, c'était un gentleman sans arrière-pensées, un homme d'affaires prospère qui comprenait son travail, et son sourire la faisait fondre, même dans l'eau froide de ce canal.

Quand ils furent sortis de l'eau et rhabillés, David lui frictionna les bras pour la réchauffer.

"Que fait-on, maintenant ?" demanda-t-elle.

Elle n'avait pas envie de retourner dans sa chambre d'hôtel.

David prit un air malicieux.

"Viens", dit-il en enfilant ses chaussures.

Elle le suivit vers le club nautique, de l'autre côté de Djurgårdsbron. Les cheveux collés aux épaules et au dos, elle trottait pour se réchauffer. Ils s'arrêtèrent devant la grille. David jeta un œil dans la guérite du gardien, constata qu'elle était vide et enjamba la clôture.

"Il y a une caméra, prévint Faye, geste à l'appui.

— Ne t'inquiète pas, dit-il une fois de l'autre côté. J'ai un pote qui a son bateau ici, il ne se fâchera pas si on le lui emprunte."

Faye s'essaya à lever un pied, saisit la grille et se hissa de l'autre côté, où David la réceptionna.

Il passa les bateaux en revue.

"C'est lui", s'exclama-t-il en montrant un grand yacht amarré tout au bout.

Il lui prit ensuite la main et l'entraîna.

Ils montèrent à bord. David s'accroupit, chercha à tâtons sous une banquette blanche et brandit une paire de clés avec un sourire triomphal. Il ouvrit et Faye entra au chaud. Ils ôtèrent leurs vêtements mouillés et s'emmitouflèrent dans de grands draps de bain que David avait trouvés.

"À qui est ce bateau ? demanda Faye qui s'était installée sur un canapé tandis qu'il fouillait dans les placards de cuisine.

— À un bon ami, répéta-t-il avant de s'exclamer : Regarde ça, du whisky."

Il lui servit un verre qu'il lui tendit avant de se poser près d'elle. L'alcool réchauffait de l'intérieur. Les vagues clapotaient contre la coque et imprimaient au bateau un agréable balancement. Une barrette d'enfant décorée d'Elsa de *La Reine des neiges* et d'un grand ruban bleu traînait sur la couchette. Elle la tripota distraitement. Ça lui rappelait Julienne. Elle adorait le personnage d'Elsa et chantait toujours : "Délivrééééeee…" à tue-tête dans un anglais imaginaire.

"Où étais-tu partie ?"

David la regardait tendrement. Il vit la barrette et retint son souffle.

"Pardon… Je…"

Faye posa une main sur son bras pour lui montrer qu'il n'y avait pas de problème. La chaleur de son corps lui procura un délicieux chatouillement.

David lui sourit.

"Qu'est-ce qu'il y a ? demanda-t-elle.

— Rien", répondit-il.

Elle était sur le point de lui dire qu'elle aussi l'aimait bien, avec un train de retard, mais n'arrivait pas à s'y résoudre. Les mots restaient coincés dans sa gorge. Accrochés à ses cicatrices invisibles.

"Je pourrai passer te saluer quand tu quitteras le Grand Hôtel, demain ? demanda-t-il.

— Si tu veux.

— Je le veux.

— Moi aussi."

Il soupira en souriant.

"Je ne sais pas ce que j'ai, mais quand je suis avec toi, je me sens bêtement heureux. Je deviens comme un gosse de quinze ans, j'essaie de t'impressionner, quoi. Je n'aime même pas me baigner en plein air. En même temps, je sais que tu t'en fiches, que tu m'aimes bien quand même, même si tu ne le dis pas. Et merci de t'être ouverte à moi."

Faye hocha la tête en silence.

"Au fait, je l'ai rencontré il y a quelques années de ça. Jack. Il m'avait fait l'impression d'un sacré salaud imbu de sa personne, et…"

Faye se pencha vers lui. Elle ne voulait pas parler de Jack, pas maintenant, jamais. Elle pressa ses lèvres contre celles de David pour le faire taire. Elles étaient plus douces qu'elle n'aurait cru.

"On ne parle pas de lui. On ne parle de personne d'autre que nous, au moins ce soir.

— Tope là."

Comme d'un accord tacite, ils se levèrent et emportèrent la bouteille dans l'alcôve. La couchette était étonnamment grande et tendue de draps blancs.

Faye s'assit au bord. Elle laissa tomber la serviette. Dessous, elle était entièrement nue. Elle plongea le regard dans les yeux de David, rendus humides par le whisky et le désir. Lentement, il s'avança vers elle. Il lâcha lui aussi sa serviette, le sexe déjà dur. Il vint se placer devant Faye.

Sans quitter ses yeux, Faye le prit dans sa main et approcha son visage, bouche ouverte, se contentant d'abord d'envelopper son gland de son haleine chaude. Puis elle pointa la langue. Lécha la goutte qui y perlait. David poussa un profond soupir, ferma un instant les yeux, puis regarda Faye.

Elle ouvrit un peu plus la bouche. Prit le bout de son sexe entre ses lèvres. De sa langue, elle agaça le frein et jouit des gémissements de David. Lentement, très lentement, elle le prit de plus en plus profondément dans sa bouche. Elle eut un haut-le-cœur réflexe, mais le retira juste avant que ça ne devienne désagréable. Puis l'engloutit à nouveau. Et le sortit. Elle s'aida de sa main, qui glissait bien sur le membre trempé de salive.

David respirait de plus en plus vite, gémissait fort et fermait à présent les yeux, les mains autour de la tête de Faye, ses doigts profondément enfouis dans ses cheveux.

"Je ne peux plus attendre, je veux entrer en toi", murmura-t-il.

Il vint sur elle, entre ses jambes, s'appuya contre sa fente, qu'il écarta et lentement, si lentement que c'en était intolérable, il la pénétra. Dieu, que c'était bon ! À présent, c'était elle qui gémissait, elle sentait sa chaleur entre ses jambes, sa raideur, sa détermination.

Quand il fut presque entièrement entré, il s'enfonça soudain jusqu'à la garde et se laissa tomber sur elle. La bouche près de son oreille, son haleine chaude contre sa joue, il commença ses coups de boutoir tandis qu'elle l'entourait de ses jambes. Elle enserrait ses reins, l'aidait à trouver le rythme, pressait ses hanches contre lui, elle en voulait plus, le voulait tout entier, en elle.

Alors il se retira.

"Je ne veux pas finir tout de suite. Tu m'excites, tu me rends fou. Il faut que je te goûte."

Il lui écarta les jambes, se lécha les doigts de la main droite et commença doucement à la caresser. Elle leva la tête, elle voulait le voir la toucher. Il lui caressa le clitoris, puis enfonça doucement deux doigts en elle, puis trois. Elle sanglota, gémit.

David retira ses doigts. Elle geignit, sur le point de jouir. Il lui écarta encore les jambes, approcha son visage. Fit jouer le bout de sa langue sur son clitoris. Faye essayait de remonter ses hanches vers lui, mais il la retenait doucement par les genoux. Sa langue était délicate mais déterminée, elle appuyait de plus en plus fort par mouvements concentriques. Il la mena jusqu'au point critique, elle s'agrippait aux draps en cambrant le dos. Quand il enfonça alors ses doigts en elle, elle sentit l'orgasme se profiler, c'était à la limite de la douleur, la frontière avec la jouissance était infime, elle agitait la tête en tous sens tandis qu'il la menait de plus en plus près de l'explosion.

Faye jouit avec un grand cri. Il continua, plus fort, tandis que son corps se contractait en spasmes convulsifs autour de ses doigts.

L'orgasme s'estompant, tout son corps se relâcha, mais Faye ne voulait pas se reposer, elle le voulait en elle.

Le bateau tangua dans la houle. Faye se retourna. Se mit à quatre pattes, se cognant aussitôt la tête à la paroi de l'alcôve exiguë. David et elle s'esclaffèrent. Elle se baissa un peu plus, cambra les reins et le vit s'approcher par-derrière. Mais il ne se pressa pas. D'abord il lui caressa la croupe, avec tendresse, amour.

"Comme tu es belle…

— Baise-moi", dit Faye en se cambrant davantage.

David lui caressa une dernière fois les fesses, puis la saisit par les hanches, se pressa contre elle et enfonça son sexe tout au fond. Même si elle venait de jouir, Faye était toujours aussi excitée, elle en voulait encore.

"Baise-moi, David", hoqueta-t-elle, et il s'exécuta promptement.

Ils retombèrent enlacés sur la couchette, se réchauffant l'un contre l'autre. David écarta les cheveux de son cou et l'embrassa là, précisément à l'endroit le plus sensible, derrière l'oreille. Elle pouffa, c'était infiniment bon et en même temps ça chatouillait. Il roula sur le dos, sa main reposant au creux de son dos à elle.

"Je suis en sueur", dit-elle en se mettant sur le côté.

La main de David glissa sur sa hanche. Il la remonta et lui caressa tendrement la joue.

"Tu sais que tu es incroyable, toi ? Et belle ?

— Non, je ne sais pas, il faut que tu me le dises.

— Je te promets de le répéter. Encore, encore et encore."

Faye se surprit à sourire, lui tournant le dos. Elle chassa quelques larmes en clignant des yeux. Il ne fallait pas qu'elle retombe amoureuse d'un homme. Mais elle commençait à craindre qu'il ne soit trop tard.

Impatiente, Faye sortit de l'ascenseur et gagna en quelques pas la porte imposante. Son ancien appartement ne lui manquait pas. Elle y avait trop de souvenirs. Jack avait réussi à y laisser sa marque. Celui-ci serait seulement à elle.

Elle soupesa le lourd trousseau, délicieuse sensation de totale nouveauté. Même si elle ne faisait que louer cet appartement, elle avait obtenu l'autorisation de refaire les peintures.

En mettant la clé dans la serrure, elle sourit en songeant à sa nuit avec David, à tout ce qu'ils s'étaient fait.

Elle ouvrit la porte. Elle n'aurait jamais cru aimer autant cette odeur de peinture fraîche : cet appartement était une terre vierge. À elle de l'explorer.

Kerstin occupait le logement adossé au sien. Elle restait toute proche. La famille. Mais elle avait cet appartement pour elle seule.

Faye ouvrit la grille de sécurité noire, entra, ôta ses Jimmy Choo et les rangea dans le râtelier à chaussures en noyer dans l'entrée. Lentement, aux aguets, elle s'avança dans l'appartement qui s'ouvrait à elle, vaste et aéré. Plus de deux cents mètres carrés : peut-être un peu excessif pour elle toute seule, mais après toutes ces années passées dans une cage dorée, elle voulait de l'air et de l'espace autour d'elle. Elle avait eu le coup de foudre pour cet appartement sur le site de location : il lui ressemblait tant.

La cuisine était d'inspiration rustique, mais dans un esprit moderne : Philippe Starck, Gaggenau et Cordon-Bleu, le cocktail parfait. La grande table en bois usé et ses bancs assortis avaient été spécialement commandés à un menuisier de Söder. Elle caressa de la main la surface de la table et adora la sensation.

En entrant dans le séjour, elle sourit à la vue de l'énorme canapé en velours émeraude. Repeinte dans de discrets tons clairs, la pièce était accueillante.

Elle s'approcha de la fenêtre et embrassa un moment du regard les toits d'Östermalm avant de continuer à faire lentement le tour de l'appartement. Elle habiterait là pour travailler à l'implantation aux États-Unis et au sauvetage de Revenge. Elle avait à présent deux foyers. Un en Italie. Un ici. Tous deux importants, mais à différents titres. La moitié de son cœur était en Italie, où se trouvaient Julienne et sa mère. Mais l'autre serait toujours ici. Elle avait adopté Stockholm dès le premier instant. Julienne était née ici, y avait fait ses premiers pas. Stockholm était sa ville, et celle de Chris. Ici, elles avaient partagé rires, aventures, succès, échecs et leurs plus grands chagrins.

Cet appartement serait sa forteresse, son bastion.

À présent, elle était chez elle.

Le cœur de Faye accéléra quand elle franchit le porche de Birger Jarlsgatan. En voyant le logo de Revenge, le "R" chantourné, elle dut cligner des yeux pour chasser ses larmes. Elle traversa l'open space en souriant aux jeunes femmes qui la saluaient.

Elle ouvrit la porte de son bureau avec un frisson : elle adorait cette pièce, c'était là qu'elle avait créé la magie Revenge et bâti un empire.

Et c'était de là qu'elle avait orchestré la chute de Jack. L'avait vaincu. Lui avait pris Compare.

Elle posa son sac à main sur le bureau, s'assit, déplia son portable et regarda à travers la baie vitrée ses vingt employées, chacune à son poste. Une dizaine de nouvelles avaient rejoint l'équipe, elle connaissait leurs noms pour avoir échangé par mail avec elles, mais appréciait de les voir enfin en chair et en os. C'étaient des femmes de tous les âges. Douées, polyglottes, autonomes et professionnelles. Des femmes modernes, pleines d'assurance.

Le chiffre d'affaires de Revenge allait battre de nouveaux records et, au fond, songea-t-elle en regardant ses employées, elle n'avait pas besoin de cette extension. Pourquoi prendre tous ces risques ? Ne valait-il pas mieux concentrer ses forces pour empêcher le rachat ?

La situation financière de Julienne et de son éventuelle descendance était assurée pour plusieurs générations. Mais Faye savait que Chris aurait aimé la voir réaliser son rêve de conquérir les États-Unis. En outre, son interview dans l'émission de

Skavlan avait dépassé toutes les attentes. Sa boîte de réception débordait de mails d'investisseurs désireux d'obtenir une part du gâteau quand Revenge allait traverser l'Atlantique. Elles étaient très près d'un accord avec leur partenaire américain. Beaucoup plus près qu'elle ne l'avait laissé penser. Mais elle voulait s'associer aux bons investisseurs : ceux qui la laisseraient agir à sa guise et, encore plus important, seraient de bonnes personnes. Avec un bon fond, comme disait Chris.

Parfois, elle se rappelait le sourire de Chris, entendait son rire, sentait sa main solide dans la sienne. Si elle fermait les yeux, elle pouvait presque imaginer son amie à ses côtés. Sa gorge se noua et Faye essuya ses larmes. La mélancolie était de retour.

À quoi bon l'argent et le succès, si elle était forcée d'être séparée de ceux qu'elle aimait ? Certes, Faye appréciait ses employées, mais elles n'étaient pas là avant son succès, avant qu'elle ne soit milliardaire. Et si tout se cassait la figure, elles prendraient leurs sacs de marque et l'abandonneraient sans sourciller. Une entreprise, comme un couple, se construit sur la loyauté. En même temps, le fait qu'elle se soit consacrée davantage à Julienne et à elle-même expliquait peut-être que Revenge soit en train de lui échapper.

Elle jeta un œil sur le bureau et se récria. Elle avait manqué dix appels de Kerstin, elle devait avoir mis son téléphone sur silencieux. Le cœur battant, elle composa son numéro.

"J'ai trouvé qui se cache derrière ces rachats", annonça aussitôt Kerstin.

Faye déglutit.

"Qui ? demanda-t-elle aussi calmement qu'elle le put.

— Henrik Bergendahl.

— Mais qu'est-ce que tu dis ?"

Faye ferma les yeux en s'affaissant contre le dossier de son fauteuil. L'ancien associé de Jack. Après tout, n'aurait-elle pas dû le voir venir ? Même si Henrik avait aujourd'hui plus de succès que jamais, il avait connu un vrai passage à vide. Pas une seconde elle n'avait pensé que ça puisse être lui.

"Et ce n'est pas tout, reprit Kerstin. Je viens tout juste d'apprendre qu'Irene Ahrnell lui a vendu ses actions."

FJÄLLBACKA – JADIS

Je me suis dépêchée de rentrer après l'école. Papa devait aller à Dingle faire réparer la voiture et ne reviendrait que tard : quelques précieuses heures de liberté.

Maman m'avait promis de faire de la couture. Grand-mère m'avait raconté que maman rêvait de devenir couturière et que, toute petite, elle confectionnait de fabuleuses créations pour habiller ses poupées Barbie. Maintenant, elle n'avait le temps de coudre que pour les besoins du ménage, mais elle m'avait initiée.

Au fond, apprendre à coudre ne m'intéressait pas spécialement. Mais quand nous étions assises côte à côte devant la machine Husqvarna que papa, après avoir longtemps traîné des pieds, lui avait permis d'acheter, on était comme dans une petite bulle. Fascinée, je regardais ses mains sûres et habiles monter le fil, m'indiquer les boutons pour coudre droit, pour le zigzag, quel point utiliser, quand et comment arrêter une couture. J'adorais chacune de ces minutes.

Aujourd'hui, elle m'avait promis de m'aider à me faire un sarouel. J'avais récupéré en douce du tissu lamé mauve en cours de travaux manuels et j'imaginais déjà le résultat.

Quand je suis entrée dans la maison, tout était silencieux. J'ai appelé, sur mes gardes, pas encore tout à fait sûre que papa soit parti. Mais personne n'a répondu.

J'ai regardé autour de moi dans le vestibule. Le manteau de maman y était pendu. Et ses chaussures soigneusement rangées sur le râtelier en sapin. L'inquiétude s'est emparée de moi.

"Maman, tu es là ?"

Toujours pas de réponse. Sebastian ne devait pas rentrer avant une heure. Maman et moi devions avoir tout ce temps pour nous, un cadeau rare, et je savais qu'elle ne l'aurait oublié pour rien au monde. Elle adorait ces petits moments tout autant que moi. Peut-être faisait-elle une sieste ?

Sur la pointe des pieds, je suis montée jusqu'à la chambre de mes parents. L'escalier grinçait, mais personne ne semblait entendre. J'ai pris à droite, la porte de la chambre était fermée, ce qui m'a un peu soulagée. Elle était sûrement allée s'allonger un instant.

J'ai doucement ouvert. Elle était effectivement couchée sur le lit. Le visage détourné. Sans un bruit, je me suis glissée dans la pièce, hésitant entre la laisser dormir ou la réveiller. Je savais qu'elle serait déçue d'avoir raté notre séance de couture.

En contournant le lit, je l'ai d'abord regardée en fronçant les sourcils. Ses paupières tremblaient, elle était en train de s'endormir. Quelque chose sur le sol a alors attiré mon attention. Un flacon blanc. Son couvercle dévissé à côté. Je me suis penchée pour la ramasser. Des somnifères.

La panique. J'ai secoué maman, mais elle ne réagissait pas.

Mes pensées s'emballaient, mais en même temps, avec lucidité et calme, j'ai su exactement quoi faire.

Je l'ai penchée par-dessus le bord du lit, visage tourné vers le bas, et j'ai enfoncé mes doigts dans sa bouche, de plus en plus profond dans sa gorge. D'abord, il ne s'est rien passé. Puis elle s'est soudain mise à hoqueter autour de mes doigts et j'ai fini par sentir son vomi chaud couler sur ma main, par terre.

De petits, tout petits cachets blancs se mêlaient aux spaghettis du déjeuner. J'ai gardé mes doigts dans sa gorge jusqu'à ce qu'il ne vienne plus que de la bile. Puis j'ai appuyé sa tête contre ma poitrine.

Tandis que ses sanglots désespérés résonnaient entre les murs, j'ai bercé ma mère dans mes bras, comme une enfant. Je n'avais jamais autant haï mon père qu'en cet instant. Et j'ai réalisé deux choses : que je ne pourrais jamais raconter à ma mère ce que Sebastian m'avait fait ; et qu'il fallait à tout prix que je nous fasse partir d'ici.

"Y a-t-il une loi de l'univers stipulant que tout doit se casser la figure en même temps ?"

Kerstin servit une tasse de thé à Faye. La salle du restaurant Broms était bondée. Le brouhaha et l'irritation donnaient la migraine à Faye.

"Tu veux parler de la loi de Murphy ? dit-elle. Mais oui, tu as raison, je l'ai remarqué au cours de ma vie, qui est légèrement plus longue que la tienne, les choses ont tendance à s'agréger. Le bonheur s'agrège. Le chagrin s'agrège. Les malheurs s'agrègent.

— Dans ce cas, on est décidément en plein agrégat, là, marmonna Faye, avant de tremper les lèvres dans son thé avec une grimace. Qui peut boire de son plein gré un truc pareil ? C'est un bon café qu'il me faut."

Elle héla une serveuse qui passait.

"Un cappuccino, s'il vous plaît.

— Mange quelque chose."

Kerstin fit un signe de tête vers la table. Elles avaient commandé du pain noir, des œufs coque, du yaourt au muesli et une salade de fruits.

"Je n'ai pas faim."

Kerstin mangeait en silence, tandis que Faye gesticulait en s'énervant contre la serveuse qui n'arrivait toujours pas avec son cappuccino. Elle n'avait pas fermé l'œil de la nuit.

"Ne passe pas ta frustration sur le personnel, dit Kerstin.

— Je fais comme je veux."

Faye croisa enfin le regard de la serveuse, qui fila en cuisine.

Dehors, le soleil brillait. Les passants se pressaient, occupés par leurs affaires, et un instant, Faye se demanda si leur vie, comme la sienne, oscillait sans cesse entre espoir et désespoir.

"Parle, plutôt qu'aboyer sur les gens, dit Kerstin. Irene a trahi sa promesse. Elle a vendu à Henrik, l'ancien associé de Jack."

Faye frappa du poing sur la table. Elle n'était pas en colère contre Kerstin ou contre le personnel du restaurant. Elle était juste en colère.

"Je vais me chercher un pudding de chia", dit-elle en se levant.

Elle n'avait pas vraiment faim, comme elle l'avait dit à Kerstin, mais elle avait besoin de quelques minutes de pause pour rassembler ses idées. Dans la queue, sa colère ne fit que croître de minute en minute. Quand son tour arriva enfin, elle commanda un pudding de chia complet : avec myrtilles, canneberges et coco râpé.

Quand elle revint à table, Kerstin regarda son assiette sans faire de commentaire. Faye avala non seulement le pudding, mais aussi tout le reste, en quelques grandes bouchées. Lorsque la nourriture eut fait comme une boule dans son ventre, elle reprit son souffle et se cala en arrière. Alors seulement elle s'aperçut que son cappuccino était enfin arrivé.

"D'abord, commença-t-elle, je n'arrive pas à comprendre pourquoi Irene a vendu. Elle a dû faire ça avant même d'avoir digéré notre déjeuner. Je l'ai toujours tenue pour loyale, honnête. Ça me dépasse.

— Il doit y avoir anguille sous roche, dit Kerstin. Mais on verra ça plus tard. Pour le moment, tout ce qu'on sait, c'est qu'elle a effectivement cédé ses parts.

— Et à Henrik, en plus", lâcha Faye, maussade, avant d'engloutir son cappuccino.

Elle fit signe à la serveuse en brandissant sa tasse.

"Tu vas avoir mal au ventre, remarqua sèchement Kerstin.

— Au point où j'en suis. J'ai commis tant d'erreurs, Kerstin. C'est *ça* qui me serre le ventre. J'ai sous-estimé la haine d'Henrik à mon égard. J'ai sous-estimé la vulnérabilité de Revenge. Et enfin, j'ai surestimé la loyauté de mes actionnaires.

— Dans ce cas, on a commis cette erreur toutes les deux. Moi non plus, je n'ai rien vu venir.

— C'est vrai. Mais ça n'aide pas à faire passer la pilule."

Faye ne tenait plus en place. Elle se leva. Derrière elle, la serveuse posa un autre cappuccino, mais Faye continua à avancer.

Son téléphone vibra dans sa main : le numéro était inconnu, mais elle décrocha quand même. C'était Yvonne Ingvarsson.

"Qu'est-ce que vous voulez ?" lâcha Faye.

À l'autre bout du fil, la femme inspira à plusieurs reprises. Faye eut presque l'impression qu'elle la narguait.

"Je dois malheureusement vous informer qu'une évasion a eu lieu lors d'un transfert pénitentiaire aujourd'hui. Un des fugitifs est votre ex-mari, Jack."

II

Aftonbladet est désormais en mesure de dévoiler que l'un des deux évadés est le financier Jack Adelheim, condamné voilà deux ans pour le meurtre de sa fille. Autrefois PDG de la sulfureuse société d'investissement Compare, dont il était également le fondateur, il a été marié à la femme d'affaires Faye Adelheim.

La police n'a toujours aucune piste pour retrouver Jack Adelheim et son codétenu, évadés à l'occasion d'un transfert. L'administration pénitentiaire reste très discrète sur les circonstances de cette évasion.

"Nous n'avons pas respecté la procédure, c'est tout ce que je peux dire. Mais nous souhaitons mener à bien une enquête interne avant de faire le moindre commentaire", a déclaré Kari Malm, la porte-parole de l'administration.

Aftonbladet, 10 juin.

Faye était assise sur sa terrasse, les pieds sur la table. Elle glissa les doigts dans la poche intérieure de son sac Chanel et en sortit une photo. Elle l'avait prise elle-même sur une plage en Sicile : devant une mer d'huile, Julienne, ses longs cheveux emmêlés et humides, se blottissait dans les bras de sa grand-mère. C'était la seule photo existante d'elles deux ensemble. Faye ne se risquait pas à prendre, ni à conserver, des photos en Italie. Elle devait se contenter de garder leur souvenir dans son cœur.

Faye examina un moment le cliché avant de le remettre dans son sac : il faudrait lui trouver une cachette plus sûre. Julienne lui manquait tellement qu'elle en oublia, l'espace d'un instant, l'inquiétude qui l'habitait sans relâche depuis qu'elle avait appris la nouvelle.

Jack était en cavale depuis cinq jours. La police avait beau affirmer à la presse et à Faye avoir déployé d'importants moyens, elle n'était pas encore parvenue à le rattraper.

La panique des premiers jours commençait à s'estomper. La police l'appelait quotidiennement pour s'assurer que tout allait bien, même s'il était improbable que Jack soit assez stupide pour se pointer chez elle. Mais à en juger par ses déclarations lors du procès, il était convaincu que Julienne était en vie, ce qui constituait un danger mortel.

Il n'aurait pas de difficulté à trouver Faye, mais sa mère et Julienne étaient à l'abri en Italie. Il n'y avait aucune trace, aucune preuve de leur existence – à part la photo que Faye conservait dans son sac. Elle savait qu'il était risqué de la garder, mais elle avait besoin de pouvoir parfois la regarder pour se rappeler les choses essentielles, pourquoi elle faisait tout ça.

La sonnerie de son portable la tira de ses pensées. Elle sentit une vague de chaleur déferler en voyant le nom de David s'afficher à l'écran. Il devait passer la voir d'ici une heure. Elle alla au cellier ouvrir une bouteille pour que le vin ait le temps de s'aérer.

"Salut, chéri, tu me manques", dit-elle.

Un moment de silence lui fit comprendre que quelque chose clochait. Un instant, elle imagina qu'elle allait entendre la voix de Jack lui annoncer que David était mort.

"J'ai un petit problème pour ce soir", dit David. Sa voix était tendue, il chuchotait presque. "Johanna fait tout un cirque. Elle crie, elle pleure. Les filles sont désespérées. Elles ont peur. "

Faye soupira, prit sur elle pour ne pas céder à l'agacement. Après tout, il n'y était pour rien.

"J'imagine qu'elle n'a pas très bien pris le fait que tu aies rencontré quelqu'un…

— Je n'ai même pas eu le temps de lui en parler. Une connaissance nous a vus en ville. C'est le chaos, ici.

— Mais alors, qu'est-ce qu'elle veut ? Vous aviez déjà décidé de divorcer, non ? Ça ne la regarde quand même pas si tu rencontres quelqu'un ?

— J'aimerais que ce soit aussi simple. Elle trouve que c'est trop tôt et elle est furieuse de l'avoir appris par un tiers. Pour Johanna, l'image qu'on donne à l'extérieur est très importante. Et nous n'avions encore dit à personne que nous allions divorcer.

— Mais tu ne peux pas venir quand même ? Ça ne vous avancera à rien de rester à vous crêper le chignon."

David soupira.

"Elle insiste pour que je conduise les filles à leur camp d'équitation demain matin. Elle dit qu'elles se sentent délaissées, que je pense plus au sexe qu'à elles.

— Mais enfin, c'est elle qui t'empêche de les voir !

— Je sais bien, lâcha-t-il avant de reprendre son souffle. Pardon. Mes filles, c'est mon point faible, et elle le sait. Je ne veux pas qu'elles se retrouvent prises en otages. J'espère que tu comprends."

Faye soupira. Il s'agissait de considérer la situation avec lucidité. Ménager Johanna. Au moins cette fois-ci. Et comme David dormait dans la chambre d'amis, les éventuelles tentatives de son ex pour le séduire seraient vaines.

"Bon, d'accord. Tu me manques, mais je te comprends. Les enfants passent toujours en premier, c'est comme ça.

— Merci, dit David avec un soulagement perceptible. Merci de me faciliter la tâche.

— On se voit demain.

— J'ai hâte. Promis, je vais me racheter."

Faye resta assise là, téléphone à la main. Elle avait beau lui avoir assuré qu'il n'y avait pas de problème, que tout allait bien, elle ne pouvait s'empêcher de se sentir seule et abandonnée.

Pour la première fois depuis leur rencontre, elle lui en voulait, même si elle savait que c'était injuste. Il avait fait des enfants avec une femme qui s'était avérée différente de ce qu'il avait cru, il n'y était pour rien. Tout comme on ne pouvait reprocher à Faye les torts de Jack. Quel homme, quel être humain David serait-il, s'il n'essayait pas de tout faire pour le bien de ses filles ? Au contraire, l'amour qu'il leur portait en disait long sur son caractère : quelqu'un qui gagnait à être connu.

Faye reprit son téléphone et envoya un SMS à Kerstin pour lui proposer de passer. Elle ne voulait pas être seule ce soir. Kerstin arriva dans les cinq minutes. Un des nombreux avantages d'habiter porte à porte.

"J'ai pris un peu de charcuterie et de fromage, annonça-t-elle. Je suis passée aux halles tout à l'heure.

— Tu es un ange, Kerstin."

Faye servit un verre d'amarone à son amie, qui s'installa sur le canapé.

"Qu'est-ce qui se passe ?

— Je ne veux pas en parler", dit Faye en remplissant son verre.

Sa conversation avec David lui pesait, elle avait besoin de rassembler ses idées.

"Et Revenge, tu as le courage d'en parler ? demanda Kerstin en attrapant une tranche de *prosciutto*. On ne peut pas se permettre d'éviter le sujet.

— Je préfère, répondit Faye. Il faut évaluer qui sont nos alliés. Nous n'arriverons pas à nous en sortir seules.

— Tu sais ce que j'en pense, qui tu devrais contacter.

— C'est de la folie. Que l'idée t'ait seulement effleurée me dépasse. Tu es sérieuse ?

— C'est peut-être justement un peu de folie qu'il nous faut, là."

Faye hocha lentement la tête. Cela avait beau être l'été, elle avait allumé la cheminée du séjour, qui crépitait agréablement. Elle leva son verre et contempla le vin qui rougeoyait comme des rubis devant les flammes. Elle attrapa un morceau de *taleggio*. Le mastiqua soigneusement avant de répondre, gagnant du temps pour réfléchir.

Kerstin avait raison. L'admettre lui était difficile, mais Kerstin avait raison. Ylva Lehndorf. Allait-elle la laisser à nouveau entrer dans sa vie ?

Avant de voler son mari à Faye, Ylva avait été une étoile montante de l'édition, secteur qu'elle avait révolutionné en quelques années seulement. En fait, c'était Faye qui avait convaincu Jack d'embaucher Ylva, qu'elle suivait depuis sa sortie de Sup de Co. La trahison avait donc été double quand elle les avait surpris au lit. Mais aujourd'hui, elle était obligée de reconsidérer la situation. Dieu savait ce que Jack lui avait dit d'elle, Ylva n'était-elle pas elle aussi une victime ? Exactement comme Faye, elle avait été aveuglée et manipulée. Domestiquée et mise en cage. Et il avait abusé de son amour – l'avait forcée à arrêter de travailler, à devenir une femme au foyer soumise. Pourtant, Ylva n'en demeurait pas moins une des plus brillantes économistes du pays. Avec écrit SOLDES en rouge sur le front.

"OK, je sais ce que tu penses d'Ylva. C'est peut-être la bonne méthode."

Elle but une gorgée de vin, avant de reprendre :

"J'avais aussi pensé à quelqu'un, de mon côté.

— Ah oui ? dit Kerstin en se penchant en avant. Qui ça ?

— Alice Bergendahl.

— Alice ? Une femme au foyer de Lidingö, morte d'ennui et bientôt divorcée ?"

Kerstin éclata de rire.

"C'est ça."

Quand elle était encore mariée à Jack, Alice lui semblait comme un idéal hors d'atteinte. Elle était la femme au foyer parfaite. Belle, loyale et compréhensive. Sexy sans être vulgaire. Une fée séduisante aux seins siliconés avec goût et aux jambes si longues qu'un ferry aurait pu passer entre elles sans problème.

La surprise de Faye avait été d'autant plus grande quand des sites de ragots lui avaient appris le divorce d'Alice et Henrik. Alice, qui était du genre à consulter son mari avant d'aller aux toilettes en lui demandant au passage s'il préférait sa pipe avant ou après le dîner, apparaissait désormais dans la presse de caniveau avec une armada d'avocats sur le dos. Pendant deux mois, ce divorce à la dure avait alimenté les conversations et passionné la bonne société de Stockholm.

Faye était curieuse de savoir ce qui avait provoqué cette métamorphose d'Alice, jadis si docile. Elle savait aussi qu'Alice avait un côté rebelle : à l'insu de son mari, elle avait été une des premières à investir dans Revenge.

"Rien n'est aussi fédérateur qu'un ennemi commun, dit Faye. Mais je n'arrive pas à comprendre pourquoi Henrik me fait ça. Il s'en est pourtant bien sorti. Il est retombé sur ses pieds."

Kerstin posa une main sur l'épaule de Faye. Appuya légèrement.

"Pour un homme comme Henrik, le fait d'avoir renoué avec le succès n'a aucune importance. Tu l'as mêlé à un scandale, tu as abîmé son image. Pour des hommes comme Jack ou Henrik, cela signifie que tu as blessé leur fierté, leur virilité. C'est pour ça qu'il te hait. C'est pour ça qu'il veut te prendre Revenge."

Faye hocha la tête.

"Tu as probablement raison. Mais je crois que tu sous-estimes Alice. Si quelqu'un connaît les points faibles d'Henrik, c'est bien elle.

— Alice. Et Ylva, dit Kerstin en se calant pensivement au fond du canapé. La combinaison n'est peut-être pas si bête."

Faye but une autre gorgée de vin. Cela pourrait être une bonne piste. Elle regarda Kerstin.

"Il faut aussi que je parle avec Irene. Il faut que je sache pourquoi elle m'a trahie."

La magnifique villa d'Alice et Henrik Bergendahl était située à l'extrémité de Lidingö, avec une plage privée. Le long d'un ponton, un gros bateau à moteur se balançait dans la houle, étincelant au soleil couchant.

"Je suis contente que tu m'aies appelée, dit Alice. Tu m'as manqué, tu sais."

Elles s'installèrent dans des fauteuils, sur l'énorme véranda, à quelques mètres seulement du rivage. Sur la table, devant elles, Alice avait disposé quatre ou cinq bouteilles de la cave d'Henrik. Elle portait une simple robe rouge, ses longs cheveux blonds en queue de cheval.

En ouvrant la porte à Faye, Alice avait d'abord semblé troublée. L'accolade avait été maladroite, mais à présent qu'elles étaient dehors, les mots lui venaient plus facilement. Comme si elle parlait avec une vieille amie.

"Je me sens assez seule, certains soirs, continua Alice.

— Où sont Henrik et les enfants ?

— Nous avons un appartement sur Danderydsgatan, il leur a fait aménager des chambres là-bas."

Alice se pencha en avant, lut l'étiquette d'une des bouteilles, hocha la tête et attrapa le tire-bouchon.

"Les temps ont changé, dit Faye.

— En mieux. Enfin… pardon. Bien sûr, ce n'est pas ce que je voulais dire."

Il fallut une demi-seconde à Faye pour comprendre qu'Alice faisait allusion à la mort de Julienne.

"Je suis vraiment désolée pour ce qui est arrivé, et je pense à elle tous les jours.

— Merci, dit doucement Faye en prenant le verre qu'Alice lui tendait. Parlons d'autre chose. Raconte-moi ce qui s'est passé avec Henrik. La version non censurée, s'il te plaît."

Alice but une gorgée, puis hocha doucement la tête.

"Comme tu le sais, j'avais l'esprit assez ouvert concernant l'infidélité notoire d'Henrik, commença-t-elle. Tant que ça restait un à-côté, qu'il gérait ça avec tact et que ni moi ni les enfants n'avions à en souffrir, je considérais que c'était un prix que j'étais prête à payer : les hommes qui réussissent sont infidèles. Parfois, je me persuadais que c'était justement là la clé de leur succès. L'appétit, tu sais. D'argent, de pouvoir et… de femmes. Moi-même, vers la fin, je n'étais pas non plus irréprochable, comme tu le sais."

Elle sourit de ses lèvres pulpeuses, et Faye se souvint qu'Alice lui avait demandé le numéro du beau Robin, un minet tatoué. Pendant une période, Alice le retrouvait une fois par semaine quand Henrik la croyait à sa séance de pilates.

Une ombre de tristesse passa alors dans les yeux d'Alice.

"En août, l'an dernier, nous avons engagé une nouvelle baby-sitter. La fille d'un ami d'enfance d'Henrik, l'un de ses plus importants clients. Elle avait dix-sept ans, était en première et avait besoin d'argent pour un voyage à Rhodes avec ses copains. Elle venait en mob, tu vois le genre. Chewing-gum à la bouche, les cheveux au vent. Et portait sûrement des culottes Hello Kitty de chez H&M. Tiens, je n'y avais jamais pensé."

Alice secoua la tête.

"Et que s'est-il passé ?

— Je suis rentrée à la maison un après-midi qu'elle était allée chercher les enfants. Je me suis garée, je suis sortie de la voiture et j'ai entendu les cris des gamins qui jouaient dehors. J'ai fait le tour de la maison et, là, j'ai découvert qu'ils étaient seuls. La fenêtre de la salle de bains était ouverte au rez-de-chaussée. À l'intérieur, j'ai entendu… enfin, tu comprends."

Alice s'humecta les lèvres, vida les dernières gouttes de son verre et le reposa. Faye compatissait. Elle aussi, elle avait surpris Jack avec une autre. Rien ne peut préparer quelqu'un à un tel choc. Faye s'en rappelait bien : après être restée comme figée, elle s'était précipitée dans la chambre, en larmes. Jack lui avait annoncé qu'il voulait divorcer et Faye, devant Ylva Lehndorf et Jack encore nus sur le lit, avait supplié ce dernier de rester. Promis d'oublier. De se ressaisir. Pourvu seulement qu'il ne la quitte pas.

Elle frissonna à l'afflux de ces souvenirs.

"Je croyais que j'aurais été en colère, détruite, mais au contraire, j'ai compris qu'il fallait agir. Tout de suite. J'ai sorti mon téléphone et j'ai filmé par la fenêtre entrouverte.

— Et ce film…

— … vaut plusieurs centaines de millions." Alice rit. "Et j'ai pris aussi quelques photos, par mesure de précaution. En zoomant comme il fallait. Faye, tu n'imagines pas. J'aurai droit à la moitié de tout. Sinon, la Suède entière découvrira, qu'elle le veuille ou non, la face cachée du financier Henrik Bergendahl. Et pas sûr que Sten Stolpe continue à vouloir faire des affaires avec Henrik après l'avoir vu sodomiser sa fille, la prunelle de ses yeux."

Elle haussa un peu les épaules.

Faye se pencha en avant.

"Pourquoi tu restes là après ce qui s'est passé ?

— Parce que c'est la maison de mes rêves, je m'y suis toujours plu. Je ne vais pas le laisser me l'enlever. Mais je n'utilise plus cette salle de bains. Une fois le divorce prononcé, je la ferai sans doute transformer en dressing."

C'était un soir lumineux, sans vent. Un poisson sauta hors de l'eau. Le bruit fit se retourner Alice, qui se passa lentement la main sur le bras. Elle semblait soudain indiciblement triste.

Faye se racla la gorge.

"Ça va, Alice ?

— Je ne sais pas.

— Henrik te manque ?"

Alice rit et la dévisagea.

"Tu es folle ? Les enfants me manquent quand ils ne sont pas avec moi. Mais construire sa vie autour d'un homme, attendre qu'il rentre à la maison, ne se voir que reflétée en lui, à ses côtés, être plus un ustensile de ménage que sa partenaire : non, ça ne me manque pas. C'est juste que, sans les enfants, les journées sont solitaires. Les seules personnes que je vois, ce sont les avocats qui s'occupent de mon divorce.

— J'espère au moins qu'ils sont mignons. Baisables.

— Au prix où je les paye, ils pourraient ressembler à des dieux grecs. Mais malheureusement, non : ils sont tous gros et chauves, ce qui semble être la norme dans cette profession.

— Quelle misère. Mais trinquons !" Faye rit. "Il te faut des plans cul. On va t'en trouver, tu vas voir.

— Oui, après toutes ces années passées avec le petit zizi d'Henrik, ça me fera du bien de sentir enfin quelque chose. Santé !"

Prise d'un fou rire, Faye faillit rendre son vin par le nez. Cette nouvelle Alice, elle pourrait s'en faire une amie.

Elles gloussèrent en entrechoquant bruyamment leurs verres. Henrik et Jack les reprenaient toujours quand elles trinquaient ainsi.

"C'est d'un vulgaire…", dirent-elles en chœur d'une voix contrefaite, pouffant de plus belle.

Elles trinquèrent encore une fois, rien que pour le principe. Faye but quelques grandes gorgées. C'était un vin excellent.

"Il faut que tu fasses quelque chose de tes journées, Alice. Sinon, tu vas sombrer. Les avocats, le divorce, c'est bien joli, mais il te faut un but dans la vie. Tout le monde a besoin de ça."

Alice hocha lentement la tête en promenant pensivement son regard à la surface de l'eau.

"J'ai rencontré Henrik quand j'étais jeune, et je m'en suis remise à lui pour subvenir aux besoins du ménage. Toute ma vie professionnelle, j'ai été une jolie femme au foyer bien payée. Nous jouons cartes sur table, n'est-ce pas ? Là où je suis douée, c'est pour organiser des fêtes, sourire aux invités de mon mari et les mettre à l'aise. Ça a été le cœur de mes compétences durant toutes ces années. Qui voudrait m'embaucher ?"

Faye secoua la tête. Elle compatissait avec Alice. Et effectivement, sa description cernait bien la réalité. Mais elle omettait le principal.

"Tu es un génie social, Alice. Tu sais comment fonctionnent les hommes de pouvoir, car tu les as tous reçus. Et tu sais comment fonctionnent les femmes. Les riches, ceux qui ont les moyens. Ces connaissances-là, on ne les acquiert pas à l'université. Franchement, c'est d'autant plus précieux.

— Pour qui ?

— Pour moi. Et pour Revenge."

Alice la dévisagea une seconde avant d'éclater de rire.

"Non, franchement, Faye, je sais que c'est le vin qui parle, mais qu'est-ce que tu ferais de moi ? J'apprécie le geste, mais ne t'inquiète pas pour moi. Je ne suis pas à plaindre. Je ne vaux rien, mais ça va aller."

Elle fit un large geste avec son verre.

"Et puis, tu as Kerstin, personne ne peut concurrencer la super-assistante Kerstin."

C'est typique des femmes, pensa Faye, toujours se déprécier, être incapables de reconnaître leur propre valeur. On nous élève comme ça. C'est ce que le monde nous a appris. Et le monde est dirigé par les hommes, qui ont tout intérêt à ce que nous ne mesurions notre valeur que par rapport à eux.

Elle fixa Alice.

"Ne dis pas ça, ne dis pas que tu ne vaux rien. Si tu continues, ça va devenir vrai. Pour toi, puis pour ta fille. Et Kerstin ne travaille plus qu'à temps partiel, elle se consacre de plus en plus à son orphelinat en Inde. Et à Bengt, l'homme qui lui a fait découvrir ce pays. Je la laisse faire. Elle mérite bien une seconde chance. Mais moi, j'ai besoin de quelqu'un. J'ai besoin de toi."

Elle porta le verre à ses lèvres sans quitter Alice du regard.

"Tu crois que j'ai bâti Revenge en étant gentille ? En rendant des services à droite et à gauche à mes amies ? Non, jamais je n'embaucherais quelqu'un par amabilité. Je ne donnerais jamais un poste à quelqu'un dont la contribution ne générerait pas de la richesse. Tu n'as pas fait d'études, et alors ? Les diplômes universitaires ne valent rien dans la vraie vie. Et tu le sais très bien. Tu as toi-même eu l'occasion de parler avec tous ces hommes aux titres ronflants décernés par des universités américaines et tu t'es sentie plus intelligente qu'eux. Tu ne comprends pas les chiffres, mais tu comprends le monde et les personnes qui le font tourner. Alors, arrête de te déprécier.

Et puis, tu es déjà engagée, puisque tu es l'une des premières à avoir investi dans Revenge."

Alice la regarda en haussant les sourcils.

"Arrête ton char. Qu'est-ce que tu es venue faire ici, en fait ?"

Elle croisa les bras en attendant la réponse de Faye. Cette dernière la regarda, admirative. Alice n'était décidément pas dupe.

Elle inspira à fond. L'eau miroitait au soleil couchant.

"Quelqu'un essaie de m'arracher Revenge. Je suis sur le point de perdre tout ce que j'ai bâti.

— Mais il te restera le capital, non ? dit Alice en fronçant les sourcils. Après la vente ?

— Oui, financièrement, je m'en sortirai. Largement. Mais ce n'est pas ça. Revenge, c'est moi. Et Revenge, c'est aussi Chris."

Alice hocha la tête. Elle trempa les lèvres dans son vin en baissant les yeux vers l'eau. Le silence n'était rompu que par des cris d'oiseaux dans un petit bosquet.

Faye laissa à ses paroles le temps de porter. Car elle n'avait pas tout dit. Au bout d'un moment, Alice se tourna vers Faye.

"Et qui rachète les actions ?

— Je ne l'ai pas su tout de suite. C'était un fouillis d'acheteurs, en Suède et à l'étranger. Mais on a fini par démêler tout ça et trouver qui se cache derrière.

— Henrik", dit Alice.

Faye la regarda, étonnée.

"Tu savais ?

— Non, non, assura Alice en agitant la main. Je t'aurais prévenue. Mais je ne suis pas surprise. Je ne crois pas que tu aies compris à quel point il te déteste. Mais je ne pensais pas qu'il passerait à l'action. Henrik cause beaucoup, depuis toujours. À un moment, j'ai envisagé de te contacter pour te dire combien Henrik était en colère, mais tu... tu avais d'autres soucis."

Le soleil avait complètement disparu à l'horizon. Faye baissa les yeux. Alice ne savait pas que Julienne était vivante. Et c'était très bien ainsi.

Elle resservit leurs deux verres.

"Il est tout près de réussir, Alice. Je n'étais pas sur mes gardes. J'étais... d'abord débordée par le chagrin et la colère.

Puis je me suis accordé un peu de répit. Je pensais que la page était tournée."

Alice hocha la tête et resta immobile quelques secondes. Puis elle leva son verre pour trinquer.

"Je suppose que tu cherches une complice. Je me ferai un vrai plaisir d'essayer de faire un croche-pied à ce foutu salaud."

Faye rit, et elles entrechoquèrent leurs verres. Il y avait peut-être malgré tout un espoir de solidarité entre sœurs, malgré la trahison des actionnaires.

Alice lui avait proposé de rester pour la nuit, mais Faye voulait rentrer à l'appartement, échanger quelques idées avec Kerstin. Pourtant, quand le taxi passa devant Jungfrugatan, elle demanda au chauffeur de s'arrêter. C'était là qu'habitait Irene Ahrnell. Quelques années plus tôt, Faye avait été invitée chez elle à un dîner magnifique : elle reconnaissait l'immeuble.

Un instant, Faye hésita. Elle se représenta cette belle femme. Toujours maîtresse d'elle-même. Toujours digne. Comment avait-elle pu ? Elle régla son taxi et descendit.

Faye appuya sur l'interphone. Nombreuses sonneries, sans réponse : elle se dit qu'Irene ne devait pas être chez elle. Des pas rapides dans son dos la firent se retourner, mais ce n'était qu'un joggeur. Depuis l'évasion de Jack, elle essayait de ne pas sortir seule en ville le soir, uniquement un coup de tête l'avait décidée à s'arrêter chez Irene. D'emblée, les moindres mouvements perçus du coin de l'œil lui paraissaient menaçants. Elle sonna à nouveau avec insistance. Cette fois-ci, Irene répondit.

"Salut, c'est Faye. Je sais que tu n'as sûrement pas envie de me parler, mais… est-ce que je peux monter ?"

Faye retint son souffle. Kerstin lui avait déconseillé d'avoir cette discussion avec Irene avant de s'être attaquée à des problèmes plus urgents. Mais pour elle, il était urgent de lui parler. Certes, ses actions étaient déjà vendues, mais elle aimait bien Irene, lui faisait confiance. Elle n'arrivait pas à comprendre ce qui s'était passé. Et elle avait besoin de comprendre. Peut-être était-ce là la clé des problèmes de Revenge, quoi qu'en pense Kerstin ?

"Irene ? dit Faye. S'il te plaît ?"

Un déclic dans la porte et, avec un dernier coup d'œil par-dessus son épaule, Faye se dépêcha d'entrer.

L'ascenseur était vieux, étroit et interminablement lent. Une fois au troisième étage et la grille noire bringuebalante écartée, Faye trouva Irene qui l'attendait devant sa porte. Elle portait une tenue d'intérieur grise, sans maquillage, un bandeau en tissu éponge pour retenir ses cheveux courts. On devinait à son visage brillant que Faye devait l'avoir dérangée au milieu de ses soins du soir.

"Entre", lui dit Irene à voix basse.

Son visage fermé indiquait clairement qu'elle ne voulait pas lui parler, mais elle l'avait au moins laissée entrer.

"Tu veux du thé ?

— Euh…, fit Faye avec une grimace.

— Je vois."

Irene alla à la cuisine chercher deux verres à vin et une bouteille ouverte de chablis dans le réfrigérateur. Faye la suivit dans le vaste séjour où avait eu lieu l'apéritif quand elle était venue dîner : grande hauteur sous plafond, stucs.

Elles s'installèrent sur un canapé au tissu à larges motifs de chez Josef Frank. Faye se demandait par où commencer, mais Irene prit les devants.

"Je… J'ai songé à te contacter. Je comprends ce que tu ressens. Et crois-moi, je ne dors plus depuis bientôt une semaine. Mais…

— Mais quoi ?" demanda Faye, sans parvenir à cacher sa peine.

Irene tarda à répondre. Elle fit tourner son verre de vin, puis le posa sur le plateau en marbre de la table basse, se leva et gagna du temps en allumant quelques bougies.

Faye ne la pressa pas. Elle vit aussitôt combien Irene était déchirée, et toute sa colère se dissipa. Il s'était passé quelque chose, et elle était tout à fait prête à laisser à Irene une chance de s'expliquer.

Irene finit par venir se rasseoir près d'elle sur le canapé et reprit son verre. Elle se blottit dans un coin, remonta ses jambes sous elle et inspira profondément.

"C'était le matin, le lendemain de notre déjeuner. Un homme attendait devant ma porte. Il avait une enveloppe pour moi et m'a demandé d'en étudier le contenu : après, je devais attendre un appel téléphonique. J'ai pris l'enveloppe, et il a disparu avant que j'aie le temps de dire ouf. D'abord, ça m'a bien fait rire. On aurait dit un mauvais film d'espionnage. Mais ensuite, je suis remontée dans l'appartement et je... j'ai ouvert l'enveloppe."

Irene but une gorgée de vin.

"Que contenait-elle ?"

Irene ne répondit pas tout de suite. Elle cligna plusieurs fois des yeux avant d'enfin croiser le regard de Faye.

"L'enveloppe contenait mes secrets.

— Tes secrets ? Je croyais que ta vie était un livre ouvert ?

— Oui, c'est ce que tout le monde croit. J'ai réussi à me créer un passé, ma propre « fiction » que personne n'a jamais remise en cause. Ce n'est pas difficile, tu sais. Quelques petites anecdotes. Quelques histoires bien senties. Un fil rouge pour les médias. On ne te pose jamais de questions."

Faye hocha la tête. Elle connaissait bien la chanson. Si Irene savait... La mission fondamentale des médias, à part rapporter les faits, était de les soumettre à un examen critique. Mais personne en Suède n'allait discuter une bonne histoire. Et c'était justement le point fort d'Irene et de Faye : une bonne histoire.

"Je n'ai pas grandi à Bromma. Mes parents n'étaient pas avocats. Je n'ai connu que ma mère. Une pouffiasse alcoolique prénommée Sonja. Je la détestais profondément. Mais son histoire s'est répétée avec moi. Je me suis retrouvée en mauvaise compagnie. J'ai trop consommé d'alcool... et d'autres substances aussi. Je suis tombée enceinte. Je ne pouvais pas, ne voulais pas garder l'enfant. J'ai accouché sous X. Je n'ai aucune idée de ce que cette fille est devenue. Enfin... je n'avais aucune idée. Il y avait des photos d'elle dans l'enveloppe. Elle est adulte aujourd'hui."

Irene rit en réalisant ce qu'elle venait de dire.

"Évidemment qu'elle est adulte. Remarque idiote. Elle... elle a la quarantaine. Et tiens-toi bien, elle est procureure, et à Jönköping par-dessus le marché. Un mari, deux enfants. Une vie heureuse, en tout cas à en juger par son compte Instagram que je consulte maladivement depuis.

— Et tu n'as pas voulu détruire sa vie…"

Irene croisa le regard de Faye. On y lisait un océan de douleur. La colère de Faye disparut. Elle comprenait. Parfaitement. On fait ce qu'on a à faire. Pour protéger les siens.

"Non, je ne voulais pas détruire sa vie. Alors je t'ai sacrifiée. C'est la dure vérité, je ne peux pas la cacher."

Irene sembla vieillir en quelques secondes devant les yeux de Faye. Elles n'étaient pas assez proches pour que Faye puisse toucher son épaule pour la consoler, mais elle posa son verre et joignit les mains sur les genoux.

Elle parla doucement à Irene pour qu'elle saisisse chaque mot.

"Je te comprends. Je te comprends totalement et j'aurais fait la même chose. Et j'imagine que tu n'es pas la seule à avoir reçu une telle enveloppe parmi celles qui ont vendu leurs actions. J'avoue que j'ai été blessée, attristée et désarçonnée. C'était comme un coup de poignard dans le dos. Mais à présent, je saisis ce qui s'est passé et je te le redis encore une fois : j'aurais fait pareil. Tu viens de me donner une pièce importante du puzzle. Merci.

— Je ne trouve pas qu'il y ait tellement matière à remerciements, dit Irene d'une voix sourde.

— Mais si, rétorqua Faye en se levant. Maintenant, je vais rentrer. Et tu vas pouvoir te coucher."

Irene raccompagna Faye jusqu'à la porte.

"Après ça, je me suis renseignée sur la société d'Henrik."

Faye haussa un sourcil.

"Ah ?

— La façon dont les femmes y sont traitées…, expliqua Irene en grimaçant. Considérées comme de simples potiches, sans perspective d'évolution et sans la moindre considération. Comme si ce type ne savait pas que le monde avait changé."

Faye soupira. Entendre Irene lui raconter tout ça lui rappelait ses années passées avec Jack.

"Ça ne m'étonne pas plus que ça", dit-elle.

Irene secoua la tête.

"Moi non plus. En tout cas, ça m'a fait tellement de bien de te parler. Je me sentais si mal."

Oubliant ses réserves, Faye posa les deux mains sur ses épaules.

"Premièrement : sans rancune de mon côté. Et deuxièmement : tu utilises les crèmes Revenge ou tu me fais des infidélités ?"

Irene sourit.

"Des infidélités. Je reste *old school.* Je n'utilise que Nivea. Comme ma grand-mère.

— Fichue Nivea", dit Faye en la serrant dans ses bras.

Quand le minuscule ascenseur amorça sa descente, elle vit Irene à travers la grille. Elles se saluèrent de la main. Faye s'appuya contre le miroir de la cabine. Irene lui avait donné une réponse, mais elle ignorait si celle-ci lui serait utile.

FJÄLLBACKA – JADIS

J'étais sans doute la seule à Fjällbacka à ne pas aimer la voile. La mer me faisait peur. Aussi ai-je été étonnée de m'entendre répondre oui quand Sebastian m'a proposé de l'accompagner pour une sortie avec Tomas et Roger.

Même si Sebastian m'avait rendu plusieurs autres visites nocturnes, certains jours il était vraiment gentil avec moi. Comme avant. Quand nous étions seuls contre le reste du monde.

Cette excursion, me suis-je dit, c'est peut-être une façon de demander pardon. De se racheter. Je voulais le voir ainsi. Oublier. Que tout redevienne comme autrefois, avant que la porte de ma chambre ne s'ouvre la nuit.

Nous devions nous rendre sur Yxön, une île inhabitée.

Le voilier *Marika* appartenait au père de Roger.

Nous nous sommes retrouvés sur le ponton à neuf heures du matin. C'était un vendredi. Tomas et Roger sont arrivés avec un quart d'heure de retard, traînant un sac, une tente et quatre packs de bière. Nous sommes montés à bord. Roger était grand et taciturne. Il ne parlait que lorsqu'on lui adressait la parole, mais donnait l'impression d'un bon géant : gentil, mais simplet. Il ne s'éloignait jamais de Tomas, veillant sur lui comme une sorte de garde du corps.

Roger a passé une canette de bière à Sebastian, qui l'a ouverte et en a bu quelques gorgées. Sebastian n'avait jamais bu devant moi, mais je n'ai pas voulu le mettre mal à l'aise devant ses copains en faisant une remarque. Je me suis donc tue. Je me suis installée à l'avant, les jambes remontées contre la poitrine, tournée vers le large. Nous avons appareillé.

Je n'osais pas regarder Tomas. Je sentais ses yeux sur moi et faisais comme si de rien n'était. Il avait quelque chose de raffiné. Il donnait toujours l'impression qu'il aurait été plus à sa place dans une grande ville. Peut-être parce que ses parents étaient riches, en tout cas à l'échelle de Fjällbacka, et que sa mère consacrait beaucoup d'attention et d'argent à sa garde-robe. Aujourd'hui, il portait un short beige et un polo blanc. Il était assis à côté de moi et je n'avais jamais vu quelqu'un d'aussi beau.

"T'en veux ? m'a demandé Tomas en me tendant une bière.

— Hé, mais on en aura assez ?" s'est inquiété Sebastian.

Plus gentil ces derniers temps ne signifiait pas gentil. Il tenait une cigarette. C'était inhabituel de le voir fumer.

"Bah, bien sûr que Matilda peut avoir une bière, a répondu Tomas. On en a plein."

J'ai pris la bière qu'on me donnait. Esquissant un sourire. Toujours sans oser croiser son regard. Peut-être que je rencontrerais quelqu'un comme Tomas quand je partirais pour la ville ?

J'avais économisé, je faisais des extras dans un salon de thé. Chaque couronne gagnée devait servir à quitter Fjällbacka.

La bière était amère, je m'efforçais de ne pas faire la grimace. Mais après avoir avalé une demi-canette, j'ai senti une chaleur se répandre dans mon ventre et j'ai commencé à me détendre. Plus je buvais, plus cette bière tiède avait bon goût.

"Merci de ton aide, ai-je dit avec une soudaine audace, tandis que j'osais pour la première fois regarder Tomas dans les yeux.

— Merci pour quoi ? a-t-il fait, amusé.

— Tu m'as aidée l'autre jour quand j'ai fait tomber mes livres.

— De rien. C'est ce salaud de Stefan qui t'avait fait un croche-pied, hein ?"

J'ai hoché la tête et Tomas m'a passé une autre bière.

"Ne fais pas attention à ces idiots dégénérés", a-t-il dit avec un éclat dans les yeux.

J'étais étonnée que Sebastian ne nous coupe pas par quelque sarcasme, mais en me tournant vers lui, je l'ai vu, dans le cockpit, les yeux fermés. Il semblait s'être endormi. Soudain, je me suis sentie gênée. J'ai pris ma canette et suis retournée m'asseoir à l'avant. Je sentais le regard de Tomas dans mon dos.

Ma poitrine tressaillait d'espoir.

La Mercedes noire s'arrêta à l'entrée de Götgatan. Faye paya la course et descendit.

Le soleil brillait, illuminant de beauté les toits de Södermalm et la sphère du Globe, au loin. Quelques filets de nuages flottaient dans le ciel comme une fumée de cigarette. La guitare électrique d'un musicien de rue gémissait mélancoliquement.

Faye se fraya un passage dans la foule jusqu'au café Muggen. Elle s'arrêta devant le local sombre et tenta de repérer quelque chose à l'intérieur. Il était meublé de canapés et de fauteuils usés et disparates ; de vieux tableaux aux cadres dorés étaient accrochés à peu près au hasard.

Au moment où elle s'apprêtait à repartir, elle aperçut un visage connu. La policière Yvonne Ingvarsson. Son sang se glaça en découvrant qu'elle parlait avec Ylva.

Faye fila se réfugier dans un 7-Eleven étouffant et s'installa sur un tabouret haut avec vue sur l'entrée du café Muggen.

C'était de plus en plus troublant, la façon dont Yvonne mettait son nez partout. Ylva lui avait enlevé Jack, mais Faye le lui avait repris : elle s'était filmée en cachette en train de baiser avec lui et avait envoyé le film à Ylva. Ensuite, elle les avait anéantis tous les deux. Ylva ne savait rien qui puisse nuire à Faye, mais sa haine constituait un risque réel. Il était d'autant plus important de la rallier à sa cause.

Au bout de cinq minutes, Yvonne s'en alla. Faye se cacha derrière un rayon dans la boutique, avant de traverser la rue et d'entrer dans le café.

Ylva se tenait derrière une caisse enregistreuse à l'ancienne. La pancarte annonçant que le café n'acceptait pas l'argent liquide laissait penser qu'il s'agissait d'un simple objet de décoration. Ses cheveux étaient réunis en queue de cheval et un tee-shirt noir moulait sa poitrine. Il y avait deux personnes avant Faye dans la queue, qu'Ylva expédia avec efficacité.

Le tour de Faye arriva. En l'apercevant, Ylva eut le souffle coupé.

"Un café et un friand fromage-jambon."

Ylva hocha la tête et prépara sa commande.

"Ça fera…" Ylva toussa. "Ça fera quatre-vingt-huit couronnes."

Faye passa son Amex Black dans le lecteur.

"Je me doutais que tu finirais tôt ou tard par te pointer.

— Nous avons un problème commun", dit Faye.

Ylva hocha la tête, puis son regard se porta sur les gens qui faisaient la queue derrière Faye.

"Je dois prendre les commandes, mais va t'asseoir, je te rejoins dès que j'ai un moment."

Faye opina du chef, prit son café et son friand et alla s'installer à une table pour deux près d'une fenêtre.

Elle regarda son téléphone. David lui avait envoyé un message. Chaque fois qu'elle voyait son nom s'afficher, son cœur s'emballait.

Avec un sourire, elle cliqua sur le message et lut.

Je n'ai pas pu m'empêcher en voyant ce portrait. Il te ressemble tant. Et je parie qu'il va te plaire.

Faye fit s'afficher l'image jointe. Et eut le souffle coupé. David avait réussi à tomber pile sur la photo qu'elle aimait le plus au monde : le portrait de Faye Dunaway par Terry O'Neill, au bord de la piscine du Beverly Hills Hotel, le matin après l'attribution de son Oscar. Comment pouvait-il savoir ? Comment pouvait-il la connaître si bien en si peu de temps ? Faye ne put retenir un large sourire.

Elle rangea son téléphone et griffonna au stylo sur une serviette. Puis elle sortit son ordinateur de son sac, le posa sur la serviette et ouvrit sa boîte mail. Elle ne quitta pas l'écran des yeux jusqu'à ce qu'Ylva vienne s'asseoir en face d'elle.

Ylva brossa quelques miettes sur son tee-shirt avant de le lisser. Elle ne regardait pas vraiment Faye dans les yeux.

"Est-ce que Jack t'a contactée ?" demanda Faye.

Ylva secoua la tête.

"Non. Pourquoi il le ferait ? Je n'ai jamais compté pour lui."

Elle le disait très simplement, comme si c'était une évidence que Jack ne l'avait jamais aimée. Faye ne voulait pas imaginer comment avait été sa vie avec lui.

"Il ne t'a pas non plus donné de nouvelles depuis la prison ?

— Non. Je ne crois pas qu'il nous porte le moindre intérêt à Nora et à moi."

Faye regarda par la fenêtre. Elle pensait rarement au fait que Julienne avait une petite sœur qui allait avoir deux ans.

"Comment vous vous en sortez ?

— Tu le vois bien, non ? fit Ylva en écartant les mains. Après Jack, j'ai tout perdu. Personne ne voulait m'embaucher, et comment reprendre mon ancien métier tout en m'occupant d'un enfant en bas âge ? Mais je m'en sors. On s'en sort."

Faye but une gorgée de café. Elle était persuadée qu'Ylva disait vrai. Elle allait s'en sortir. C'était une survivante.

"Tu as peur ?" demanda Ylva.

Faye hocha lentement la tête.

"Oui. Jack a tué notre fille. Et il me hait. Pour avoir témoigné contre lui et pour avoir continué à aller de l'avant. Pour avoir eu du succès. Pour avoir aujourd'hui tout ce qu'il a perdu."

Ylva jeta un œil vers la caisse, mais aucun client n'attendait d'être servi.

"Je suis désolée, dit-elle. Pour tout. Pour ce que nous t'avons fait. D'avoir été assez bête et naïve pour gober tout ce qu'il disait. Et je suis terriblement désolée de ce qui est arrivé à Julienne. Maintenant que j'ai Nora, je ne peux même pas imaginer…"

Sa voix se brisa, et Faye réalisa qu'elle éprouvait de la sympathie pour la femme qu'elle avait en face d'elle. Toutes deux avaient été bernées par Jack. Toutes deux avaient payé le prix fort. Le passé était oublié.

"Ça te plaît, le travail dans ce café ?" demanda Faye.

Ylva se tourna sur sa chaise.

"C'est mon boulot, ni meilleur ni pire qu'un autre.

— Tu as le sens du travail bien fait, tu es consciencieuse, dit Faye. Je suis sûre que tes chefs n'ont jamais eu de meilleure employée. Tu es perfectionniste, et sache que je te respecte."

Elle souleva son ordinateur, saisit la serviette griffonnée et la fit glisser sur la table. Ylva examina la serviette avec méfiance.

"Qu'est-ce que c'est ? lâcha-t-elle.

— Un contrat d'embauche.

— Laisse tomber, dit Ylva en rougissant. Tu as gagné, Faye, pas besoin de venir jusqu'ici pour m'humilier. J'ai pigé. Je n'aurais pas dû faire ce que j'ai fait, j'ai perdu."

Faye posa la main sur son ordinateur, qu'elle replia lentement.

"Dans ma boîte de réception, j'ai presque cent cinquante mails de personnes qui veulent investir dans Revenge avant l'implantation aux États-Unis. Principalement des hommes. J'ai besoin de quelqu'un qui connaisse vraiment l'économie et passe en revue ces propositions en vérifiant chacun des investisseurs... Je veux savoir avec qui je couche.

— Pourquoi moi ?

— Parce que tu es la plus qualifiée. Et aussi parce que je pense pouvoir concurrencer le salaire que te verse cette gargote et m'offrir pour pas cher une des meilleures économistes de Suède."

Ylva semblait perplexe.

"Mais... mais je t'ai pris ton mari.

— Oui, c'est vrai, j'ai oublié de t'en remercier, dit Faye en se dépêchant de sourire. Après, je te l'ai volé à mon tour, même si ce n'était que pour le piéger et lui piquer son entreprise. De mon point de vue, nous sommes quittes.

— Je ne comprends juste pas très bien en quoi je pourrais t'être utile.

— Voilà. Il s'agit d'une information confidentielle. J'ai déjà réussi à dissuader *Dagens Industri* de publier un article sur le sujet jusqu'à nouvel ordre. Mais je vais prendre le risque de te faire confiance.

— Tu peux compter sur moi, dit gravement Ylva, et Faye la crut.

— Revenge est en voie d'être racheté. Ça s'est passé en cachette au début, mais à présent c'est au grand jour.

— Racheté, mais par qui ?

— Henrik Bergendahl.

— L'ancien associé de Jack ?

— Oui."

Ylva hocha la tête. Réfléchit aux informations qu'elle venait de recevoir.

"Il doit avoir la haine contre toi.

— Oui, de même qu'il hait Alice.

— Alice ?"

Faye se récria d'un signe de la main.

"C'est une longue histoire. Ils sont en instance de divorce, à la dure. Henrik a baisé la baby-sitter.

— Qui n'a-t-il pas baisé ?" murmura Ylva.

La cloche de la porte d'entrée sonna, mais la personne se ravisa sans doute et ressortit.

"Le problème, c'est qu'Henrik a du capital. Beaucoup de capital. Assez pour pouvoir tout racheter. Et je ne crois pas que ce soit une lubie soudaine, je crois que c'est planifié depuis longtemps.

— Tu ne peux rien faire ? Tu as vérifié tous les contrats ? Parlé avec les actionnaires ? Aucune irrégularité avérée dont tu pourrais te servir ?"

Faye sourit, satisfaite.

"C'est justement pour ça que je suis là, dit-elle. J'ai besoin de quelqu'un qui pose exactement ces questions, réfléchisse en ces termes et m'aide à trouver des réponses. Entre autres."

Ylva secoua la tête.

"Je ne comprends toujours pas pourquoi tu m'offres du travail."

La porte sonna à nouveau, et cette fois une jeune femme entra et se dirigea vers la caisse. Ylva se leva.

Faye se leva elle aussi, ramassa ses affaires et lui tendit sa carte de visite.

"Appelle-moi si tu es intéressée. Mais tu auras le job à une condition. Considère ça comme un examen d'entrée. Tu

135

devras jeter les bases d'un plan pour m'aider à arrêter ceux qui veulent prendre le contrôle de mon entreprise."

Elle prit la serviette et la plaça dans la main d'Ylva.

" Ce contrat est parfaitement valable : signe-le, et tu commences sur-le-champ au poste de directrice financière de Revenge. À condition d'être en mesure de me fournir les informations dont j'ai besoin. Et préviens-moi si tu as des nouvelles de Jack. Nous devons toutes les deux nous méfier. Il est dangereux."

Elle la salua en agitant les doigts, tourna les talons et quitta Muggen.

Quelque part, elle savait qu'elle rêvait, et pourtant Faye n'arrivait pas à s'extirper de ce rêve. Il revenait de plus en plus souvent. Pas toujours identique. Mais l'impression était toujours la même. Et elle était toujours horriblement réelle.

C'était quelques semaines après son retour de la maternité avec Julienne. Elle était encore dans sa bulle. Encore entièrement absorbée par le petit être qui, depuis qu'il avait ouvert les yeux pour la première fois, l'accaparait complètement.

Elle était à bout, endolorie, épuisée. Depuis leur retour, elle s'était occupée seule de Julienne toutes les nuits et n'avait jamais dormi plus de quelques heures à la suite. En trois semaines, jamais plus de trois heures d'affilée.

Pourtant, Jack avait trouvé que c'était une bonne idée de maintenir un grand dîner d'affaires avec d'importants investisseurs. Comme toujours, elle s'était pliée à ses désirs.

Elle avait préparé ce dîner pendant des jours, tout en s'efforçant de satisfaire les besoins de Julienne. Elle voulait être belle pour cette occasion, mais plus rien dans sa garde-robe ne seyait à son corps de jeune maman. Son ventre était mou et gonflé, ses seins énormes, gorgés de lait. Trempée de sueur, elle avait fini par réussir à enfiler une sorte de caftan qu'elle avait acheté pour l'un de leurs voyages au soleil. Elle portait dessous un legging de grossesse renforcé à la taille et un soutien-gorge d'allaitement avec des coupelles pour recueillir les fuites de lait.

Quand Jack l'avait vue, il l'avait toisée de la tête aux pieds d'un air dégoûté.

Leurs invités étaient arrivés, Jack et Faye les accueillaient dans l'entrée. Les hommes étaient accompagnés de femmes à moitié faméliques. Vêtements taille trente-quatre et joues creuses rembourrées à l'acide hyaluronique. Le regard de Jack passait d'elles à sa femme, et elle voyait bien qu'elle n'était pas à la hauteur à ses yeux.

Tandis qu'ils mangeaient l'entrée, Julienne s'était réveillée. Faye s'était levée pour aller la voir, mais la main de Jack sur son bras l'avait fait se rasseoir. Elle l'avait supplié des yeux, mais son regard était sans appel.

Faye avait affiché un sourire crispé devant ses hôtes, tandis que Julienne hurlait dans sa chambre. Quelques-unes des femmes la regardaient en compatissant, les hommes ricanaient en lâchant des commentaires du genre : "C'est bon pour les poumons."

Jack avait fini par aller chercher Julienne. Il était revenu avec sa fille dans les bras. Elle avait le visage gonflé par les pleurs et le pyjama trempé de larmes. Le visage de Jack était déformé par la colère, comme si Faye était responsable. Sans un mot, il la lui avait tendue, et elle avait serré avec reconnaissance le petit corps de sa fille contre le sien. La rage de Jack était palpable. Les rires des hommes retentissaient sans gêne entre les murs de leur belle salle à manger. Mais les regards désolés et compréhensifs des femmes étaient restés gravés dans son âme.

Qu'avait-elle fait ? Comment en était-elle arrivée là ?

Faye se releva dans son lit, haletante. Elle était trempée de sueur, tout son corps tremblait.

Ce n'était qu'un rêve, se dit-elle. Juste un rêve. Mais elle ressentait toujours le regard cuisant de Jack. Elle se recoucha lentement, un bourdonnement de sang dans les oreilles. Jack était toujours là. Elle n'avait jamais réussi à le chasser de ses rêves. Il ferait toujours partie de sa vie.

Faye rangea son portable dans son sac et regarda les différentes montres que le vendeur obséquieux lui présentait. La police venait de l'appeler pour le point quotidien et vérifier que tout allait bien de son côté.

La montre qui attira son attention était une Patek Philippe qui coûtait trois cent cinquante mille couronnes. Faye était consciente que c'était une folie de l'offrir à un homme qu'elle ne connaissait que depuis quelques semaines. Et pourtant, cela lui paraissait naturel. Elle sourit en songeant au portrait de Faye Dunaway, qui trônait désormais dans son séjour, et répondit d'un hochement de tête au vendeur qui lui demandait si elle avait fait son choix.

"Je prends celle-ci", dit-elle en montrant la Patek Philippe. Elle tendit son Amex Black.

Le vendeur frappa dans ses mains.

"Un excellent choix", s'exclama-t-il.

Les tensions avec Johanna, la femme de David, commençaient à les miner. Elle ne pouvait ignorer combien David allait mal, même s'il essayait d'être stoïque. Johanna n'acceptait visiblement pas qu'il ait tourné la page et essayait à tout prix de le garder dans sa vie. Elle refusait toujours de signer les papiers du divorce – bien que David ait accepté de lui céder la moitié de ses biens, alors même que leur contrat de mariage ne l'obligeait à rien. Faye l'admirait pour ça.

Faye déclina la proposition de faire graver la montre. Tandis qu'elle signait la liasse de documents que l'homme lui passait par-dessus le comptoir, son portable vibra dans son sac. Un numéro inconnu. Sa première réaction, ne pas répondre – et si c'était Jack ?

Faye pesta alors contre elle-même : elle ne devait pas laisser la peur la dominer. Elle répondit : un journaliste d'*Aftonbladet*. Faye soupira. Elle changeait régulièrement de numéro pour se soustraire aux journalistes, mais d'une façon ou d'une autre, ils finissaient toujours par se le procurer. Il se présenta : Peter Sjöberg. Faye parvint à visualiser son visage grâce à l'édition numérique du journal. C'était un de ceux qui avaient consacré plusieurs colonnes au divorce d'Alice et Henrik.

"Vous vous en doutez, c'est au sujet de l'évasion spectaculaire de votre ex-mari", attaqua le journaliste, aussi guilleret que s'il s'agissait d'une enquête sur les meilleures fraises de l'été.

Faye fronça les sourcils. Elle savait qu'elle n'aurait pas dû lui parler, mais la curiosité l'emporta. Les journalistes avaient souvent des informations qu'ils ne publiaient pas pour des raisons éthiques, mais rien ne les empêchait de les divulguer au téléphone.

"Vous a-t-il contactée ? demanda Peter Sjöberg pour tâter le terrain.

— Non, répondit franchement Faye.

— Avez-vous peur ? Eu égard à votre... passé.

— Je ne dirai rien à ce sujet.

— OK. Je comprends."

Le silence se fit un moment, elle entendit quelqu'un qui chuchotait à l'arrière-plan.

"Autre chose ? demanda-t-elle.

— En fait, non. Ou si, connaissez-vous le nom..."

La voix du reporter fut noyée sous les ronds de jambe ampoulés du vendeur. Il n'avait pas remarqué qu'elle était au téléphone, car elle utilisait un kit sans fil. Faye désigna son oreille et l'homme s'excusa en levant les mains.

"Pardon, vous disiez ?

— Oui, voilà, le nom de Gösta Berg vous dit-il quelque chose ?"

Ce fut comme un coup de couteau dans le ventre. Son sang se glaça. Elle croisa son propre regard dans le miroir derrière la caisse. Y vit l'effroi.

"Pourquoi cette question ? parvint-elle à articuler en prenant appui contre le comptoir.

— C'est le nom de l'homme avec lequel Jack s'est enfui. J'aurais juste voulu savoir s'ils se connaissaient avant. Mais je suppose que c'est juste le hasard, l'occasion, et ils ont filé ensemble."

D'une main tremblante, Faye raccrocha.

Elle finalisa mécaniquement l'achat de la montre. La sueur lui poissait le cou. La chose faite, elle sortit en titubant dans Biblioteksgatan et fit glisser ses lunettes de soleil sur l'arête de son nez. Elle hâta le pas comme elle put, les jambes en coton, pour rentrer directement à la maison afin d'appeler sa mère en Italie. Comment réagirait-elle quand elle apprendrait que son mari s'était échappé de la prison où il purgeait une condamnation à perpétuité pour son meurtre ?

Avant de franchir son porche, elle regarda autour d'elle avec inquiétude. Subitement, elle eut l'impression d'être épiée de toutes parts. Vite, elle se glissa à l'intérieur et referma aussitôt derrière elle.

Elle se serra dans l'ascenseur, penchée en avant pour examiner son visage dans le miroir. Inspira à fond. Son pouls ne s'emballait plus. Son cœur battait calmement dans sa poitrine. Au cinquième étage, l'ascenseur s'arrêta avec une secousse. Faye fit coulisser la grille, sortit de la cabine et réalisa alors qu'elle n'était pas seule.

FJÄLLBACKA – JADIS

Blottie à l'avant du *Marika*, les bras autour des genoux et le regard perdu au large, je ne me doutais pas de ce qui allait arriver. Sebastian, réveillé, s'est levé. Les garçons fumaient. Buvaient de la bière. Ils regardaient parfois de mon côté, parlaient les yeux rivés sur moi. Je me demandais ce qu'ils disaient.

Tomas s'est approché, m'a tendu une canette de Pripps Blå ouverte. À moitié vide et tiède.

"Merci."

J'ai bu quelques grandes gorgées. Sans respirer, ça passait mieux.

"Tu n'as qu'à la garder, m'a-t-il dit comme je la lui rendais. Il y en a d'autres."

Il m'a laissée seule. J'ai ouvert le livre que j'avais emporté. *Moby Dick*, puisque nous partions en mer. Dans mon sac, j'avais aussi *Robinson Crusoé*. Un vieil exemplaire qui avait jadis appartenu à mon grand-père paternel. Je buvais la bière tiède éventée en lisant mon livre.

Au bout d'une heure, les garçons ont crié que nous étions arrivés. J'ai levé les yeux et vu Yxön. Une rude oasis verte et boisée au milieu de tout ce bleu. Nous avons mouillé près de quelques rochers, mis à la mer le canot pneumatique chargé de nos sacs et des vivres. Roger a allumé une cigarette tout en ramant.

J'ai porté la main à ma poitrine, tâté mon collier, les ailes d'argent qui semblaient si fragiles, mais qui, selon maman, résistaient à peu près à tout. L'île grandissait sous mes yeux. J'ai frissonné en sentant une rafale glacée passer sur mon dos.

Faye dévisagea la femme qui attendait devant sa porte. Elle avait failli pousser un cri de surprise. Elle inspira profondément, tandis qu'Ylva Lehndorf la saluait en levant la main.

"Je t'ai fait peur ?

— Un peu." Faye chercha sa clé, la glissa dans la serrure et ouvrit la porte et la grille de sécurité. "Entre."

Tremblante, elle se débarrassa de ses chaussures et se dépêcha de verrouiller la porte derrière elles.

"Comme tu es bien installée, murmura Ylva.

— Merci, je me plais ici. Mais entre. J'ai eu une journée vraiment merdique, alors même s'il est encore relativement tôt, je comptais me servir un verre de vin. Tu en veux aussi ?"

Ylva hocha la tête, un sourire en coin.

"Très bien", dit Faye en la conduisant vers la cuisine.

Elle sortit une bouteille de chardonnay, deux verres à vin et un tire-bouchon. Mon Dieu, elle allait finir alcoolique si ça continuait : sa consommation dépassait en ce moment toutes les limites raisonnables, mais là, pour survivre, c'était vin ou Valium. Et dans ce cas, elle préférait de loin un chardonnay bien frais. Elle pourrait toujours se mettre au jus de fruits quand tout ça serait fini, ou se payer une semaine en Suisse au spa La Prairie pour une sérieuse détox. Elle ouvrit le congélateur, sortit un sac de glace, le versa dans un seau métallique qu'elle confia à Ylva.

"Tiens, mettons-nous sur la terrasse."

Faye remplit les verres, qu'elles sirotèrent en silence tout en contemplant la mer des toits d'Östermalm.

"Tu ne te demandes pas pourquoi je suis là ? risqua Ylva.

— Non, répondit Faye en continuant de contempler la vue. Je suppose que c'est parce que tu as compris que ma proposition ne se refuse pas."

Ylva hocha la tête.

"Si tu souhaites toujours m'embaucher, j'accepte avec joie le poste de directrice financière de Revenge. Et j'ai les informations que tu voulais."

Faye éprouva un chatouillement d'impatience, mais elle avait une question plus urgente à aborder avec Ylva. Qui passait avant tout le reste.

"Jack ne s'est toujours pas manifesté ?"

Ylva secoua vite la tête.

"Et de ton côté ?

— Rien."

La sonnerie stridente de son portable retentit sur la terrasse. Elles sursautèrent toutes les deux en se regardant d'un air gêné. Faye supposa que c'était un journaliste et rejeta l'appel. Quand un SMS l'avertit qu'elle avait un message, elle appela sa boîte vocale.

"Bonjour Faye, je m'appelle Johanna Schiller, je suis la femme de David. J'aimerais que vous me rappeliez le plus vite possible sur ce numéro. Je crois qu'il faut qu'on parle."

Faye trouva la voix tendue, presque névrosée. Ylva la fixait, interloquée.

"Ça va ?" interrogea-t-elle prudemment.

Faye réfléchit bien à sa réponse. Lui parler de son histoire avec David n'aurait pas dû poser de problème : il était divorcé, ou du moins le serait si Johanna n'avait pas freiné des quatre fers. Elle n'était pas fière d'être *l'autre femme*, mais Ylva était bien placée pour comprendre.

Elle lui résuma les péripéties des dernières semaines, et Ylva l'écouta, le visage tendu.

"Tu as mauvaise conscience ?" demanda-t-elle quand Faye eut terminé.

Faye réfléchi un instant.

"Je l'aime et il m'aime. Nous sommes deux adultes. Bien sûr, il aurait été préférable que le divorce soit prononcé, mais elle s'accroche. Est-ce que David et moi nous devrions pour autant renoncer l'un à l'autre ? Non, je n'ai pas mauvaise conscience."

Faye attrapa la bouteille et remplit à nouveau leurs verres.

"Que vas-tu faire ? Rappeler ?"

Ylva montra le téléphone de la tête.

"Non. Ce n'est pas à moi de résoudre ça. C'est à David. Je ne sais pas exactement ce qu'il lui a raconté. Elle a malheureusement appris, pour nous, avant qu'il ait le temps de lui en parler, mais je croyais qu'elle savait juste qu'il y avait quelqu'un, pas que c'était moi. Qu'est-ce que ça changerait, que je lui parle ? Ça ne pourrait que faire empirer les choses."

Elle regarda Ylva avec curiosité.

"Et toi, tu avais mauvaise conscience ?"

Ylva but une gorgée de vin. Faye admirait son calme, l'assurance qu'elle dégageait. Le ton de Faye était neutre, mais elle aurait vraiment voulu savoir. Elle refoula l'image des corps nus d'Ylva et de Jack dans sa chambre à coucher. C'était surréaliste d'être en train de parler avec elle de l'instant qui avait peut-être plus que tout autre changé le cours de sa vie.

"Oui, et non, répondit pensivement Ylva. Je veux dire, Jack te décrivait tantôt comme un monstre, tantôt comme une débile. Et j'étais amoureuse. Mon Dieu, que j'étais amoureuse ! Et sans que j'aie le temps de crier gare, il m'avait transformée, comme il t'avait transformée. Je ne l'avais même pas remarqué. On se retrouve comme un stupide soldat de plomb, avec un seul but : satisfaire le petit Jack Adelheim."

Faye hocha lentement la tête. Un hélicoptère de la police passa au-dessus d'elles, en route vers le sud.

Elle alla s'accouder à la balustrade. Ylva la rejoignit.

"Je crois qu'il n'a jamais cessé de t'aimer, Faye. Pas même durant les phases, disons, les plus passionnées de notre histoire. Pas quand nous nous sommes installés ensemble, ni quand je suis tombée enceinte de Nora. C'était quelque chose que je gardais toujours à l'esprit : j'étais juste un substitut. De toi. Je crois que toutes les femmes avec qui il a été n'étaient que des tentatives de te retrouver. Toi et ce que vous aviez partagé. Pour Jack, tu étais l'archétype de l'amour. C'est ce qu'il y a d'ironique dans tout ce gâchis."

Faye, qui avait retenu son souffle pendant qu'Ylva parlait, racla sa gorge serrée. Elle ne savait pas pourquoi les paroles d'Ylva l'avaient si fortement affectée. Peut-être parce qu'elle avait déjà compris tout ça depuis longtemps sans jamais oser le formuler – même pas pour elle-même. Et voilà que cela lui était confirmé par une autre. Et pas n'importe qui : la personne sur terre qui connaissait le mieux Jack après Faye.

Elle se remémora son rêve. Jack. La façon dont il l'humiliait. Son poids, sa faiblesse. Mais aussi sa façon de lui sourire et de la faire se sentir aimée. En rêve, il lui manquait encore, et c'était le pire. Elle se haïssait pour ça. Mais pour l'heure, elle ne pouvait pas se permettre d'y songer.

Elles se rassirent et Faye se tourna vers Ylva.

"Et maintenant, qu'est-ce que tu penses de la situation ? Il y a quelque chose à faire ou c'est trop tard ?"

Ylva étendit ses jambes, qu'elle appuya sur la balustrade. Elle se fit un peu craquer la nuque, un bruit désagréable qui fit frissonner Faye.

"Pardon, une vieille habitude", dit Ylva.

Elle descendit ses jambes et regarda Faye.

"J'ai quelques idées. Encore rien de tout à fait concret, il faut d'abord que j'en sache un peu plus. Il me manque plusieurs pièces du puzzle. Mais j'ai un grand avantage. J'ai travaillé avec Henrik. Je sais comment il fonctionne. Et comme tu le sais, Henrik n'était pas le cerveau de Compare."

Faye pouffa bruyamment. Ylva sourit.

"Bon, aujourd'hui, je sais qu'en fait, c'était toi. Je l'ignorais à l'époque. Je pensais que c'était Jack. En tout cas, ce n'était pas du tout Henrik. Qu'il ait réussi à se remettre en selle, et largement, ça tient pour moi du miracle. Mais il y a beaucoup d'entreprises florissantes et de fortunes qui ont été bâties par des personnes pas particulièrement brillantes. Le réseau, le bon timing y sont pour beaucoup...

— Oh oui", approuva Faye en sirotant son verre tout en écoutant avec intérêt ce qu'Ylva avait à dire.

Elle réalisait qu'elle commençait à l'apprécier. Et tout le monde avait droit à une seconde chance. Enfin. Peut-être pas tout le monde. Mais Ylva sans aucun doute.

"Ce que je sais, entre autres, sur Henrik, c'est qu'il est négligent. Il n'a aucun sens du détail, ce qui fait qu'il n'a pas non plus de vue d'ensemble. Il rate des choses. Jack était souvent furieux contre lui à cause de ça. On passait beaucoup de temps à réparer les pots cassés après ses bourdes. Attention, Henrik n'est pas con, ce n'est pas ce que je suis en train de dire. Ne le sous-estimons pas, ce serait une erreur. Et il n'a aucun scrupule quand il s'agit d'atteindre son but. Ça, c'est dangereux. Mais son talon d'Achille, c'est sa négligence. J'ai parcouru rapidement les contrats concernant Revenge, j'aimerais passer une journée à les passer au peigne fin. Et vérifier deux ou trois choses avec mon grand-père maternel qui est avocat d'affaires. Un des meilleurs. Il pourra m'aider à interpréter certains points.

— Kerstin et moi avons aussi lu ces contrats, je les ai fait examiner par des avocats, que pourrais-tu trouver que nous ayons raté ?

— Ça reste à voir", dit Ylva.

Elle s'était levée et parlait en faisant les cent pas sur la terrasse.

"Quelque chose dans cette affaire a peut-être échappé à Henrik. Il y a mille détails, mille clauses qui pourraient nous aider à lui mettre des bâtons dans les roues, s'il n'y a pas fait attention. Ou alors on pourrait…

— Quoi ?" fit Faye, amusée.

Ylva s'était animée tout en parlant. La grisaille avait disparu, la fine couche de déprime s'était envolée, ses yeux brillaient et elle parlait avec son corps tout entier.

"Tu pensais à quoi ?" reprit Faye.

Ylva s'arrêta. Elle s'appuya à la balustrade. Le vent souleva ses cheveux et les agita tout autour de sa tête. Elle sourit. Un grand sourire.

"Je me disais que, sinon, on pourrait toujours s'arranger pour qu'Henrik ait raté quelque chose…"

Faye lui rendit son grand sourire. Pour la première fois depuis longtemps, elle sentit qu'elle se détendait. Elle inspira à fond. Et relâcha doucement l'air. Elle comprit qu'elle avait pardonné à Ylva. Le moment était venu de tourner la page.

Il faisait sombre dans le restaurant Miss Voon, mais les yeux bleus de David brillaient quand même lorsqu'il lui souriait. Trop de jours qu'ils ne s'étaient pas vus. Les problèmes de Faye avec Revenge et ceux de David avec Johanna faisaient obstacle.

"Alors, cet investissement aux États-Unis ? demanda David. On a à peine eu le temps d'en parler."

Il prit un peu de son tartare au bout de ses baguettes et le lui tendit.

"Mais d'abord, il faut que tu goûtes ça, ça fond dans la bouche."

Faye se délecta de la viande tendre.

"Mon Dieu, que c'est bon ! Tiens, essaie ça."

Elle saisit un des petits tacos au homard disposés sur un présentoir en métal à côté de son assiette et le plaça délicatement dans sa bouche ouverte.

"L'implantation aux États-Unis fait partie des projets de Revenge depuis l'origine, dit-elle. Mais je ne voulais pas mettre la charrue avant les bœufs. D'abord la Suède, puis la Norvège, puis l'Europe. Et enfin les States, maintenant qu'avec notre offre nous avons une chance d'y percer. Je sais très bien combien il est difficile pour une entreprise étrangère de prendre pied là-bas. Les obstacles sont importants, nous affrontons d'énormes sociétés ayant pignon sur rue, dans un secteur extrêmement concurrentiel. Mais c'est aussi ça qui m'attire depuis le début : le défi. C'est aujourd'hui la suite logique."

Elle s'essuya la bouche.

"Au fait, je vais à Amsterdam ce week-end pour quelques réunions, j'emmène Ylva et Alice avec moi.

— Ah oui ? Vous vous connaissez à peine…

— C'est une bonne occasion de faire plus ample connaissance, et tu m'as dit que tu étais très pris ce week-end avec les activités de tes filles.

— C'est vrai, acquiesça David. Tu as bien fait."

Il posa ses baguettes.

"Je dois dire que je suis incroyablement impressionné par ce que tu as fait, tout ce que tu as construit."

Faye rougit. On le lui disait souvent, mais ça la touchait infiniment venant de David.

Elle haussa les épaules.

"Je ne minimiserai pas le coup de pouce dont a bénéficié Revenge quand Chris m'a légué sa société dans son testament. Je lui en serai éternellement reconnaissante et je ferai tout pour bien administrer ce qu'elle m'a donné.

— Je sais que tu le fais. Et que tu continueras", dit chaleureusement David.

L'arrivée de nouveaux plats les interrompit.

"Mon Dieu. Quel coup de fourchette !

— Les gros sont plus difficiles à attraper, sourit Faye en saisissant quelques sashimis au bout de ses baguettes.

— Je t'aime quelle que soit ta taille."

Faye s'arrêta, les baguettes en l'air. Elle le dévisagea.

"Qu'est-ce que tu as dit ?"

David inclina la tête.

"Tu as très bien entendu.

— Redis-le."

Ses yeux bleus l'enchantèrent quand il lui sourit d'une façon que Faye n'avait encore jamais vue.

"Je t'aime, Faye."

FJÄLLBACKA – JADIS

Une fois à terre, Tomas nous a parlé d'un petit chalet un peu plus loin dans la forêt. Nous l'avons trouvé dans une clairière après une courte marche. Il y avait un barbecue extérieur, que Sebastian a entrepris d'allumer. Il semblait plus heureux, plus sûr de lui ici avec ses copains qu'à la maison. Il gardait la tête haute, prenait des initiatives.

Moi aussi, je me sentais plus légère. Je me complaisais dans l'impression d'être enfin intégrée et acceptée. Comme c'était l'heure du déjeuner, nous avons fait griller des saucisses et mangé de bon appétit. Les garçons ont continué à boire de la bière, tandis que je m'en tenais au Coca-Cola.

Tomas est venu s'asseoir à côté de moi. J'ai senti la chaleur de son corps et j'ai dû réprimer l'envie de me serrer plus près.

"Tu te rappelles cette pâte dégueulasse qu'on grillait avec les saucisses lors des sorties scolaires, quand on était gosses ? a-t-il demandé.

— Oui, beurk, quand on mélangeait de la farine, du sel et de l'eau ?

— Comment ça s'appelait déjà ? Pâte à sel ?

— La pâte à sel, c'était pas avec ça qu'on jouait ?

— Peut-être que c'était la même chose ?

— Beurk !"

J'ai ri. Un rire qui se propageait dans mon ventre.

"Tu n'aimes pas la bière ? a poursuivi Tomas en montrant mon Coca.

— Si, mais je commençais à avoir un peu la tête qui tourne", ai-je répondu un peu gênée en escamotant la canette de soda derrière mon dos.

Elle s'est renversée et je me suis levée.

Tomas aussi a bondi, à la recherche de quelque chose avec quoi essuyer la tache humide sur ma jupe, mais il ne trouvait pas de papier. Il a arraché une plaque de mousse grise pour frotter le tissu, ce qui ne faisait qu'agrandir la tache.

"La lessive, c'est pas ton fort, hein ? ai-je pouffé, et Tomas a haussé bêtement les épaules.

— Ça se voit tant que ça ?"

Son regard brillait à nouveau.

Roger et Sebastian nous dévoraient des yeux. Ils parlaient à voix basse, leurs têtes toutes proches l'une de l'autre. Un frisson m'a parcouru l'échine, mais je l'ai mis sur le compte du vent.

Le repas fini, nous sommes allés visiter le chalet. Une grosse clé rouillée était enfoncée dans la serrure. Je l'ai tournée et nous sommes entrés. Il n'y avait pas grand-chose à voir.

"Pas vraiment le grand luxe, a dit Tomas, mais Sebastian lui a tapé dans le dos.

— C'est gratis. À quoi tu t'attendais ? C'est pas parce que tu dors dans des draps en soie…

— Ah, fais gaffe !" a menacé Tomas en lançant la main vers Sebastian, qui a esquivé d'un pas de danse.

J'ai regardé autour de moi quand mes yeux ont commencé à s'habituer à l'obscurité. Dehors, le soleil brillait, mais dans le chalet, il faisait noir comme dans un four. De lourdes planches obturaient la fenêtre. Il n'y avait pas de meubles, à part un lit dans un coin avec un matelas sale. Roger a shooté bruyamment dans une boîte de conserve vide. J'ai sursauté, mon cœur s'est affolé comme un colibri, mais je me suis vite calmée.

Je me demandais qui avait bien pu y habiter. Le chalet avait l'air d'avoir au moins cent ans. Était-ce une habitation principale ? À l'année ? Sûrement. Je savais que beaucoup de familles vivaient autrefois sur les îles : ce petit chalet avait peut-être accueilli plein d'enfants.

Parfois, il m'était arrivé de m'imaginer vivre sur une de ces îles battues par le vent. Sans autre compagnie que les mouettes, les roses trémières, les chèvrefeuilles et les crabes qui grimpaient sur les rochers plats.

J'ai glissé la main sur les parois du chalet, suivi les veines du bois en m'avançant vers l'intérieur. Il y avait deux minuscules pièces. Je suis entrée dans celle du fond, mais l'odeur de moisi était si forte que j'ai aussitôt battu en retraite.

"Hé ho ?"

J'ai appelé. Pas de réponse. Les garçons étaient ressortis. J'ai regagné la porte et pressé la poignée. Un nouveau frisson m'a parcouru l'échine quand j'ai réalisé que c'était fermé à clé.

Après avoir été récupérées à l'aéroport par un chauffeur, Faye, Alice et Ylva passèrent l'après-midi à se rafraîchir dans la piscine sur le toit de l'hôtel. La vague de chaleur qui avait déferlé sur la Suède n'était rien comparée à la canicule qui écrasait Amsterdam. Haletant sur des chaises longues, elles buvaient des margaritas en planifiant leur soirée. Faye était encore soucieuse. Elle avait prévenu son contact à la police qu'elle partait pour le week-end aux Pays-Bas. Ils n'avaient aucune nouvelle de Jack.

"Tu ne nous as toujours pas dit ce que nous faisions ici ce week-end, Ylva. Ce n'était pas vraiment le meilleur moment pour partir.

— Nous sommes ici pour un plan B. Un filin de sécurité. Ceinture et bretelles, tu sais.

— Je me fous de savoir pourquoi on est là, dit Alice en sirotant son cocktail. Nous sommes sur un toit-terrasse à Amsterdam. Avec piscine. À boire des margaritas bien chargées. Est-ce qu'il faut une raison ?

— Aujourd'hui, on peut se détendre, dit Ylva en rabaissant ses lunettes noires pour tourner son visage au soleil. Demain, je vous dirai pourquoi nous sommes là. Et vous aurez beau me faire boire, je ne dirai pas un mot d'ici là. Alors, profitez du moment présent.

— Dites, fit Alice en buvant une gorgée de son cocktail, si l'idée est juste de se détendre et de s'amuser aujourd'hui : vous êtes déjà allées dans un coffee shop ?"

Faye secoua la tête.

"C'est bien ces endroits où on va pour fumer ?"

Elle se demandait toujours ce qu'Ylva avait derrière la tête. Mais celle-ci s'était montrée évasive, prétextant qu'il s'agissait d'une forme d'assurance. Aux abois, Faye s'en était contentée. Elle n'avait plus beaucoup d'autres choix que de faire confiance à la petite équipe qu'elle avait réunie autour d'elle.

Alice sourit.

"Exact.

— Tu as déjà fumé, toi ? demanda Faye, sceptique.

— Tout le monde fumait à Djursholm, répondit Alice. Et je n'étais pas une délinquante, hein ? Juste une ado comme les autres.

— Je ne sais pas…, hésita Ylva. Il faut qu'on soit en forme demain."

Alice balaya ses objections d'un revers de main.

"Lâche-toi un peu. Combien de fois as-tu pu te permettre de t'amuser, ces dernières années ? Ou ne serait-ce qu'avoir une baby-sitter à ta disposition ?

— Je te suis très reconnaissante que ta baby-sitter ait pu…

— Ce n'est pas ce que je voulais dire. Faye, tu en es ?"

Faye sirotait son cocktail, les orteils en éventail au soleil.

"Je ne sais pas non plus si je…

— Mais allez, quoi, nous sommes trois bombes à Amsterdam. Vous vouliez faire quoi ? Rester devant la télé ? Non, voilà ce que je propose : on lézarde encore un peu au soleil en s'alcoolisant gentiment, puis on va en boîte en s'arrêtant en chemin dans un coffee shop. D'accord ?

Ylva et Faye marmonnèrent une sorte de oui, mais Faye trouvait Ylva nerveuse. Alice ne perdit pas de temps : elle héla un serveur pour lui demander s'il pouvait leur recommander un coffee shop dans le coin. Il leur répondit que les meilleurs étaient dans le Red Light District et leur conseilla de boire beaucoup d'eau. À cause de la chaleur, et parce que les fumeurs débutants risquaient la déshydratation.

"Cool Raoul. J'ai fumé un tas de ganja. Je suis un peu la Bob Marley de Djursholm", pouffa Alice.

Faye et Ylva éclatèrent de rire. Le serveur leur fit un clin d'œil et disparut avec son plateau.

David avait beau lui manquer, Faye était contente d'être partie. Un voyage avec deux femmes drôles et intelligentes dans une ville vibrante comme Amsterdam était exactement ce dont elle avait besoin.

Elle commençait à apprécier le plan d'Alice. Il fallait oser vivre un peu, que diable ! Oublier les problèmes du quotidien.

Quand le serveur revint avec des margaritas bien fraîches, elle éclusa ce qui lui restait de la sienne et prit le nouveau verre. Elles étaient dans l'œil du cyclone. Un moment de détente loin du chaos et de l'angoisse. Comme le disait Alice : elle en avait bien besoin.

Cinq heures plus tard, elles étaient installées dans un coffee shop et avaient presque fini leurs *space cookies* sans qu'il se soit rien passé. Elles ne ressentaient rien. Elles étaient déçues, avaient chaud et s'ennuyaient. Et comme on ne sert pas d'alcool dans un coffee shop, elles sifflaient leur troisième assez mauvais cappuccino. L'ivresse de l'après-midi au bord de la piscine commençant à s'estomper, Alice arrêta pour la troisième fois une fille du personnel pour lui demander combien de temps elle allait devoir attendre.

La fille, qui avait des dreadlocks et le corps couvert de tatouages, répéta comme les deux fois précédentes :

"Encore un peu de patience."

Quand elle fut repartie, Alice secoua la tête.

"Non, je n'ai pas l'intention d'attendre, merde !" dit-elle en avalant le reste du biscuit.

Deux minutes plus tard, Faye ressentit des picotements au bout des doigts. Elle cligna plusieurs fois des yeux et observa Ylva qui fixait sa main, bouche bée. Le monde tremblait. C'était comme être plongée dans un aquarium où les poissons nageaient comme dans des boules à facettes.

Elle cligna des paupières.

Les lèvres d'Alice bougeaient, mais Faye ne comprenait pas si c'était elle qui avait perdu l'ouïe, ou Alice la parole. Elle regarda alentour. Tout ballottait, tanguait. Elle essaya de parler, mais en ouvrant la bouche, elle hésita. Ne venait-elle pas de dire ce qu'elle s'apprêtait à dire ? Elle réfléchit avant de réaliser que, de toute façon, elle avait oublié de quoi il s'agissait.

Ylva pouffait dans son coin, faisait des figures avec ses doigts en prétendant que c'étaient des animaux.

"Un singe, tu vois, Faye ? Un singe."

Elle se leva soudain, et Faye tendit la main pour la retenir.

"Tu devrais rester ici", tenta-t-elle de dire, mais sa langue ne lui obéit pas, et Alice et elle éclatèrent de rire.

Alice posa la main sur celle de Faye.

"Pardon.

— Pourquoi ?

— Pour avoir été une garce, pour tout."

Elles tombèrent dans les bras l'une de l'autre.

"Ça ne fait rien.

— Je suis si contente que tu aies trouvé ce David", bredouilla Alice, la langue pâteuse.

Elle caressa l'avant-bras de Faye du bout des doigts.

"Moi aussi."

Faye ne s'était jamais sentie mieux. Son appréhension initiale était passée. Tout était merveilleux, chaleureux et doux. Elle sourit et salua de la main un couple de touristes asiatiques.

Alice se lança dans une longue tirade dont Faye ne comprenait qu'un mot sur deux.

"Faye ?"

Alice lui tapa sur l'épaule.

"Faye ?"

Elle lâcha les touristes des yeux.

"Où est Ylva ? demanda Alice.

— C'est moi Ylva. Et c'est moi Alice. Je tombe, tombe, et c'est le pays des merveilles. Tu es un lapin, un petit lapin !"

Sa bouche était sèche comme du carton. Faye attrapa de l'eau.

La tête d'Alice tournait en rond, comme au rythme d'une chanson, mais Faye avait beau tendre l'oreille, elle n'entendait rien.

"Je crois qu'il faut retrouver Ylva."

Alice se leva en prenant appui sur la table.

"Ylva ! appela-t-elle. Ylva !"

Faye se mit debout, faillit tomber, vite rattrapée par Alice. Un instant, elles manquèrent de s'étaler par terre, mais Alice réussit à les maintenir à la verticale.

"Nous allons la retrouver. Partons en expédition à la recherche de notre amie.

— Oui, en avant !"

Elles descendirent lentement un escalier et parvinrent en chancelant à une porte qui s'avéra être une sortie par l'arrière de l'établissement et donnait sur une ruelle étroite et déserte. Par terre, à côté des poubelles, Ylva gisait sur le dos. Faye eut un choc en voyant ses yeux révulsés, tout blancs. Ylva était secouée de spasmes.

Son vertige avait disparu. Faye se ressaisit et, lucide, se jeta à genoux à côté d'Ylva et tenta de la ramener à la vie, en vain.

Faye sentit la panique monter.

"Ylva ! cria-t-elle. Réveille-toi, Ylva !"

Derrière elle, elle entendit Alice hurler :

"Appelez les secours ! Elle est en train de mourir ! S'il vous plaît, appelez les secours !"

Faye plaça Ylva en position latérale de sécurité et caressa son front en sueur, tandis qu'Alice se précipitait dans le coffee shop pour appeler le personnel à la rescousse.

"Ylva, ne meurs pas. S'il te plaît, Ylva, ne meurs pas."

Faye saisit sa petite main aux ongles rongés et la serra fort. Le souvenir des dernières heures de Chris, qu'elle avait veillée à l'hôpital, remonta. Pourquoi étaient-elles venues là ? Pourquoi essayer les *space cookies* ? En fait, Faye détestait les drogues, détestait perdre le contrôle. À Ylva, l'aventure allait peut-être coûter la vie. Pourquoi ne pas avoir accepté de mourir bête ? Quelle conne ! La culpabilité l'étouffait.

"Elles sont là." Derrière elle, Faye entendit la voix d'Alice. Tendue. Presque en fausset. "Aidez-la. Il faut l'aider. Elle est en train de mourir !"

Faye tourna la tête. Un homme imposant arrivait tranquillement.

"Dépêchez-vous !" se fâcha Faye.

Dieu, ce qu'il était lent. Il n'avait pas l'air de prendre ça au sérieux, n'avait pas l'air inquiet du tout.

Il s'arrêta à côté de Faye et se pencha.

"Ne vous en faites pas, les filles, ça arrive tout le temps. Elle fait une hypoglycémie. Je vais vous donner un peu de sucre pour elle. Après, vous montez dans un taxi, vous rentrez à l'hôtel et vous lui donnez de l'eau et de la nourriture."

Ylva ouvrit soudain les yeux et Faye sanglota de soulagement.

"Vous êtes sûr ? demanda Alice en se jetant au cou du vigile étonné.

— J'en suis sûr. Ça arrive à peu près dix fois par jour", rit-il.

Il prit alors une petite dosette de sucre dans la poche de sa chemise, en arracha un bout et demanda à Ylva de tirer la langue, ce qu'elle fit, encore inconsciente. Son corps était toujours secoué par d'étranges spasmes, et elle marmonnait des phrases sans queue ni tête.

"Voilà ma belle", dit-il en lui tapotant la tête.

De soulagement, Faye était au bord des larmes : elles n'avaient pas tué Ylva.

Une demi-heure plus tard, elles étaient dans le lit de Faye, les yeux rougis mais de bonne humeur après avoir commandé à peu près tous les plats du menu en room service. On frappa à la porte, Alice s'extirpa du lit et alla ouvrir. Deux hommes vêtus de blanc poussèrent un chariot de victuailles. Hamburgers, pâtes, grosses pièces de viande, poisson, poulet rôti, frites. De grands pichets d'eau glacée.

Le festin installé dans le coin salon, les hommes en blanc souhaitèrent bon appétit à ces dames en pouffant – ils devaient avoir deviné à quoi elles avaient occupé leur après-midi – et s'éclipsèrent.

Faye, Alice et Ylva se jetèrent sur la nourriture, en couvrirent leurs assiettes et s'assirent sur le lit. Faye n'avait jamais rien mangé de meilleur ni de plus indispensable. Elles buvaient verre d'eau sur verre d'eau.

Le dîner achevé, repues et satisfaites, elles s'allongèrent sur le grand lit, les mains sur le ventre.

"Il faut que j'ôte mon pantalon, murmura Alice. Sinon je vais vomir.

— Bonne idée, approuva Faye."

Ylva et elle suivirent l'exemple d'Alice, se débarrassèrent de leur pantalon, et toutes les trois restèrent en culotte.

"Tu nous as fait peur dans cette ruelle, dit Faye.

— Qu'est-ce qui s'est passé ?" demanda Alice.

Ylva secoua lentement la tête.

"Je ne sais vraiment pas. Je me souviens que j'étais en train de parler avec quelqu'un, puis je me suis effondrée, incapable de me relever. Je suis restée là un moment comme un scarabée sur le dos, à essayer de me relever, puis j'ai abandonné. Ensuite, je me souviens de vous, penchées au-dessus de moi."

Elles allumèrent la télévision et zappèrent.

Ylva s'endormit la première, puis les paupières d'Alice se mirent à battre. Elles finirent par ronfler toutes les deux de part et d'autre de Faye. Cette dernière s'extirpa du lit, prit son téléphone dans son sac et sortit sur le balcon. L'air du soir était plus frais et caressait ses jambes nues. En contrebas, la circulation s'écoulait paresseusement. Elle s'assit et découvrit qu'elle avait raté un appel de David. Elle s'inquiéta aussitôt et le rappela.

"Salut, ma chérie, je n'avais rien à faire tout à l'heure et j'ai réfléchi à l'implantation de Revenge aux États-Unis."

Faye imaginait son sourire.

"J'étais complètement absorbé, tu m'inspires vraiment. J'ai pas mal de capitaux qui doivent être investis, alors j'ai rédigé un document que j'aimerais que tu regardes. Si tu veux bien ?"

Le sourire de Faye s'agrandit encore.

"Bien sûr.

— Tu ne trouves pas que je me mêle de ce qui ne me concerne pas, alors ?

— Bien sûr que non. Comment ça s'est passé avec tes filles et Johanna ?

— Johanna voudrait qu'on essaye encore, mais je lui ai expliqué que c'était avec toi que je voulais être.

— Et elle l'a pris comment ?

— Pas spécialement bien, mais on pourra en parler plus tard, non ? Je ne veux pas gâcher ton week-end avec Alice et Ylva.

— Tu me manques, dit Faye.

— Toi aussi."

Quand ils eurent raccroché, Faye vit qu'elle avait reçu un SMS de Kerstin. Elle l'ouvrit, et sa bonne humeur disparut aussitôt. Yvonne Ingvarsson était passée à l'appartement pour la voir. Lentement, elle reposa son téléphone. Il fallait qu'elle s'occupe de cette policière. Elle jouait avec le feu, et l'une d'elles allait bientôt se brûler. Faye n'avait pas l'intention que ce soit elle.

"Mon Dieu, comment ai-je pu me laisser embarquer là-dedans ? geignit Ylva en se tenant la tête.

— Impossible que tu aies encore la gueule de bois", dit sèchement Alice en faisant signe au serveur de lui apporter un autre verre.

Les clients arrivaient au compte-goutte au bar de l'hôtel, et le brouhaha croissant força Ylva à se masser les tempes.

"Hier soir, j'ai fini par terre dans une ruelle. À Amsterdam. Après avoir pris de la drogue dans un coffee shop. J'ai le *droit* d'avoir la gueule de bois.

— Moi, je ne sens rien, dit gaiement Alice en souriant au serveur qui arrivait avec un nouveau cosmopolitan.

— Tu m'en vois infiniment ravie, marmonna Ylva en se prenant le front. Infiniment ravie."

Faye la regarda en fronçant les sourcils.

"C'est toi qui disais qu'on avait du pain sur la planche. Alice et moi, nous ne savons toujours pas de quoi il s'agit. Et toi, tu vas être d'attaque ?

— Donne-moi deux heures, un Alka-Seltzer et quelques Alvedon pour me remettre sur les rails. Donc oui, c'est dans les tuyaux. Et oui, je vais tout vous dire. Juste le temps de me débarrasser de ce type qui… joue du tambour dans ma tête.

— Pas besoin d'un putain d'Alvedon. C'est un remontant qu'il te faut", lâcha Alice en hélant à nouveau le serveur.

Il accourut et s'inclina légèrement.

"Un Long Island iced tea. Et un shot de tequila. Pour elle, dit Alice en anglais en montrant Ylva."

Cette dernière soupira.

"Ça va m'achever, Alice.

— Ma chérie, je suis une épouse de luxe de Lidingö. Je sais comment soigner une gueule de bois.

— Je te fais confiance.

— Tu peux toujours me faire confiance", rétorqua Alice, pleine de générosité.

Amusée, Faye regarda Ylva grimacer en avalant son shot.

"Cul sec ! Et maintenant, j'aimerais savoir pourquoi tu nous as traînées à Amsterdam. En pleine crise.

— L'OEB, l'Office européen des brevets", lança Ylva.

Alice, qui venait de prendre une grande gorgée de son cosmopolitan, s'étrangla en recrachant tout sur la table.

"L'Office européen des brevets ?" s'écria-t-elle en s'essuyant la bouche.

Faye dévisagea elle aussi Ylva qui tendait la main vers son Long Island. Elle commençait un peu à reprendre des couleurs.

"Ils ont un congrès ce week-end. Ici, dans cet hôtel. La grande fête est ce soir…

— Et alors ? fit Alice avec un air dégoûté.

— Euh, moi non plus, je ne te suis pas, dit Faye avec un geste d'incompréhension.

— Revenge. Droits. Brevets. Plan B ?" tenta Ylva.

Faye secoua la tête.

"Désolée. Je ne pige toujours pas. Alice ?"

Cette dernière secoua la tête tout en faisant un clin d'œil à un homme à la table voisine.

"Concentre-toi, Alice, que je puisse expliquer", ordonna Ylva.

Faye remarqua qu'avoir un coup d'avance la faisait jubiler. Elle lui laissait volontiers ce petit plaisir.

"Mais sérieusement, Ylva, qu'est-ce que ça peut bien nous faire que l'Office européen des brevets soit là ?"

Ylva sourit en coin. Elle regarda autour d'elle, baissa la voix et exposa son plan dans les grandes lignes. Alice éclata de rire.

"Génial, Ylva ! Tu es fantastique.

— Toi aussi, Alice. Et tu vas être notre principal atout ce soir."

Faye haussa un sourcil.

"Tu sais que tu lâches les fauves, là ?

— J'y compte bien", ricana Ylva.

Une heure plus tard, elles étaient toutes les trois légèrement éméchées et Ylva indiqua le bar.

"Vous voyez ça ? Kent, Börje et Eyvind."

Elle regarda Faye et Alice.

"Vous savez ce qu'il nous reste à faire ?

— Tu as été très claire, dit Faye en descendant un hot shot.

— Nous sommes belles, drôles, intelligentes, continua Ylva sans quitter des yeux les trois hommes au bar. Ça va être du gâteau. Espérons juste qu'ils ne te reconnaîtront pas, Faye.

— Ils travaillent à l'OEB. J'ai du mal à croire qu'ils sachent qui est Faye, s'exclama Alice.

— Chut, fit Ylva. Ils ne sont pas seuls. Il y a toute leur équipe. Mais leur dîner n'est pas avant deux heures. On a le temps."

Alice se leva en titubant un peu.

"Maintenant, on se concentre", dit Ylva en l'aidant à garder son équilibre.

Alice sortit un rouge à lèvres Chanel carmin de son sac à main et s'en tartina généreusement les lèvres.

"Après vous, mesdames", dit Ylva en les poussant vers le bar.

Toute en jambes, Alice se dirigea vers Kent, Börje et Eyvind.

"J'ai entendu parler suédois ?"

Les hommes regardèrent Alice, ravis, et plus ravis encore Ylva et Faye qui se joignaient à eux. Trois cocktails plus tard, aux frais de l'OEB, ils montaient tous les six dans la suite de Faye pour un dernier verre.

Ylva s'occupait de Kent, Faye charmait Börje, et Eyvind couvait Alice du regard.

En entrant dans la chambre, ils trouvèrent le bar à cocktails préparé par Ylva, avec tous les alcools et tonics possibles et imaginables. Les hommes poussèrent de petits cris ravis.

"Quelle putain de piaule ! Hein ? Börje ! On ne nous en a pas donné une aussi bien.

— Non, bordel, Kent, ça, c'est une chambre d'hôtel ! Ça doit être ça, une souiiite !

— *Suite*, corrigea Alice avant de s'affaler sur le canapé en entraînant Eyvind à côté d'elle. Faye, ma chérie, tu nous préparerais deux gin tonics pour moi et ce beau gosse ?"

Faye étouffa un sourire. Alice n'allait faire que deux bouchées d'Eyvind.

Elle tendit bientôt leurs cocktails à Alice et à Eyvind et se tourna vers Börje et Kent. Börje regarda sa montre avec inquiétude.

"Le dîner est bien dans une heure ?

— T'inquiète, se dépêcha de le rassurer Kent en prenant gaiement le cocktail généreux que lui tendait Ylva. On boit un petit coup avec ces dames et on descend à l'heure pile. De toute façon, c'est connu, les VIP arrivent toujours en retard !"

Eyvind acquiesça dans sa barbe, les yeux rivés au décolleté d'Alice. Elle lui avait passé un bras sur l'épaule et jouait avec les cheveux sur sa tempe.

Ylva et Faye échangèrent un regard. Elles avaient préparé les cocktails en surdosant les alcools forts. Après ce qu'ils avaient déjà bu au bar, ils ne remarqueraient rien.

Faye vérifia discrètement que son portable se trouvait bien dans sa poche et vit qu'Ylva faisait de même.

Bientôt, Börje et Kent s'étaient assoupis sur le canapé. Alice, penchée encore plus près d'Eyvind, lui léchait l'oreille. Faye sortit son portable. Elle veilla à ce qu'Alice soit à son avantage à l'image. Pour ça, elle avait le sens du détail.

FJÄLLBACKA – JADIS

J'ai tambouriné, crié, mais ils m'ignoraient. Leurs voix me parvenaient à travers les parois de bois, avec l'odeur de saucisses grillées. Ils étaient de bonne humeur. Riaient fort. J'ai glissé par terre, adossée à la porte. Je revoyais le visage de Tomas, son gentil sourire, l'éclat dans ses yeux. Avais-je tout compris de travers ?

Qu'en pensait Sebastian ? Était-ce son idée ? Pourquoi avaient-ils voulu que je les accompagne ? Était-ce planifié depuis le début, ou avais-je fait quelque chose ?

Le temps passait. Je n'avais pas de montre, mais ça devait bien faire trois heures. Je me suis levée pour une nouvelle tentative. J'ai tambouriné à la porte.

"S'il vous plaît, laissez-moi sortir, ai-je supplié. J'ai soif."

Pas de réponse.

"Sebastian ? Je veux sortir. Je veux rentrer à la maison."

Dehors, la conversation se poursuivait. Ils riaient. J'ai supposé que c'était de moi, que j'étais pathétique. Je me *sentais* pathétique, bête. La lumière filtrait sous la porte, il faisait encore jour.

J'étais comme une chienne. Une chienne débile et docile. Un corniaud idiot et assoiffé d'amour. Un peu de gentillesse, et je m'étais roulée sur le dos, abandonnant toute méfiance. L'éclat dans les yeux de Tomas et ses profondes fossettes m'avaient fait oublier ce que je savais pourtant : on ne pouvait faire confiance à personne.

Ma colère commençait lentement à s'éveiller. Colère avant tout contre moi-même, d'avoir été si naïve. J'ai à nouveau tambouriné contre la porte. Des échardes m'entraient sous la peau des mains. Cette douleur était la bienvenue. J'ai cogné plus fort. Hurlé à m'en écorcher la gorge. J'ai fini par me laisser tomber à terre. Dos contre la porte.

Un moment encore est passé.

Ils parlaient plus bas, à présent. Leurs voix chuchotaient, rauques. Ç'avait quelque chose de lugubre.

Je me suis relevée, j'ai pressé l'oreille contre la porte, essayé de comprendre ce qu'ils disaient. À présent, la panique pointait. Que faire s'ils me laissaient là ? Je mourrais de soif. Personne ne me retrouverait. Le cœur battant à tout rompre, j'ai à nouveau cogné contre la porte.

À mon grand étonnement, leurs voix semblaient s'approcher du chalet. J'ai reculé, les bras ballants. La clé a tourné dans la serrure. Sebastian est entré.

Après lui, Roger et Tomas.

Aucun d'eux n'a rien dit, ils se sont contentés de me regarder de leurs yeux imbibés d'alcool. J'ai reculé encore, me suis plaquée contre la paroi en essayant de me faire toute petite.

Mais il n'y avait nulle part où aller.

On avait tenté de pénétrer dans l'appartement. Les traces d'effraction marquaient nettement de cicatrices blanches le bois sombre de la porte. Faye posa sa valise, se pencha pour les examiner. Son cœur battait la chamade. Jack. Il avait dû venir ici et essayer d'entrer, apparemment sans succès. C'était presque comme une mise en garde, l'avertissement qu'il était après elle. Faye jeta un œil par-dessus son épaule, glissa la clé dans la porte, tourna, ouvrit la grille noire de sécurité, s'avança dans le vestibule et verrouilla derrière elle.

Elle s'adossa au mur, ferma les yeux en essayant de rassembler ses idées. Mieux valait qu'il soit après elle plutôt qu'à la recherche de Julienne.

Oui, que Jack se soit pointé ici le desservait : il avait montré son jeu, annoncé qu'il n'entendait pas faire profil bas.

Faye fouilla dans son sac à main, sortit son téléphone, appela la police et expliqua ce qui s'était passé. Dix minutes plus tard, une patrouille arriva. Ils examinèrent la porte, prirent des notes et posèrent une batterie de questions auxquelles Faye répondit de son mieux.

"Vous devez le retrouver, dit-elle quand ils eurent fini. Il va me faire du mal. Il a déjà tué ma fille."

Un des policiers la regarda avec calme.

"Nous sommes au courant de la situation. Nous n'avons pas les moyens de veiller sur vous nuit et jour, mais je vous assure que nous faisons tout ce que nous pouvons pour l'arrêter. Et à présent, nous savons qu'il est à Stockholm. Et puis, vous avez un interlocuteur chez nous qui fait le point avec vous tous les jours.

— Comment me rendre à mon bureau, continuer à vivre en le sachant à mes trousses ?

— Avez-vous un autre endroit où habiter en attendant ? Jusqu'à ce qu'on l'ait arrêté ?"

Un bruit dans l'embrasure de la porte attira l'attention de Faye. En apercevant David, elle se précipita dans ses bras.

"J'ai vu la porte. Jack est venu ?" demanda-t-il tout en la serrant contre sa poitrine.

Faye hocha la tête et se mit à pleurer en sentant son odeur. David se tourna vers le policier.

"Que pouvez-vous faire ?

— Pas grand-chose. Comme je l'expliquais à madame, nous ne pouvons pas la surveiller vingt-quatre heures sur vingt-quatre. Vous devriez peut-être vous installer à l'hôtel pendant quelques jours ?"

L'équipe de policiers se retira, les laissant seuls. Pour la première fois depuis qu'elle l'avait rencontré, David était vraiment hors de lui. Il allait et venait devant le plan de travail, un verre de jus d'orange à la main.

"Il faut l'empêcher de te pourrir la vie à nouveau, de te mettre des bâtons dans les roues. Je connais quelqu'un dans une société de sécurité. On va placer des vigiles. Il faut que tu puisses travailler comme d'habitude, sans avoir à regarder par-dessus ton épaule. L'enfoiré, pour qui il se prend ?

— Je ne peux quand même pas avoir des gardes du corps, David.

— Je les paierai. Jack ne va pas t'empêcher de vivre. Il t'a déjà fait assez de mal. Putain, ce que je hais les types comme lui !"

Sa sollicitude faisait chaud au cœur.

"Ce n'est pas une question d'argent. Mais si j'ai une protection, il aura réussi à me faire peur. À me dompter. Et qui sait pour combien de temps… il peut se cacher pendant des mois. Si nous avons de la chance, il sera rapidement arrêté. Au moins, maintenant, la police sait qu'il est à Stockholm."

David s'immobilisa devant elle.

"Je sais que tu viens de rentrer, mais je veux qu'on s'en aille, juste quelques jours. Le temps que tout ça se tasse un peu."

Faye lui caressa la joue. Oui, elle voulait bien partir en voyage avec lui.

"Qu'est-ce que tu dirais de Madrid ? demanda-t-elle. Il faut de toute façon que j'y aille pour affaires d'ici quelques jours. Et si on y fêtait la Saint-Jean ?"

Il lui prit les mains et l'attira à lui.

"Bon, il se trouve que je suis du genre à adorer la Saint-Jean suédoise. Coups de schnaps, hareng, fromage du Västerbotten, mât fleuri. Mais pour toi, ma chérie, je suis prêt à tout sacrifier. *Yo amo Madrid.*"

Faye prit la main de David tandis qu'ils longeaient Strand-vägen. Elle se rappelait le soir où ils avaient fait l'amour pour la première fois, à bord du bateau. Sa relation avec David était à bien des égards la plus simple, la plus évidente qu'elle ait jamais connue.

Avec Jack, souvent, elle manquait d'assurance, se pliait à ses désirs. En guerre permanente contre ses propres aspirations, de peur de le perdre. Dans ses rapports avec David, elle n'envisagerait jamais de renoncer à quoi que ce soit. Il montrait clairement et sans réserve qu'il la voulait telle qu'elle était. Peut-être était-ce l'âge ? Peut-être était-elle tout simplement mieux accordée avec David qu'elle ne l'avait été avec Jack ?

"À quoi tu penses ? demanda-t-il en la dévisageant, la mine amusée. Tu souris…

— À nous, figure-toi."

Le soleil brillait, il faisait vraiment chaud.

Ils passèrent devant Nybrokajen, où les ferries pour Djur-gården attendaient de se remplir de touristes. Le parc Berze-lius s'étendait sur leur droite. À l'ombre, des gens déjeunaient sur l'herbe.

Une fois au Grand Hôtel, David monta dans sa chambre. Faye attendit dans le lobby.

La fraîcheur était agréable. Bercée par les murmures réper-cutés entre les murs de pierre, Faye ferma les yeux. Elle avait hâte de partir pour Madrid, c'était leur premier voyage. Elle avait un rendez-vous d'affaires, mais elle allait surtout passer quelques belles journées avec David.

Son portable vibra dans son sac, elle décrocha.

"Henrik vient de passer au bureau, dit Kerstin.

— Au siège de Revenge ? Tu plaisantes ?

— Malheureusement non. Je n'y étais pas, mais Sandra, de la com', m'a prévenue.

— Revenge n'est pas encore à lui, il n'a pas le droit de… Qu'est-ce qu'a dit Sandra ?"

Faye était si indignée qu'elle bondit de son fauteuil.

"Il a fait le tour du propriétaire, s'est présenté au personnel. A inspecté les bureaux. D'après Sandra, il s'est comporté comme le maître des lieux. Il a demandé à chacun d'envoyer son CV pour qu'il « puisse décider qui était une ressource pour l'entreprise ».

— Le salaud, il ne manque pas d'air ! Irene m'a raconté comment il traitait les femmes dans sa boîte, enfin les rares qu'il embauche, ce sale macho de merde."

Faye faillit entrer en collision avec une petite femme aux cheveux blancs, portant fourrure de chinchilla et collier à trois rangs de perles.

"Oh, pardon !

— Hein ? fit Kerstin.

— Non, non, ce n'était pas à toi que je parlais. Mais qu'est-ce qu'il croit ? Si ça ne visait qu'à me provoquer et à me faire enrager, c'est réussi.

— Qu'est-ce que tu comptes faire ?

— Garder mon calme, ne rien faire d'inconsidéré, mais m'en tenir au plan d'Ylva.

— À part ça, ça s'est bien passé à Amsterdam ?"

Faye se remémora rapidement quelques images de son voyage aux Pays-Bas, mais décida de ne pas entrer dans les détails.

"Au-delà de nos attentes.

— Très bien. Alors ignorons Henrik et continuons d'avancer.

— Oui. Tu as raison", dit Faye avant de raccrocher en grinçant des dents.

Des éclats de voix la firent se retourner. Une femme aux longs cheveux sombres s'en prenait aux réceptionnistes. Faye la reconnut immédiatement. Elle avait bien sûr cherché sa photo sur Google, connaissait sa prédilection pour les vêtements

Chanel. C'était Johanna Schiller, la femme de David. Faye sortit son téléphone, le mit contre son oreille et se dépêcha de sortir en baissant la tête. Si Johanna la voyait, elle allait sûrement faire une scène. Elle devait être venue dénicher David. En passant la porte à tambour, Faye entendit Johanna s'indigner à la réception :

"Comment ça, vous ne pouvez pas me donner de clé ? Il s'agit de mon mari ! David Schiller. Je suis Johanna Schiller. Je peux quand même avoir une clé de la chambre de mon mari, non ?"

Faye serra les poings de colère et de frustration en dévalant l'escalier vers le quai. Tout ce que Johanna faisait était si mesquin. Elle ne pouvait donc pas laisser David en paix ? Ici, au moins ? En plus, elle se servait de ses enfants comme moyen de pression. Le comble de l'égoïsme !

Faye s'arrêta sur le quai. Un jour, elle prendrait ce conflit à bras-le-corps, mais pas maintenant. Mieux valait laisser David gérer ça tout seul. Elle trouva un banc libre pour s'asseoir. Elle n'avait toujours pas dit à David que Johanna avait tenté de la joindre. Elle ne savait pas bien elle-même pourquoi elle hésitait. Quand ils étaient ensemble, elle préférait faire comme si Johanna n'existait pas et ne pas parler d'elle. Elle n'empêchait pas David d'aborder le sujet, mais elle aimait mieux ne pas laisser Johanna pénétrer dans leur bulle.

Son portable, qu'elle tenait encore à la main, sonna. C'était Ylva.

"Salut, Ylva, alors, tu t'es remise du week-end ?"

Faye entendit aussitôt que quelque chose clochait. D'une voix saccadée, Ylva sanglota :

"Il est venu ici, Faye. Jack est venu ici."

FJÄLLBACKA – JADIS

Tomas et Roger ont essayé de me porter jusqu'au lit, mais je me suis débattue, j'ai crié, mordu, si bien qu'ils m'ont laissée tomber par terre. Ils m'ont alors traînée par les pieds. J'ai vu à l'envers le visage fermé de Sebastian. Ça m'a fait me taire, au moins dans l'immédiat. Ils étaient trois. Je n'avais aucune chance. Je le savais. Ils m'ont étendue sur le lit, arraché ma culotte.

"Non, ai-je supplié. Je ne veux pas !"

Mais je n'ai pas lutté. Ça n'aurait fait qu'empirer les choses. Et c'était comme si mon corps tout entier s'était figé, ne m'obéissait plus.

Leurs yeux étaient éteints, ils ne montraient aucun sentiment quand je leur demandais d'arrêter. Roger tenait fermement mes bras. Tomas a sorti sa bite et écarté mes jambes d'un geste décidé. Ses yeux brillaient toujours. Mais c'était un autre éclat.

Il m'a pénétrée.

Ça brûlait, faisait mal.

Il m'a besognée. De plus en plus vite. J'ai serré les mâchoires. Fermé les yeux. Son corps puait la bière et le graillon. Après une minute seulement, j'ai senti ses convulsions et sa semence chaude et poisseuse se répandre en moi.

Puis ç'a été le tour de Roger.

Il sentait la cigarette. Était plus violent. J'ai remarqué que ça lui plaisait de voir mon effroi quand il a forcé le passage pour s'introduire en moi. J'ai gémi. Il ne me lâchait pas des yeux. Me fixait sans arrêt, comme pour observer mes réactions. Je me sentais à sa merci. Impuissante. J'ai détourné la tête pour au moins les empêcher de voir mon visage. Ça m'a redonné un peu d'amour-propre. M'a-t-il semblé.

Sebastian a allumé une cigarette et s'est adossé au mur en observant la scène. Je le haïssais. Mais plus que tout, je me haïssais moi-même d'être une ado assoiffée d'amour qui s'était réjouie que son grand frère lui propose de l'accompagner. En voyant que je le regardais, Sebastian s'est détourné vers la fenêtre. À ce moment-là, j'ai réalisé à quel point il ressemblait à papa. Et dire que je ne m'en étais encore jamais rendu compte.

J'avais cinq ans. Je n'avais pas remarqué que papa et maman s'étaient disputés. Je n'avais pas entendu leurs cris. Je m'étais réveillée au milieu d'un rêve, j'avais pris mon nounours et, somnolant à moitié, j'avais gagné la chambre de maman et papa. Je faisais ça parfois, je me blottissais contre maman qui m'entourait de ses bras protecteurs, le dos tourné à papa.

J'étais déjà au pied de leur lit quand j'ai compris qu'ils ne dormaient pas. Ils semblaient lutter. Papa tenait les bras de maman. Maman était nue. Je n'avais encore jamais vu maman nue. Je ne comprenais pas ce qui se passait. Mais je voyais que maman pleurait.

À présent que je regardais Sebastian, devant la fenêtre, son visage avait la même expression que celle de papa à l'époque.

À travers les cloisons de l'immeuble gris, dans la banlieue de Stockholm, on entendait les éclats de voix des voisins et les télévisions. Ylva était assise à la cuisine, sa tête enfouie dans les mains. Son corps tremblait. Elle pleurait en silence. Faye lui caressait le dos, essayant de la consoler.

Les policiers étaient partis un peu plus tôt. Ils avaient déploré ce qui s'était passé, recueilli une plainte et promis de faire tout ce qui était en leur pouvoir pour retrouver Jack. Ce dernier avait donné à Ylva un numéro de portable en lui disant qu'elle saurait quand l'utiliser. Il avait ajouté qu'il s'agissait d'une carte prépayée et qu'il n'allumait son portable qu'une fois par jour. *"Inutile donc que la police cherche à me localiser"*, avait-il conclu avant de quitter Ylva.

"Mais il ne m'a rien fait, dit-elle en essuyant quelques larmes têtues. Il m'a juste donné ce numéro de portable avant de filer. Il n'a même pas voulu voir Nora. Je crois que… s'il est venu, c'est juste pour attirer ton attention."

Faye frissonna.

Des cris d'enfant retentirent dans la chambre. Assez incroyablement, le sommeil de Nora avait résisté à l'intrusion de Jack et à la visite de la police. Mais à présent, elle était réveillée.

"Je m'occupe d'elle", dit doucement Faye.

Ylva ne répondit pas.

Faye se leva. À côté d'un lit simple soigneusement fait, elle trouva un petit lit à coulisse. Elle s'approcha doucement de Nora, qu'elle n'avait vue jusqu'ici qu'à la télé et dans les journaux. La fille de Jack.

Elle aurait aimé avoir d'autres enfants de lui, mais quand elle était retombée enceinte, Jack avait dit qu'il ne voulait pas d'autre enfant que Julienne. Après coup, Faye avait compris que c'était parce qu'il avait déjà rencontré Ylva.

Jack avait forcé Faye à avorter. Elle se remémora les heures pénibles à l'hôpital avec Chris à ses côtés, puisque Jack ne s'était pas montré. Était-il alors avec Ylva, ou quelqu'un d'autre ?

Ça n'avait plus d'importance.

Couchée sur le dos, Nora leva vers elle ses grands yeux bleus. Aucun doute, c'était bien la fille de Jack. Et la demi-sœur de Julienne. Le portrait craché de son père. Faye la fixa, comme ensorcelée, avant de se pencher, de tendre les bras et de la soulever. Elle serra l'enfant contre sa poitrine.

"Chut, chut", murmura-t-elle.

Nora se tut. Se laissa prendre. Ses pleurs diminuèrent d'intensité tandis que Faye traversait l'appartement pour regagner la cuisine.

Faye s'arrêta devant Ylva, Nora dans les bras. Ylva ne pouvait pas rester là. Jack risquait de se pointer à tout moment : il avait déjà réussi une fois à entrer. Un nouveau cri retentit dans l'appartement voisin. Dans la cour, quelqu'un faisait vrombir une mobylette.

"Voilà ce qu'on va faire, proposa Faye. Tu peux m'emprunter de quoi t'acheter un appartement en centre-ville. Tu me rembourseras quand tu pourras."

Ylva leva la tête, son regard passa de sa fille à Faye, puis elle ouvrit la bouche pour protester. Faye l'interrompit.

"Il n'y a rien à discuter, c'est pour moi une décision purement professionnelle. Si tu habites ici, tu travailleras moins bien, tu auras sans arrêt peur que Jack revienne. Et comme ton travail consiste à trouver de nouveaux investisseurs pour Revenge, j'en pâtirai en fin de compte. Et tu as déjà fait tes preuves. Tu m'as donné ce dont j'avais besoin et montré ce que tu valais."

Ylva fit un sourire las.

"Merci.

— Jusqu'à ce que tu trouves autre chose, je pense qu'Alice n'aura rien contre le fait que tu t'installes chez elle avec cette petite. Elle se sent assez seule dans cette grande maison, les semaines où elle n'a pas les enfants. Et là, Jack ne viendra pas te chercher."

Ylva essuya ses dernières larmes.

"Ça me va, dit-elle. Comme ça, je pourrai tranquillement continuer à passer en revue les investisseurs."

Faye sursauta. Elle n'avait pas encore parlé aux autres de la volonté de David d'investir dans l'implantation de Revenge aux États-Unis. Ylva l'avait mise en garde : ne pas mélanger à nouveau affaires et vie privée. Elles allaient donc probablement être en désaccord sur l'opportunité d'ajouter David à la liste des nouveaux actionnaires potentiels. La proposition de David serait examinée avec le même soin que les autres et aux mêmes conditions. Il s'était manifesté en dernier, il serait donc expertisé en dernier. Si on arrivait jusque-là. Il y avait beaucoup de choses à régler d'abord.

"Mets le strict nécessaire dans une valise, on va aller chez Alice en taxi. Pendant ce temps, je l'appelle", dit Faye en s'asseyant à table, Nora sur les genoux.

Elle avait hâte d'être à Madrid. Elle allait se replier, puis revenir à Stockholm avec un plan de bataille pour anéantir Jack. Et stopper la tentative d'Henrik de lui voler Revenge.

III

Les habitants d'un immeuble d'Östermalm ont donné l'alarme dans la soirée de mardi après avoir entendu des cris et une dispute provenant d'un appartement. "On dirait que quelqu'un se fait tuer", a prévenu une voisine.

Quand une patrouille est arrivée sur les lieux, l'appartement était vide. Le porte-parole de la police s'est refusé à tout autre commentaire au sujet de cet événement.

Aftonbladet, 26 juin.

Le portable de David sonna. Encore une fois, l'écran affichait *Johanna*. Il soupira et retourna le téléphone en s'efforçant de paraître indifférent.

Faye lui sourit, et David répondit à son sourire.

Ils étaient dans un restaurant de tapas sur une belle place dallée de pierres, non loin de la Puerta del Sol.

Le soleil s'était couché, mais la soirée était encore brûlante. Les notes enchanteresses des musiciens de rue se répercutaient entre les façades blanches. Faye portait une robe légère ivoire, David une chemise en lin bleu clair et un fin pantalon de coton.

Un plat de crevettes à l'ail avait été placé entre eux et une bouteille de chardonnay rafraîchissait dans un seau à glace.

"Tu veux en parler ?" demanda Faye en montrant le téléphone.

David secoua la tête.

"En fait, non. Je ne veux pas parler de quelque chose qui ne nous concerne pas.

— Très bien, alors on n'en parle pas.

— Tout ça, on y sera confrontés à notre retour. On ne pourrait pas être juste ici et maintenant, dans la plus belle ville d'Europe ?"

Faye leva son verre.

"Tu as raison.

— Je suis incroyablement amoureux de toi, tu sais ?" dit David.

Johanna avait beau s'obstiner à tenter de gâcher leur voyage, ils avaient passé deux journées merveilleuses à Madrid. Chaque minute aux côtés de David rendait Faye plus amoureuse. Il était gentil et attentionné. Lui tenait la porte, avançait sa chaise, insistait pour l'inviter partout, lui achetait des fleurs et du chocolat. En même temps, sa vision moderne de l'égalité allait totalement de soi, et il était capable de se mettre à la place des femmes qui étaient effectivement traitées différemment des hommes. Il écoutait ce qu'elle avait à dire à ce sujet, lui posait des questions. Non pas pour la forme, mais parce qu'il s'intéressait sincèrement à ses pensées et opinions. Il buvait ses paroles, les yeux brillants. Il la faisait se sentir appréciée et aimée comme jamais.

Faye s'aperçut qu'elle souriait. David lui adressa un regard interrogatif, mais elle se contenta de secouer la tête pour passer à autre chose. Impossible de mettre des mots sur certains sentiments.

"Excuse-moi."

David se leva pour aller aux toilettes. Elles étaient situées dans un des bâtiments qui entouraient la place. Faye le suivit des yeux. Son portable était resté sur la table. Un instant, elle envisagea de le prendre pour survoler ses conversations avec Johanna, comprendre ce qu'elle voulait, voir comment il lui écrivait. Elle avait retenu son code, une fois qu'il l'avait composé sous ses yeux. Mais elle ne toucha pas au téléphone. Elle voulait lui témoigner sa confiance.

Parcourir la correspondance privée de David aurait été une intrusion. Et même s'il ne s'en apercevait pas, *elle*, elle le saurait. Elle tourna plutôt son attention vers les autres clients des tables voisines. Faye avait remarqué que beaucoup de couples se parlaient à peine. À la place, ils consultaient leurs smartphones, le regard mort. Quel temps perdu, quelle vie perdue. Quelques enfants jouaient sous un grand arbre, ils se poursuivaient en riant. Faye sourit tristement. Elle aurait aimé que Julienne soit là, puisse rencontrer David. Il pourrait devenir le père qui lui avait tant manqué depuis que Jack les avait abandonnées.

Ce fut comme une claque en pleine figure : elle réalisa qu'elle envisageait un avenir où elle aurait un enfant avec David.

Elle fut arrachée à ses pensées par sa voix.

"Faye…"

Il s'assit en face d'elle. Il paraissait soudain angoissé, et son ventre se noua d'inquiétude. Quelque chose n'allait pas, elle le voyait à son visage. Elle s'agrippa au bord de la table, se blindant pour ce qui allait arriver.

"Faye, je me disais…"

Elle déglutit. Quoi qu'il dise, il fallait essayer de rester digne. Ne pas montrer de faiblesse.

"… Je me disais qu'on était tellement bien ensemble, reprit David. Enfin, je peux juste parler pour moi. J'aime être avec toi. Et j'espère que toi aussi."

Il l'interrogea du regard, avec une expression de vulnérabilité qu'il montrait rarement. Faye, soulagée, se pencha au-dessus de la table pour lui prendre la main.

"J'aime être avec toi", dit-elle.

Les yeux azur de David brillaient plus que jamais. Il serra sa main.

"Je sais que c'est un peu tôt, mais je ne supporte pas de vivre sans toi. J'aimerais tellement que nous commencions à chercher quelque chose ensemble, un foyer à créer tous les deux. Un nouveau départ. Bon, j'espère que tu ne me trouves pas indélicat."

Il détourna les yeux, gêné.

Le serveur leur apporta d'autres tapas. *Pimientos de Padrón*, tortillas, *jamón*, *croquetas* et *albóndigas*.

Faye s'entendit rire, un rire qui monta vers le velours noir de la nuit espagnole, rebondit sur les pavés et les briques des murs. Un peu plus loin, sûrement dans un des nombreux restaurants du quartier, quelqu'un commença à jouer du violon, une mélodie intime qui se lovait dans les étroites ruelles.

"Je veux bien partager un foyer avec toi, David. Et si tu venais t'installer chez moi dans l'appartement que je loue, en attendant ? Le temps de trouver quelque chose à nous. On m'a déjà demandé si je souhaitais prolonger le bail et tu m'as donné une raison de passer plus de temps en Suède.

— Sûre ?"

David pressa à nouveau sa main.

"Ce sera un test pour nous, dit-elle en lui souriant. Tu pourras venir dès que l'implantation aux États-Unis sera sur les rails."

David sortit de la poche de son pantalon un petit paquet, joliment emballé, avec un ruban de soie blanche.

"Ne t'inquiète pas, plaisanta-t-il avec un sourire en coin. Ce n'est pas une alliance."

Il fit un clin d'œil.

"Pas encore, en tout cas."

Faye serra le paquet dans sa main, essayant de deviner ce qu'il y avait dedans, mais naturellement, c'était impossible. Lentement, elle défit le ruban et souleva le couvercle. À l'intérieur, elle trouva un joli médaillon chantourné en argent au bout d'une chaîne.

Elle le souleva précautionneusement.

"Je l'adore. Il est magnifique.

— Tu m'as dit une fois que Kate Gabor avait fait une photo de toi et de ta... ta famille. Alors je l'ai contactée, je lui ai dit qui j'étais et ce qui m'amenait. Ouvre le médaillon, Faye."

Faye regarda le bijou en argent. Les doigts tremblants, elle l'ouvrit délicatement. Sous ses yeux apparut sa photo préférée de Julienne et elle. L'amour entre elles était si fort, elle caressait les cheveux de sa fille avec une telle tendresse. Faye fixa le portrait. Puis David. Chassa ses larmes d'un clignement d'yeux.

Le violoniste jouait à présent *Kalinka*. La nuit obscure les enveloppait et Faye réalisa qu'elle n'avait pas été aussi heureuse depuis longtemps. Elle se rappela alors ce qu'elle avait sur elle. Pour David. Elle essuya ses larmes et sortit de son sac Birkin le paquet, qu'elle lui tendit. Pendant qu'il ouvrait l'écrin de la Patek Philippe, elle attacha le médaillon autour de son cou. Le caressa doucement. Peut-être, peut-être était-elle prête pour une nouvelle famille ?

Ni Faye ni David ne voulaient que cette soirée finisse : après avoir terminé toutes les tapas et payé, ils flânèrent main dans la main dans les rues de Madrid. La ville semblait enchantée. Plus vivante qu'aucun autre endroit dont puisse se souvenir Faye. Dans tous les recoins, des musiciens de rue donnaient à entendre leurs mélopées vibrantes. Des enfants jouaient au foot ou à d'autres jeux bruyants. Des amoureux s'embrassaient sur les bancs publics. Des jeunes fumaient de la marijuana et buvaient du vin sur l'herbe.

Tout dansait dans l'épaisse lueur jaunâtre des réverbères.

David et Faye ne parlaient pas beaucoup – les mots semblaient superflus et insuffisants –, mais de temps à autre ils s'arrêtaient pour se regarder, heureux.

David finit par proposer un dernier verre avant d'aller se coucher. Ils s'assirent à une table bancale sur un trottoir, côte à côte, tournés vers la rue, et commandèrent une bouteille de vin.

Faye fixa David. Son cœur battait si fort dans sa poitrine.

"Quand je suis avec toi, je n'ai honte de rien, rien de rien, dit-elle. Je préfère parler de mes faiblesses et de mes embarras pour les surmonter. À part avec Chris, je n'avais jamais éprouvé ça avec personne.

— Même chose pour moi. Je crois que c'est parce que nous savons tous les deux que l'autre n'a pas d'arrière-pensées. Ces faiblesses et ces échecs ne seront jamais utilisés comme une arme pour nous nuire."

Un serveur en chemise blanche, veste noire et nœud papillon ouvrit le vin et laissa Faye goûter. Elle hocha la tête et il servit, puis plaça la bouteille dans un seau à glace, s'inclina et disparut.

Faye aurait voulu tout dire de sa vie à David, tout en sachant que c'était impossible. Mais un jour il faudrait lui parler de Julienne, sans quoi une vie commune serait impossible. On peut dissimuler beaucoup de choses sous le tapis, mais pas une fille.

"Une semaine avant notre première rencontre, j'étais à Rome. Je me promenais seule. J'ai trouvé un bar. Là, il y avait un jeune couple. Nous avons parlé un moment, et je les ai suivis chez eux."

David haussa les sourcils tout en portant le verre à sa bouche. Un scooter passa en trombe. La rue sentit l'essence. Quelque part, un chien aboya.

"C'était fascinant d'être si proche de deux personnes amoureuses et, d'une certaine façon, de prendre part à leur amour. C'est la chose la plus intime que j'aie éprouvée. Coucher avec l'homme d'une autre pendant qu'elle regarde. Tu comprends ?"

David la fixa gravement.

"Je crois que oui."

Un couple marchait, main dans la main. Ils portaient des tenues de sport.

"C'était très clair qu'ils faisaient ça l'un pour l'autre. Que j'étais l'instrument de leur jouissance. Une façon de se donner mutuellement du plaisir. C'était une sensation nouvelle et particulière. Presque une expérience extracorporelle."

Faye soupira. La montre brillait au poignet de David, qui n'arrêtait pas d'y jeter des coups d'œil ravis. Pourtant, elle se sentait triste. Elle aurait dû être heureuse, mais sa mélancolie l'emportait.

"Nous les femmes, on nous élève tellement dans la peur de se faire voler notre homme, notre partenaire, que nous nous bridons. Nous sommes sans cesse à l'affût du moindre signe de trahison. Je ne veux pas revivre ça. J'ai été trompée par Jack, mais j'ai envie de te faire confiance. C'est mon choix. Sinon, ce serait faire violence à ma vie. La limiter. J'espère que jamais tu ne me trromperas, mais ce sera à toi d'en décider, pas à moi."

Il tâtonna par-dessus la table, saisit la main de Faye. La recouvrit de la sienne.

"Je n'ai pas l'intention de te tromper, Faye."

La lueur des bougies se reflétait sur la montre à son poignet. Faye serra fort sa main. Elle voulait un havre où se reposer, une zone exempte des soucis avec lesquels elle se débattait. Mais si elle voulait vraiment le faire entrer dans sa vie, il fallait qu'il en sache davantage sur ce qui se tramait.

Elle inspira à fond. Le moment était venu.

"Quelqu'un cherche à racheter Revenge. Et ce quelqu'un est dangereusement près d'y parvenir."

FJÄLLBACKA – JADIS

J'avais égaré mes chaussures quelque part dans le chalet. Quand ils m'ont enfin traînée dehors, je voulais juste m'en aller. J'ai donc titubé pieds nus sur les rochers, au crépuscule.

Roger, Tomas et Sebastian portaient le paquetage, beaucoup plus léger à présent que les bières étaient bues. Je marchais en queue. Leurs dos bronzés se dandinaient devant moi. Au début, l'idée était de rentrer plus tôt, pendant qu'il faisait encore jour. Mais ils avaient insisté pour rester encore un moment. Et mon avis à moi, qui était enfermée dans le chalet, ne comptait pas.

Pendant deux jours, ils étaient venus me voir quand ça leur chantait, toujours tous ensemble. Jamais seuls. Après la troisième fois, j'ai cessé de protester, je restais là, je les laissais faire comme ils voulaient.

Mon corps endolori et ensanglanté puait le sperme, la sueur et la bière. Il me fallait sans cesse lutter pour ne pas vomir.

"C'était plus rigolo quand elle résistait", avait dit Roger, tandis que j'écartais les jambes.

Ils ne me parlaient jamais directement. Pas pendant qu'ils me violaient. Ni avant ni après non plus. Ils parlaient de moi entre eux, comme d'un bon vieil animal de compagnie.

Je n'ai éprouvé aucune joie quand ils m'ont fait sortir en me disant qu'on rentrait.

Ils avaient déjà fait les bagages, je n'avais qu'à suivre.

Le canot était amarré là où nous l'avions laissé. Ils y ont chargé les affaires. L'ambiance était différente, à présent. Irritable. Inflammable. Je me taisais pour ne pas les fâcher. Pour ne pas m'attirer leur colère.

Après avoir étouffé deux jours durant dans l'atmosphère renfermée du chalet, l'air marin était une purification.

J'ai regardé les rochers et les arbres, assise tout à l'arrière du canot. Ils étaient différents d'à mon arrivée. Ce n'était pas seulement à cause de la lumière, c'était moi qui étais devenue une autre personne.

Nous sommes montés à bord du voilier, et Tomas a démarré le moteur. Il m'a fait signe de le rejoindre. Je me suis levée et me suis approchée lentement, drapée dans une couverture que j'avais trouvée.

J'ai attendu patiemment, les bras serrés autour du corps.

Un vent froid soufflait.

"Tu ne racontes jamais ça à personne. Pigé ?"

Je n'ai pas répondu.

Tomas a lâché la barre et saisi mon bras en me regardant dans les yeux.

"Tu comprends ? Tu n'es qu'une pute, pauvre conne. Si tu parles, je t'étranglerai."

Puis il a souri, et l'éclat était revenu dans ses yeux.

"Et d'ailleurs, pourquoi tu irais parler ? Tu aimais ça, ça se voyait bien."

Tomas a passé son bras autour de moi, et je n'ai pas résisté. Malgré mon dégoût. Une éternité semblait s'être écoulée depuis que j'avais senti son regard sur moi, à l'avant du voilier. Une éternité depuis que je m'étais laissée aller à éprouver une sorte d'espoir.

"Elle ne va pas cafter, a dit Sebastian. Je te promets d'y veiller. C'est quand même moi qui l'ai dressée."

J'ai regardé au large en posant la main sur ma poitrine. Je me suis figée sur place, le bras de Tomas m'enlaçant toujours. Le collier que m'avait offert maman n'était plus là. Le joli pendentif, l'ange aux ailes d'argent, était resté dans le chalet. J'ai tourné la tête. Yxön avait disparu.

Le bijou était perdu à jamais.

"Je pourrai passer de temps en temps ? a demandé Tomas. Tu es du genre à partager, Sebastian, non ?"

Tomas m'a pincé l'épaule. Puis m'a léché la joue. Lentement. Baveux.

"Évidemment que je pourrai venir. Hein, Matilda ? Tu m'aimes bien, n'est-ce pas ?"

J'ai lentement hoché la tête. Tandis que je sentais son haleine qui empestait la bière et la douleur dans mon bras qu'il continuait de pincer, quelque chose s'est produit en moi. Pour la première fois de ma vie, j'ai réalisé qu'il pouvait être nécessaire de tuer.

"J'ai appris que vous étiez arrivée à un accord avec Giovanni…

— Les bonnes nouvelles vont vite", dit Faye en décochant un large sourire à Jaime da Rosa, PDG et propriétaire d'une entreprise de produits de beauté espagnole.

Ce n'était pas la plus grande d'Espagne, mais comme la société de Giovanni en Italie, elle pouvait jouer un rôle clé pour permettre à Revenge de combler ses lacunes en termes de fabrication, de distribution et de logistique avant de partir à l'assaut du marché américain. Ils avaient bavardé un moment en mangeant quelques tapas divines, mais à présent, après un expresso, le moment était venu de parler sérieusement affaires.

"Les mauvaises nouvelles aussi."

Jaime avait un fort accent espagnol, mais sa grammaire anglaise était parfaite, et son vocabulaire varié : ils n'avaient aucune difficulté à se comprendre. Grâce à l'italien qu'elle parlait désormais couramment, elle aurait largement pu suivre la conversation en espagnol, mais elle aurait eu du mal à se faire comprendre aussi bien qu'elle en avait besoin.

"Que voulez-vous dire ? demanda-t-elle, sur ses gardes, en prenant un morceau de chocolat dans le plat devant elle.

— J'ai quelques bons amis en Suède. Il court des bruits sur Revenge. On parle d'un rachat."

Le morceau de chocolat lui resta en travers de la gorge. C'était exactement ce qui inquiétait Faye. Jusqu'à présent, elle avait réussi à contenir la presse, et elle se doutait qu'Henrik ne souhaitait pas que l'info fuite pour le moment, pour qu'elle

193

fasse l'effet d'une bombe une fois lâchée dans les médias. Mais Stockholm était petit, le monde des affaires suédois plus petit encore, et elle n'était pas surprise que les rumeurs se soient propagées même à l'étranger.

La manière dont elle allait gérer cette conversation serait décisive. Si elle ne continuait pas d'œuvrer à l'expansion américaine à laquelle elle avait consacré tant de temps, d'énergie et d'espoir, elle pouvait aussi bien jeter l'éponge. De toute façon, elle ne mériterait plus Revenge.

"Il y a toujours des rumeurs, Jaime. Vous le savez aussi bien que moi. Je suppose que c'est exactement pareil en Espagne. À Madrid. Si je demandais autour de moi, combien de rumeurs entendrais-je sur vous et votre entreprise ? Un bel homme comme vous, vous devez les collectionner, non ? Combien de maîtresses les colporteurs de ragots vous ont-ils attribuées, Jaime ?

Elle lui sourit, étira le cou et fit briller ses yeux autant que ses bagues en diamant. Il éclata de rire, flatté.

"Oui, vous avez raison. On a prétendu beaucoup de choses…"

Il se pencha et lui fit un clin d'œil.

"Mais tout n'était pas faux, j'en ai peur…

— J'avais bien compris. Vous êtes un *bad boy*, Jaime", pouffa Faye tout en soupirant intérieurement.

Ah, les hommes… Parfois, elle se demandait comment ils avaient bien pu réussir à conserver leur domination à travers l'histoire de l'humanité.

"Je suis ravi d'apprendre que ce n'étaient que des ragots, dit Jaime. Nous avons hâte de faire affaire avec vous. Si j'ai bien compris, il ne reste que quelques petits détails techniques, et mes avocats disent que nous pourrons signer le contrat d'ici une semaine.

— C'est aussi ce que j'ai entendu les miens dire."

Jaime finit son expresso, posa les deux coudes sur la table et regarda Faye par en dessous. Elle connaissait la chanson. Elle avait dansé cette danse-là à tant de rendez-vous avec tant d'hommes. Ils voulaient tous la même chose. D'abord le business. Puis la baise. Comme si c'était inclus dans le deal.

Faye fit un grand sourire. Depuis le temps, elle avait appris à gérer cette situation avec une précision chirurgicale.

"Je me disais…" Jaime baissa la voix en la regardant dans les yeux. "Si vous n'avez pas d'autres projets pour ce soir, je pourrais peut-être vous montrer quelques-uns de mes jardins secrets. Je connais personnellement les meilleurs restaurants et les meilleurs chefs. Et j'ai une petite garçonnière en ville. Je travaille tellement qu'il est parfois trop tard pour rentrer dans ma belle villa à la montagne. On pourrait y finir la soirée ? Y prendre un café… gourmand."

Il héla le serveur et demanda l'addition.

Faye poussa un grand soupir intérieur. Jamais la moindre originalité. Café gourmand dans sa garçonnière coquine…

"Ce serait sans doute très agréable, dit-elle. Mais j'ai avec moi ma meilleure amie et sa fille pour le week-end. Elle a cinq ans, elle est peut-être un peu agitée, mais elle est très mignonne. Je ne peux pas la laisser à l'hôtel, alors peut-être que…"

Avec un sourire suave, Faye regarda la panique se répandre sur le visage de Jaime.

"Pardon, je viens de me souvenir que j'avais promis à ma femme de rentrer pour le dîner ce soir. Je suis vraiment désolé. Mais je peux vous recommander quelques restaurants. Qui accueillent les enfants…

— Oh, comme c'est dommage, mais je noterai volontiers vos recommandations, c'est très aimable à vous."

Jaime se dépêcha de payer et se leva en hochant la tête. Il tendit la main.

"On s'appelle la semaine prochaine.

— Sans faute", dit Faye en lui serrant la main.

Elle le suivit longtemps des yeux tandis qu'il s'éloignait en direction de son bureau.

Avec un petit rire, elle regarda sa montre, prit son sac et repartit à pied vers son hôtel. La boutique qu'elle avait repérée sur Google avant de quitter la Suède était sur le chemin. David allait avoir une nouvelle surprise.

David était au téléphone en pleine conversation d'affaires quand elle entra dans la chambre d'hôtel, les mains chargées de deux gros sacs. Il s'illumina, lui mima qu'il n'en avait que pour cinq minutes, et elle lui envoya un baiser. Ça lui laissait le temps de préparer sa petite surprise.

Sur la grande terrasse, elle déballa en sifflotant tout ce qu'elle avait acheté. Devant elle s'étendaient les toits de Madrid. Elle chassa tous ses soucis, ne songeant plus qu'à une chose, qu'elle était là, dans une ville qu'elle aimait, avec un homme qu'elle aimait. Elle qui pensait ne jamais refaire confiance à un homme. David semblait sur le point de terminer son appel, et Faye se dépêcha de finir ses préparatifs. Quand il sortit sur la terrasse, elle se retourna et tendit les bras vers la table.

"Tadam !

— Mais qu'est-ce que c'est que ça ? fit David, les yeux écarquillés.

— Comme je t'ai privé de Saint-Jean, je me rattrape. Avant de partir, j'ai repéré sur Google une boutique, pas loin, qui vend des produits suédois. Alors, voici du hareng, du *knäckebröd*, du fromage de Västerbotten, du schnaps, de la crème, de la ciboulette, bref, tout. La seule chose que je n'ai pas réussi à organiser, c'est un mât de la Saint-Jean, mais je suis sûre qu'on va trouver une solution… Et regarde ! J'ai fait des couronnes !"

Elle sourit en sortant deux couronnes rapidement tressées chez un fleuriste. Elle en plaça une sur sa tête et l'autre sur celle de David. Il avait l'air ridicule et sexy, un cocktail irrésistible. Il la prit dans ses bras et l'embrassa.

"Tu es folle. Mais alors je propose que, selon la tradition, on commence par la danse autour du mât.

— Qu'est-ce qu'on attend ?" dit Faye en l'entraînant vers le lit tout en chantonnant la comptine des *Petites Grenouilles*.

David avait proposé le salon VIP, mais Faye avait insisté pour qu'ils s'installent dans un petit snack à proximité de la boutique du Real Madrid, pour pouvoir regarder les autres voyageurs.

Faye adorait les aéroports. Celui de Barajas ne faisait pas exception. Des gens des quatre coins du monde passaient sans interruption. De temps à autre, elle saisissait un mot dans une langue qu'elle ne reconnaissait pas. Des parents sermonnaient leurs enfants, les portaient, les encourageaient, les grondaient. Il y avait de l'attente dans l'air. Des gens allaient revoir ceux qui leur étaient chers, ou enfin prendre quelques jours de vacances après des mois d'efforts.

Son amour pour les aéroports était peut-être dû au fait qu'elle n'avait jamais pris l'avion avant d'avoir une vingtaine d'années.

Le numéro d'Yvonne Ingvarsson clignotait avec insistance sur l'écran de son téléphone. Quand elle lui avait parlé ce matin, Kerstin lui avait dit qu'Yvonne était à nouveau passée la veille – le jour de la Saint-Jean ! Faye soupira. Elle ne cessait de se tracasser au sujet de l'enquête de cette policière, qui semblait d'ailleurs agir de son propre chef : personne d'autre à la police ne l'avait contactée au sujet de Julienne depuis le procès de Jack.

Il ne fallait plus qu'Yvonne constitue un sujet d'inquiétude. Dès son retour, elle s'occuperait d'elle. Pour de bon. David et elle allaient s'installer ensemble, Jack serait bientôt repris, elle en était sûre, et elle comptait bien trouver un moyen pour forcer Henrik à ôter ses sales pattes de Revenge.

David était absorbé par son ordinateur. De temps à autre, il prenait des appels sur son portable et parlait alors en allant et venant avec de grands gestes. Elle adorait le regarder travailler. Sa concentration et son évidente passion pour ce qu'il faisait. Parfois, il lâchait une question rapide, sans lui expliquer le contexte. Lui demandait son avis sur le potentiel financier de l'utilisation du génie génétique dans la santé. Ou comment elle pensait que le Brexit allait influer sur le cours de l'euro. Parfois, elle pouvait répondre. Parfois non. Il l'impressionnait tous les jours par son savoir, sa compétence et son engagement. Il était structuré comme Jack ne l'avait jamais été.

À bien des égards, il était ce que Jack n'avait jamais été.

Il finit par refermer son ordinateur portable et se tourner vers elle.

"À quoi tu penses ? demanda-t-il. À la tentative de rachat ?

— Non, non, je n'y pensais pas. Je pensais… à rien."

Il mordit dans son croissant. Les miettes tombèrent sur ses genoux. Faye sourit. Une fois encore frappée par le miracle de s'être trouvés.

"Et ma proposition de financement, tu as eu le temps d'y jeter un œil, chérie ?" demanda-t-il en s'essuyant le coin de la bouche.

Elle secoua la tête.

"Pas encore.

— OK. J'étais juste curieux de savoir ce que tu en pensais.

— Ylva doit passer en revue tous les investisseurs. Ça devrait être bientôt fini. Je ne veux pas laisser croire que tu bénéficies d'un traitement de faveur, ça ferait tache. Tu sais ce que c'est. Et comme tu le comprends sûrement après ce que je t'ai dit hier, j'ai une situation urgente à régler d'abord."

David hocha la tête.

"Bien entendu. Tu as tout à fait raison. Et tes priorités sont les bonnes. Je voulais juste savoir si tu avais pu y réfléchir."

Il détourna les yeux, mais Faye vit qu'il était blessé. Quelle importance, au fond, qu'Ylva traite la proposition de David avant celles des autres ? Il faisait tout pour elle. Pourquoi s'accrocher à ce genre de principe quand elle pouvait faire plaisir à l'homme qui comptait tant pour elle ? Car enfin, elle lui faisait confiance. Et même si le futur de Revenge restait incertain, envisager l'avenir ne pouvait pas faire de mal.

Faye posa sa main sur sa cuisse.

"Je vais demander à Ylva de traiter ta proposition en priorité.

— Ce n'est pas nécessaire, dit David. Et tu as raison, il faut éviter le mélange des genres. Et puis, tu as des soucis plus importants pour l'instant."

Faye se pencha, l'obligeant à la regarder dans les yeux.

"Tu es un entrepreneur brillant, et je suis ravie que tu veuilles aider Revenge. Pour moi, c'est plus facile de faire affaire avec quelqu'un dont je sais d'emblée qu'il est loyal et dans mon camp. Surtout en ce moment. Je n'ai jamais eu tant besoin de loyauté que maintenant."

David sourit, et la ride sur son front se lissa. Avait-il eu peur d'être repoussé ? Par elle ? Peut-être, se dit-elle, y avait-il malgré tout chez David un ego masculin qu'elle n'avait pas encore remarqué ? Ou ignoré ? D'un autre côté, c'était un homme d'affaires. Un gagnant. Tout revers, professionnel ou privé, était une défaite.

"Tu es sûre ? demanda-t-il, à présent aussi insouciant que quelques minutes plus tôt, en lui caressant lentement la main.

"Tout à fait sûre."

La pression de sa main augmenta, il guida celle de Faye un peu plus haut sur sa cuisse, en direction de l'aine. Elle sentit son membre dans sa paume. Elle l'arrondit autour.

"Tu veux que je m'occupe de ça ?" demanda-t-elle.

Il hocha la tête.

Ils marchèrent un moment dans l'aéroport à la recherche d'un lieu isolé. Ils trouvèrent des toilettes pour handicapés, regardèrent alentour et s'y glissèrent en pouffant.

Dès qu'ils furent enfermés dedans, David prit les commandes.

"À genoux, là", ordonna-t-il.

Il ouvrit sa braguette. Elle le prit dans sa bouche.

"Regarde-moi dans les yeux."

Elle hocha la tête, ouvrit grande la bouche et suça.

Le sol était dur. Ça faisait mal aux genoux, mais elle aimait ça. Quand David jouit, elle avala, les yeux levés vers lui.

Les cheveux en bataille, les yeux rougis, Yvonne Ingvarsson regardait Faye avec hostilité. Par une fenêtre ouverte, on entendait un enfant crier dans l'appartement voisin. Dans la cour, un chien aboyait.

Faye se délectait de l'air étonné de l'enquêtrice. Elle attendit qu'Yvonne dise quelque chose, mais comme la policière se taisait, elle décida de faire le premier pas.

"Je peux entrer ?

— Qu'est-ce que vous faites là ? Comment savez-vous où j'habite ?"

Faye ne répondit pas. Elles continuèrent à se toiser en silence jusqu'à ce qu'Yvonne fasse un pas de côté. L'entrée était sombre, des piles de journaux, des cartons et des bouteilles vides s'alignaient le long des murs. Ça sentait la cigarette et la crasse. Faye enjamba ce bazar sans ôter ses chaussures. Yvonne resta plantée, bras ballants.

D'un pas résolu, Faye traversa un étroit corridor. Aperçut une petite chambre et une salle de bains avant d'atteindre un séjour sombre. Le store était baissé. Un téléviseur tremblotait, son coupé. Faye actionna un interrupteur, sans résultat. Elle gagna la fenêtre et remonta le store. La lumière afflua, révélant le chaos.

Les murs étaient décorés d'images de Grèce. Mer turquoise et maisons blanches étincelant au soleil. L'affiche encadrée de *Mamma Mia!* occupait le centre de la pièce, juste au-dessus du canapé.

Le cœur de Faye battait à tout rompre, elle savait que les prochaines secondes seraient décisives.

Il fallait empêcher Yvonne de fouiner. Elle devait cesser de lui nuire. Faye ne pouvait pas prendre ce risque, pas maintenant.

"Qu'est-ce que vous faites là ? demanda à nouveau Yvonne.

— Ça fait bizarre, hein ?" Faye lâcha un sourire froid. "Vous m'avez plusieurs fois rendu visite, je fais pareil.

— Il y a une différence. Je suis policière et j'enquête sur un crime. C'est mon boulot."

Sa voix était détimbrée.

"Non, vous n'enquêtez pas sur un crime. Mon ex-mari a été condamné pour le meurtre dont visiblement vous me croyez coupable. En plus, vous faites cavalier seul. Il n'y a aucune enquête en cours. Seulement dans votre tête. Personne d'autre ne considère qu'il y ait lieu d'enquêter. Vous êtes seule sur ce coup-là, n'est-ce pas ?"

Yvonne ne répondit pas.

"Je prends ça pour un oui."

Yvonne déglutit. Ses lèvres tremblèrent. Elle était une tout autre personne, ici, chez elle, que celle qui était venue voir Faye. L'effet de surprise lui avait fait perdre son assurance.

"Vous avez quoi, cinquante-cinq ans ?

— Cinquante-neuf", corrigea Yvonne.

Le silence revint. Faye commençait à ronger son frein. Même si Yvonne semblait plus accommodante, elle ne parvenait pas à l'atteindre. Pas vraiment. La policière restait sur ses gardes.

"De quoi rêvez-vous ?"

Yvonne changea de pied d'appui, mais continua à se taire.

"Vous travaillez depuis de longues années. Mauvais salaire. Horaires impossibles. Personne ne vous remercie de vos efforts pour la sécurité à Stockholm. Vous n'avez pas de famille. Après votre journée de travail, vous revenez ici, dans ce trou à rats, regarder la télé. Vous aimez la Grèce. Vous avez encore six ans à tirer avant la retraite, si on ne vous met pas dehors avant parce que vous êtes une casse-couilles, puis vous vous éteindrez à petit feu."

Faye fit claquer ses lèvres en réfléchissant.

"J'aime bien les casse-couilles", dit-elle pour elle-même.

Elle balaya du regard les affiches, s'arrêta sur celle du film *Mamma Mia!* Sable clair. Mer turquoise. Un ponton. Un voilier au loin. Des gens heureux, souriants. Et, soudain, elle comprit comment avoir prise sur Yvonne Ingvarsson. Chaque personne avait un prix. Et elle venait de comprendre exactement quel était celui d'Yvonne.

FJÄLLBACKA – JADIS

Le vent avait forci. À l'avant, je regardais le crépuscule en m'agrippant au bastingage pour ne pas passer par-dessus bord. Tomber à la mer, c'était la mort assurée. Les courants m'emporteraient par le fond. Mon corps ne serait probablement jamais retrouvé. C'en serait fini des cauchemars et de la peur. L'idée était tentante. Mais en plus de penser au chagrin que cela causerait à maman, je savais que je ne le ferais jamais. Le monde était certes cruel et sombre, mais il pouvait aussi être beau et lumineux. Comme maman. Elle était la lumière. Il nous fallait partir.

Les gens heureux étaient partout. Dans les journaux, à la télé, à la radio. Je voyais leur visage, j'entendais leur rire, leurs histoires. Les romans que je lisais en étaient pleins. Même certains de nos voisins à Fjällbacka semblaient heureux, alors qu'ils habitaient à deux pas de l'enfer. Notre noirceur ne semblait pas déborder les limites de notre terrain. Mais qui sait ? Je ne voyais que l'apparence. Tout comme eux chez nous en regardant par la fenêtre de leur cuisine ou en causant pelouse par-dessus les haies qui délimitaient les terrains.

J'avais eu la malchance de naître dans la mauvaise famille. Une famille déglinguée depuis le début. J'allais être forcée de m'en libérer. Maman n'avait pas la force. Tout reposait donc sur mes épaules.

Roger et Tomas n'allaient pas se taire. Ils avaient peur que je cafte, mais je le savais : ils se vanteraient de leurs exploits. Tout ce que j'avais gardé sous silence. Tout ce qui se passait derrière les portes closes de notre foyer. Les secrets de famille.

Tout serait étalé au grand jour. Ça ne devait pas avoir lieu. Maman n'y survivrait pas. Ces secrets étaient aussi les siens.

Je revoyais Sebastian devant la fenêtre. Après le viol. Pendant le viol. Combien son visage ressemblait à celui de papa. Ça allait continuer. Tout allait continuer. Soudain, c'était clair, j'ai su que j'allais devoir agir.

Sebastian ? Je n'éprouvais que haine pour lui, mais maman l'aimait. Je l'épargnerais, par égard pour elle. J'essaierais, en tout cas. Je ne pouvais rien promettre. Plus maintenant. Mais les autres ? Ils devaient mourir.

Faye sortit son portable et composa le numéro de son avocat britannique, George Westwood. Son cœur battait tandis que le téléphone sonnait. Elle jouait gros.

Yvonne la regardait en fronçant les sourcils.

L'avocat répondit à la quatrième sonnerie. Faye le salua brièvement et alla droit au but.

"Je voudrais acheter une maison en Grèce. Sur une île. Pensez *Mamma Mia!* Quand ce sera fait, vous mettrez aussitôt le contrat au nom d'une de mes amies."

Yvonne écarquilla les yeux, ouvrit la bouche, mais la referma aussitôt. Faye comprit qu'elle l'avait ferrée et se détendit.

"Je veux que vous fassiez ça le plus vite possible, il s'agit d'une amie très chère, George.

— *Of course.*"

Yvonne se mit à faire les cent pas dans le séjour. Elle semblait peser le pour et le contre, mais Faye avait vu son regard, perçu le changement d'ambiance, compris qu'elle avait déjà gagné la partie.

"Et pour que vous compreniez bien combien cette amie m'est chère, je veux que vous viriez trois millions de couronnes sur un compte lié aux activités de la société. À titre de frais imprévus."

Yvonne s'arrêta et dévisagea Faye. L'hostilité de son regard avait disparu. Ne restait plus que la stupéfaction.

"Nous débitons le compte des Caïmans ? demanda George qui, malgré la conversation assez incongrue, restait calme et posé. Presque amusé.

— Oui, très bien. Vous aurez les détails ultérieurement. Merci, George. Faites-moi signe quand ce sera fait."

Faye se leva et rangea le téléphone dans son sac.

"Vous essayez de m'acheter ? fit Yvonne.

— Non, je viens juste d'offrir une maison à quelqu'un qui, à mes yeux, mérite un break dans sa vie. Voyez-y le remerciement pour de longs et loyaux services de la part d'une citoyenne reconnaissante."

Yvonne la dévisagea. Faye sourit. Une crise réglée. Maintenant, il fallait prendre la situation de Revenge à bras-le-corps.

De retour chez elle, Faye trouva Kerstin qui l'attendait. Même si elles avaient chacune les clés de l'appartement de l'autre, elles ne s'en servaient pas souvent, sinon pour aller jeter un œil en l'absence de l'autre.

Elle avait prévenu David qu'elle ne partagerait leur domicile que la moitié de l'année, mais il ne comprenait pas pourquoi elle devait passer tant de temps en Italie. Elle lui avait donné les mêmes explications qu'aux médias : elle avait aussi besoin d'une autre base, d'une maison dans un pays où tout ne lui rappelait pas Julienne. Il n'avait pas été complètement convaincu, avait tenté d'argumenter qu'elle pourrait désormais installer sa base ici, en Suède, avec lui, et créer de nouveaux souvenirs. Elle savait que, dans un avenir pas trop éloigné, elle serait forcée de lui dire toute la vérité. Alors, il comprendrait. Mais quelque chose la retenait. Elle lui faisait confiance, ce n'était pas le problème, mais elle avait peur du regard qu'il porterait sur elle quand il découvrirait qui elle était vraiment.

"Salut ! Qu'est-ce que tu fais là ?"

Kerstin avait ouvert une bouteille de vin et sorti deux verres. Elle lui fit signe de la rejoindre sur le canapé.

"J'ai un billet pour Mumbai demain, mais je me demandais s'il ne valait pas mieux que je l'annule. Il se passe beaucoup de choses en ce moment, et je suis un peu inquiète pour toi. J'ai l'impression de t'abandonner quand tu as le plus besoin de moi."

Faye s'assit et tendit son verre pour que Kerstin la serve. Elle but une gorgée, puis lâcha un long soupir.

"Ça fait beaucoup, Kerstin, mais pas trop pour moi. Tu as fait tout ce que tu pouvais jusqu'ici. Maintenant, Ylva et Alice prennent le relais. Ylva s'occupera du registre des actions pendant ton séjour en Inde. Et David me donne l'énergie pour y arriver. Il compte de plus en plus pour moi."

Kerstin fronça les sourcils.

"Vous êtes vraiment devenus très proches en assez peu de temps Que sais-tu de lui, en fait ? À part les informations que je t'ai données ?"

Faye posa la main sur celle de Kerstin.

"Je sais que tu as connu de mauvaises expériences avec les hommes. Ou plutôt un homme. Et Dieu sait que moi aussi. Mais là, je le sens bien. Je me sens en sécurité avec lui.

— Mmm."

L'air sceptique, Kerstin sirota lentement son vin sans croiser le regard de Faye.

Faye secoua la tête et changea de sujet. Elles parlèrent de Julienne, du libidineux Jaime. Elles rirent bientôt comme à leur habitude, sans parvenir pourtant à restaurer entièrement un climat de confiance.

Ylva et Faye étaient dans le bureau de cette dernière. Par la vaste fenêtre, Stockholm apparaissait dans toute sa splendeur. Dans le ciel légèrement voilé, le soleil perçait par intermittence, révélant les endroits de la vitre négligés par l'agent d'entretien.

"Tu te sens en sécurité chez Alice ? demanda Faye.

— Oui. Et je crois qu'Alice est contente d'avoir de la compagnie, comme tu disais.

— Bien. Il faut qu'on se serre les coudes. Tu as des nouvelles de Jack ?"

Ylva sursauta, comme elle faisait toujours quand Jack était nommé.

"Non, aucune, dit-elle.

— Avec un peu de chance, ils vont le reprendre incessamment."

Ylva hocha la tête. Elle tourna son ordinateur pour que Faye puisse voir sa synthèse.

"J'ai fait tout ce que je pouvais pour stopper le rachat. Mais les actionnaires sont trop nombreuses à vendre leurs parts. Nous sommes au bord d'une prise de contrôle. Il faut déclencher Amsterdam."

Faye secoua la tête, l'air soucieux.

"Je ne sais pas, Ylva, vraiment, je ne sais pas. Pour la première fois depuis des années, je me sens découragée. Je pensais le combat fini, et voilà que ça recommence. J'ai l'impression d'être au jeu de massacre de Gröna Lund : chaque fois qu'on dégomme une figure, une autre apparaît. Je ne sais pas si j'ai encore le feu sacré. Est-ce que ça en vaut seulement la peine ?"

Elle repoussa l'ordinateur.

"J'ai assez d'argent pour voir venir. C'est peu de le dire. Et ce rachat m'en rapporte encore plus. En fait, je n'ai plus besoin de travailler. Je pourrais me consacrer à autre chose que les affaires. À David, par exemple. Qui sait ce que ça peut donner ? Amsterdam… Amsterdam est un risque. Ça peut nous exploser à la figure."

Ylva la regarda en grimaçant.

"Je ne te reconnais pas. Il y a des choses à faire. Tu pourrais toi-même racheter des actions. Tu as le capital. Tu peux te battre. Tu as l'air d'avoir renoncé d'avance. Ce n'est pas la Faye que je connais. Tu veux vraiment laisser Henrik gagner ? Nous sommes à deux doigts d'une prise de contrôle."

Elle soupira.

"Bon, d'accord, je vais suivre tes instructions, c'est toi la boss. Mais je veux juste te dire qu'à mon avis tu vas le regretter si tu n'agis pas plus énergiquement."

Faye ne répondit pas. Elle traçait des figures du bout du doigt sur son bureau. Son portable vibra. Un SMS de David. Elle ne put retenir un sourire.

Ylva se pencha vers elle.

"Tu as l'air heureuse."

Faye hocha la tête.

"Je n'ai jamais été aussi heureuse avec un homme, je crois. Je suis amoureuse comme une ado. On ressent tous les deux la même chose.

— Ravie pour toi. Si quelqu'un le mérite, c'est bien toi. J'espère pouvoir bientôt le rencontrer.

— On va arranger ça. Ça n'est pas simple pour lui en ce moment avec son ex-femme."

Faye se tortillait sur son siège. Ce qu'elle s'apprêtait à demander à Ylva la mettait mal à l'aise. Surtout après la discussion qu'elles venaient d'avoir. Elle connaissait assez bien son ancienne rivale pour savoir qu'elle ne trouverait pas professionnel de laisser ses sentiments interférer. D'un autre côté, Revenge était son entreprise. Ylva une employée. Faye faisait comme elle l'entendait. Et pourtant, quelque chose la tarabustait.

Demander une chose pareille revenait à se mettre à nu, à montrer une faille. Elle embrassa les bureaux du regard à travers les portes vitrées – elle avait insisté pour les faire installer afin que le personnel sente toujours sa présence quand elle était là. Elle avait elle-même recruté beaucoup de ces personnes pendant le temps qu'elle avait passé à la tête de Revenge. Trié sur le volet chaque collaboratrice. Elle avait investi du temps et de l'argent, elle voulait les voir se développer, prendre leur envol. Elle ne pouvait pas les trahir.

Et merde, pensa Faye.

"À propos de David. Il voudrait être un de nos investisseurs", dit-elle du ton le plus neutre qu'elle put.

Ylva hocha la tête, lèvres pincées, sans regarder Faye.

"Super."

Son ton de voix était méfiant.

"Je voudrais que tu examines sa proposition et sa situation économique dès que possible.

— Donc, on lui donne la priorité ?"

Faye hocha la tête.

"OK. Pas de problème. Encore une fois, c'est toi qui décides."

Le silence se fit. Faye se cala au fond de son siège et observa Ylva, qui fixait obstinément son ordinateur.

Elle inspira à fond.

"Tu penses que je vais accepter David quelle que soit la qualité de sa proposition ?"

Ylva leva les yeux.

"Non, tu es trop pro pour ça. Je t'admire et je pense que tu sais ce qui est le mieux pour Revenge. Mais je ne suis là que depuis quelques semaines. Est-ce que mon avis compte ?

— Pour moi, il compte."

Ylva soupira et referma son ordinateur. Se passa une main sur le front.

"Vous vous êtes rencontrés il y a quoi, un mois ? Tu es amoureuse. Vous allez vous installer ensemble. Très bien. Mais le prendre dans le capital de Revenge ? Je ne sais pas, mais je crois que ça laisse présager des problèmes. Ne refais pas la même erreur qu'autrefois. En plus, tu n'as pas l'air tellement prête à faire ce qu'il faut pour qu'il y ait encore une entreprise dans laquelle investir. Ta demande est donc purement rhétorique. Demain, tu ne seras peut-être même plus à la barre de Revenge."

Faye sentit monter son irritation.

"Ce sera un investisseur passif. Il a plein d'argent et il se trouve qu'il pense que Revenge va marcher du feu de Dieu aux États-Unis. Il *croit* en moi. Et c'est la plus belle personne que j'aie jamais rencontrée. Il n'est pas comme les autres."

Ylva leva les mains vers Faye.

"Encore une fois, fais comme tu veux.

— Mais ?

— Mais rien.

— Si, dis-moi, il y a quelque chose."

Faye était en colère. Contre elle-même, pour s'être laissée aller à s'épancher et ne pas avoir su s'abstenir de demander l'avis d'Ylva. Et contre Ylva qui se mêlait de ce qui ne la regardait pas, même si c'était elle qui l'avait consultée.

"Je ne peux pas dire que je connaisse Johanna Schiller, dit Ylva. En revanche, je l'ai vue à plusieurs dîners. Elle a l'air d'une personne tout à fait sensée. Pas du tout aussi cinglée et agressive que tu la décris. Tu devrais peut-être écouter sa version des choses. En tout cas, si tu as l'intention de t'installer avec David."

Faye secoua la tête en soufflant par le nez. Elle se pencha vers Ylva, qui répondit calmement à son regard.

"Les gens changent. Autrefois, Jack aussi était une personne tout à fait sensée. Mais toi et moi avons appris à nos dépens qu'il a changé. Johanna Schiller essaie bec et ongles de garder David. Elle monte leurs filles contre lui. Modifie les plans au dernier moment pour les emmener à l'étranger. Refuse de signer les actes du divorce.

— Comment le sais-tu ?

— Comment je…", commença Faye avant de s'interrompre.

Ylva, pour qui elle avait tant fait, malgré ce qui était arrivé, malgré toutes ses trahisons, était en train d'accuser David de mentir ? Elle inspira à fond pour se calmer et maîtriser sa voix.

"Parce qu'il me l'a dit. Parce que je vois bien combien toute cette situation est en train de le miner. Elle essaie de le démolir en se servant de leurs enfants."

Ylva fit un geste d'impuissance.

"Tu as sûrement raison", dit-elle tout bas.

Faye continua de dévisager Ylva, qui baissait les yeux vers le bureau. Elle sentait qu'elle n'en avait pas fini et regretta ce qu'elle faisait avant même de poursuivre :

"Je suis bien placée pour le savoir. Le fait est que ce n'est pas si différent de quand tu as essayé de me briser en jouant les meilleures copines avec Julienne. Parce que c'est bien ce que tu as fait, hein ? Jouer à papa-maman avec Jack pendant que moi, j'avais tout perdu. Pour me détruire.

— Ce n'est pas juste, murmura Ylva. Et tu le sais pertinemment."

Les mains de Faye tremblaient.

"Boucle-la et fais ton boulot. Et tiens-moi informée des ventes d'actions."

Elle saisit son sac à main et se leva si violemment que son siège tomba à la renverse. Elle jeta à Ylva un dernier regard glacial avant de tourner les talons et de s'en aller en claquant la porte. Les employées levèrent les yeux avant de replonger vers leurs écrans.

Faye roulait au hasard sur les petites routes de Lidingö. Villas pittoresques, bosquets, petits cafés : tout était parfait. Guindé et sans âme.

Elle ne pourrait jamais vivre là.

Faye regrettait son accrochage avec Ylva. Malgré tout, c'était elle qui lui avait demandé son opinion. L'avait exigée. Avait mis son amie dans une situation impossible. Mais Ylva était allée trop loin en accusant David de mentir. Pourquoi le ferait-il ? Faye l'avait vu effondré après chaque conversation téléphonique avec Johanna, qui faisait tout pour le démolir. Était-ce une erreur d'avoir recruté Ylva chez Revenge ? Faye l'avait-elle mal jugée ? Peut-être Ylva était-elle jalouse ? Et si, en secret, elle la tenait responsable de ses propres échecs, de sa rupture avec Jack, de son exclusion professionnelle ?

Faye avait beau devoir à Ylva l'invisible patchwork de rêves brisés qui balafrait encore son âme, elle lui avait tendu la main, l'avait sortie du caniveau. Et maintenant que Faye commençait à guérir et avait enfin trouvé l'amour, Ylva s'y opposait ? Ylva ne connaissait pas sa chance. Grâce à Faye, elle habitait chez Alice. Grâce à Faye, elle avait un travail. Et le plus important : elle pouvait avoir sa fille avec elle. Pas comme Faye, forcée de rester loin de Julienne. Elle lui manquait tant qu'elle se sentait sombrer.

Faye s'engouffra dans le centre de Lidingö en évitant de justesse d'écraser un chat roux qui traversait en trombe. Elle sortit son téléphone et appela David. Elle avait besoin d'entendre sa voix. Les sonneries se suivirent sans qu'il réponde.

"Et merde !"

Quand le répondeur se déclencha, elle jeta son portable avec irritation sur le siège passager. Elle inspira à fond et s'engagea sur le pont de Lidingö.

Elle accéléra en zigzaguant entre les autres voitures. Son compteur indiquait cent vingt. La vitesse la grisait. Au lieu de prendre le nouveau tunnel vers le centre-ville, elle obliqua vers Gärdet. Elle ralentit en passant devant l'endroit où, voilà presque vingt ans, elle avait pour la première fois embrassé Jack. Un baiser rapide. Puis il avait tourné les talons et l'avait laissée là. Ce baiser, cette nuit-là, avait changé sa vie.

Sa gorge se noua. Les larmes lui brûlaient les paupières.

"Ressaisis-toi", murmura-t-elle.

Elle continua vers Djurgården. Se sentait plus calme à présent.

Faye tourna sur une petite route forestière aux environs de Kaknästornet. Coupa le moteur. Profita du silence. Puis elle saisit son portable. Réfléchit un instant, inventa un nom, vola quelques photos du compte Facebook d'une Américaine inconnue et créa un faux profil Instagram.

Elle s'abonna depuis ce nouveau compte à ceux de quelques autres personnes prises au hasard, puis inscrivit le nom Johanna Schiller dans l'onglet de recherche. Elle avait un profil verrouillé. 1 489 abonnés. Avec un peu de chance, "Petra Karlsson" serait la 1 490ᵉ.

FJÄLLBACKA – JADIS

Les îles et les rochers que nous longions étaient des ombres sans contour dans le crépuscule. La réserve naturelle de Tjurpannan : des tourbières, des rivages rocheux et des landes. Les courants y étaient traîtres.

De tout temps, les marins avaient redouté Tjurpannan. En l'absence d'archipel extérieur, la zone était exposée à tous les vents.

Tomas est sorti du cockpit en frottant ses yeux endormis. Il a échangé quelques mots avec Roger, et j'ai supposé qu'ils parlaient de moi. Peut-être étaient-ils inquiets à l'idée que je raconte tout, une fois de retour. Sebastian ne se montrait pas. Protesterait-il, s'ils décidaient de me jeter par-dessus bord ? Non, je connaissais mon frère : il craignait les coups, ne respectait que la force et la terreur.

Je suis allée à l'arrière, où se trouvait le canot avec ses rames. Le vent fouettait mes vêtements. L'écume bouillonnait autour de l'hélice.

Roger et Tomas m'ont regardée d'un air méfiant aller m'asseoir à l'écart.

"Fais attention, m'a lancé Tomas. Ça souffle fort, et tu sais ce qu'on dit de Tjurpannan.

— Non", ai-je dit, alors que je savais très bien.

Cette soudaine sollicitude m'étonnait.

"Si tu tombes, on te retrouve jamais. Les courants, tu sais."

Il s'est retourné vers Roger, a pris la bière qu'il lui tendait, l'a ouverte.

J'ai tendu insensiblement la main vers une des rames. Un creux de vague a fait tanguer le bateau. Je me suis retenue au bastingage. Quelques secondes plus tard, j'ai fait une nouvelle tentative.

Plus loin, vers le large, un cargo éclairé passait, tel un gratte-ciel couché.

J'ai tâté la surface rêche du bois et tiré à moi la rame. Je l'ai doucement posée à mes pieds, avant de jeter un coup œil à Tomas et à Roger qui étudiaient la carte marine d'un air soucieux.

J'ai inspiré plusieurs fois à fond. Les premières gouttes de pluie ont mouillé mon front. J'ai ouvert la bouche, tiré la langue et fermé les yeux. Rassemblé mes forces.

Je me suis levée sans lâcher le bastingage. J'ai alors empli d'air mes poumons, puis j'ai crié comme je n'avais encore jamais crié. Peut-être était-ce la terreur éprouvée ces derniers jours, quand j'étais enfermée dans le chalet, qui trouvait enfin à s'exprimer. Tomas et Roger sont accourus.

J'ai montré l'eau en silence.

"Là", ai-je gémi, avant de reprendre mon souffle pour crier à nouveau.

Ils m'ont bousculée pour me passer devant et regarder dans l'eau. J'ai reculé d'un pas et saisi la rame. Je l'ai brandie. Balancée contre leurs dos. Je savais qu'il fallait que je les touche tous les deux en même temps. Alors que la rame s'abattait, Tomas s'est retourné. Mais il n'a pas eu le temps de réagir ni de faire quoi que ce soit pour se protéger. La rame les a heurtés à hauteur de poitrine et les a fait basculer par-dessus bord. Juste avant l'impact à la surface de l'eau, j'ai entendu un cri.

J'ai lâché la rame et je me suis précipitée pour les voir disparaître et mourir.

Tomas avait réussi à se rattraper au bastingage et s'y agrippait de toutes ses forces. Nos regards se sont croisés. Ses yeux étaient emplis de terreur. Je l'ai observé en silence.

"S'il te plaît, aide-moi", a-t-il crié.

Sa main se crispait, ses phalanges blanchissaient. Il a tenté de s'aider de l'autre main pour se hisser à bord. Sans un mot, je me suis approchée. J'ai ouvert la bouche, planté mes dents dans ses doigts et mordu.

Il a hurlé de douleur.

J'ai mordu jusqu'à l'os, et il a fini par lâcher prise. Il est tombé en criant. A heurté la surface. Puis a disparu, et le calme est revenu.

David appela alors que Faye venait de garer la voiture et se dirigeait vers l'ascenseur du parking. Il lui expliqua qu'il arriverait tard. Des complications avec Johanna. Encore. Elle exigeait de l'argent, sans quoi elle menaçait d'appeler tous ses collègues du monde de la finance pour le traîner dans la boue.

"L'autre jour, elle a failli me dénoncer à la police pour mauvais traitements. Je ne supporte ça que pour les filles. J'ai hâte que tout ça soit fini, qu'il n'y ait plus que toi et moi.

— Moi aussi."

David avait l'air tellement résigné. Si seulement Ylva avait entendu cette conversation, elle aurait reconsidéré sa position plutôt deux fois qu'une.

Certes, elle avait eu l'occasion de dîner avec Johanna. Mais en société, les gens se montrent sous leur meilleur jour et préféreraient donner un rein plutôt que laisser voir la moindre fissure sur leur façade parfaite. L'homme est un animal grégaire dont le pire cauchemar est d'être exclu du groupe. Évidemment qu'une personne comme Johanna Schiller pouvait se montrer humaine pendant quelques heures. Et rien ne disait qu'elle avait toujours été telle que la décrivait David aujourd'hui. Les gens changeaient, en effet. Elle était bien placée pour le savoir.

Quand Jack l'avait quittée, Faye avait sombré dans une spirale de folie, oublié qui elle était, complètement perdu pied.

Elle dit au revoir à David – il avait promis de venir vers neuf heures – au moment où l'ascenseur s'arrêtait à son étage. Elle se dépêcha d'en sortir, regarda à droite et à gauche pour s'assurer que Jack ne l'attendait pas et alla vite ouvrir sa porte et la grille de sécurité.

L'appartement était vide et sinistre. Beau, mais sans âme. Un foyer avait besoin de vie, d'habitants, d'une histoire.

Faye posa son sac, ouvrit les portes coulissantes de la terrasse pour aérer et se laissa tomber sur un des canapés blancs du séjour. Julienne et sa mère lui manquaient. Elle sortit un dossier contenant des esquisses des produits Revenge destinés au marché américain qu'il fallait qu'elle valide. Elle y jeta un œil sans enthousiasme. Soupira. Posa le tout sur la table basse.

Elle n'avait pas le courage. Pas ce soir. Pourquoi consacrer tout ce temps à l'implantation aux États-Unis, si elle devait de toute façon perdre son entreprise ?

Elle saisit son portable. Écrivit un SMS à Alice.

Il faut que je sorte ce soir. Retrouve-moi à Strandbryggan, je m'arrange pour que David vienne aussi.

À Strandbryggan, la fête battait son plein. Un DJ passait Avicii, un yacht aux couleurs du restaurant allait appareiller. Une vingtaine de joyeux vingtenaires se trémoussaient sur son pont.

"Je me sens vieille, marmonna Faye dans la file d'attente.

— Pas moi. Au contraire, en fait. Je vampirise leur jeunesse, dit Alice. Au fait, c'est la première fois qu'on se voit depuis que David et toi avez décidé de vous installer ensemble. Félicitations."

Elles s'embrassèrent. Faye huma le parfum de vanille d'Alice.

Celle-ci était plus belle que jamais. Elle portait une courte robe blanche qui, avec ses très hauts talons, lui attirait les regards de tous les jeunes garçons. Faye ne put retenir un sourire. Quelques années plus tôt, l'attention qu'elle suscitait l'aurait irritée et rendue jalouse.

Alice sourit à deux jeunes au visage tatoué. Sa capacité d'adaptation était unique. Elle éblouissait les hommes toutes classes sociales, toutes catégories et tous âges confondus.

L'engager dans Revenge avait été un coup de génie, se dit Faye avec satisfaction.

Le maître d'hôtel, un jeune homme aux cheveux bruns brillants, en short et polo blancs, reconnut Faye.

"En principe, nous sommes complets ce soir, mais que ne ferait-on pas pour deux beautés si extraordinaires ?" sourit-il en leur indiquant de le suivre.

Alice pouffa de ravissement, tandis que Faye levait les yeux au ciel.

"Poseur", murmura-t-elle.

Il s'arrêta devant une table, tira leurs sièges pour qu'elles puissent s'asseoir et fit signe à un serveur.

"Offre quelque chose à boire à ces dames pendant qu'elles décident ce qu'elles veulent manger."

Elles se retrouvèrent bientôt chacune un verre de bulles à la main.

"Alors, et ce voyage à Madrid ?" demanda Alice.

Faye sourit.

"Le pied, donc ?" constata Alice en levant son verre.

Elles les firent tinter l'un contre l'autre et s'exclamèrent en même temps avec des voix contrefaites :

"Comme c'est vulgaire !"

Elles rirent et burent quelques grandes gorgées.

"Où est David ? l'interrogea Alice. J'aimerais bien le voir pour lui demander comment il s'y est pris pour te faire craquer.

— Il va nous rejoindre un peu plus tard, comme je t'ai promis. Tu vas le rencontrer.

— Enfin."

L'irritation qu'éprouvait Faye quelques heures plus tôt s'était dissipée. En compagnie d'Alice, la vie semblait sans complications. Amusante. Passionnante.

Elles commandèrent des toasts de pain de seigle aux crevettes gratinées au parmesan, une bouteille de blanc et se calèrent au fond de leurs fauteuils. Un bateau de touristes aux yeux écarquillés passa lentement, faisant agréablement tanguer leur ponton de bois.

Les soucis liés à David et Johanna s'estompaient. Alice lui raconta qu'Henrik avait entamé une campagne pour la reconquérir. Il avait promis de changer, de suivre une thérapie de couple, de lever le pied au travail.

Alice fit craquer sa nuque avec irritation tandis qu'elle énumérait toutes ses promesses.

"Et qu'est-ce que ça te fait ? demanda Faye.

— Rien. Une femme peut beaucoup supporter, être compréhensive, mais au bout d'un moment, trop, c'est trop. Et puis, la vie est plus amusante aujourd'hui. J'ai adoré être maman, m'occuper de la maison, des enfants – parce que c'est une vie agréable et protégée. Mais je ne veux plus jamais dépendre d'un homme. Plus jamais être figurante de ma propre vie. Et je n'accepterai plus jamais la combinaison sexe microscopique et zéro technique."

Faye étouffa un rire. Puis dit :

"Il faut que je te demande…

— Attends, interrompit Alice en levant un doigt. Il faut que j'aille au petit coin. L'alcool, ça me donne tout de suite envie."

Alice recula son siège et se leva.

Faye la suivit des yeux et entendit biper son portable dans son sac à main. Une notification d'Instagram. Johanna Schiller l'avait acceptée comme abonnée. Au moment où elle allait se connecter à son profil, Faye vit David arriver sur le ponton et la chercher des yeux. Elle rangea son téléphone, se redressa à moitié et lui fit signe.

David embrassa Faye avant de s'asseoir à côté d'elle. Quand Alice revint, quelques minutes plus tard, le courant passa presque immédiatement avec lui. Faye remarqua qu'elle lui faisait de l'effet, comme à presque tous les hommes.

Alice balança la tête en arrière en riant à quelque chose que David avait dit. Il se pencha au-dessus de la table en gesticulant. Alice rit de plus belle.

Ils avaient visiblement des atomes crochus. Trop ? Faye sentait la main de David sur sa cuisse, entendait leurs rires comme à travers un brouillard. Connaissait-elle si bien que ça David ? Aurait-elle dû prendre plus au sérieux sa conversation avec Ylva ? Rencontrer Johanna, écouter ce qu'elle avait à dire ?

"Faye ?"

La conversation s'était arrêtée. Le regard confus de Faye passa de l'un à l'autre.

"Qu'est-ce que tu en penses ? Ce ne serait pas génial ?"

Alice lui fit un clin d'œil.

"Pardon, mais j'ai dû boire un peu trop. Qu'est-ce que je pense de quoi ?"

David la regarda, soucieux.

"Tu es sûre que ça va ?"

D'un geste de la main, elle chassa son inquiétude.

"J'ai juste un peu le vertige, mais je ne peux m'en prendre qu'à moi-même. Et au vin."

Elle se plongea consciencieusement dans la conversation, mais ses pensées étaient ailleurs.

Ce n'était pas parce qu'on était avec quelqu'un qu'on cessait d'être attiré par d'autres personnes. Il était clair que David trouvait Alice charmante. Il ne deviendrait pas un robot asexué du simple fait que Faye et lui allaient emménager ensemble. Exactement comme cela arrivait tout le temps à Faye, il pouvait très bien trouver d'autres personnes sexy, fantasmer à leur sujet, être excité, voir une femme et la vouloir.

Il y avait là quelque chose de sain, en dépit de ce que beaucoup pensaient. Car savoir son partenaire attirant maintenait en alerte : on s'investissait dans la relation. On s'investissait soi-même. Si elle n'avait pas peur de perdre David, Faye aurait-elle autant été séduite par lui ? Les motivations dans la recherche d'un partenaire étaient toujours à peu près les mêmes d'une personne à l'autre. C'était pour cela que certains individus passaient pour plus séduisants que d'autres.

Mais si Faye avait pensé être la seule femme possible pour David, aurait-elle alors voulu de lui ?

N'était-ce pas justement cette certitude – que Faye n'avait pas d'alternative – qui avait poussé Jack à la trahir, encore et encore ? Elle n'avait nulle part où aller. Ne pouvait pas le rejeter. Elle était prisonnière dans sa cage. Économiquement. Sentimentalement. Dans son monde, Jack était un dieu. Mais dans celui de Jack, Faye n'était qu'un jouet que personne, il le savait, ne lui prendrait.

Interdisez, réprimez les pensées de quelqu'un, elles se renforceront, lutteront encore plus violemment pour s'exprimer. Le fruit de l'imagination deviendra réalité. Si David fantasmait à l'idée de coucher avec Alice, était-ce si grave ? Pourquoi le laisser dans l'incertitude ? Pourquoi ne pas leur dire : "Écoutez, rentrez tous les deux, à demain" ?

En théorie, ça aurait pu marcher. Faye considérait en avoir assez appris sur les sentiments et le sexe ces deux dernières années pour ne pas être jalouse. Pour comprendre que la baise, c'était la baise. Mais tout en formulant ces pensées, elle réalisait qu'elle voulait aussi en être.

Cette révélation la frappa de plein fouet : elle voulait elle aussi avoir Alice. Non pas comme partenaire, pas pour partager sa vie, mais pour l'instant présent. Elle voulait consommer

Alice, son corps, son âme. Se refléter dans le miroir de sa beauté. Car Alice était attirante, car elle était une déesse.

Hors d'atteinte.

Elle regarda Alice à la dérobée. Son regard passa à David.

Elle lui serra plus fort la main.

Sentit l'idée prendre racine dans son corps. La chatouiller. Grossir.

"Il n'y a pas un peu trop de bruit ? dit-elle. Et si on rentrait à la maison ?"

La lueur des bûches qui rougeoyaient dans la cheminée dessinait les corps dansants d'Alice et de Faye en ombres tremblantes sur les murs blancs. La porte de la terrasse était ouverte, et *Dancing Queen* d'ABBA se frayait un chemin vers l'extérieur avant de se perdre dans la claire nuit d'été.

Elles tendaient les poings vers le plafond, formaient leurs mains en micro et chantaient à tue-tête les refrains.

David était assis dans un fauteuil, il avait déboutonné le haut de sa chemise et sirotait un whisky. Ses yeux étaient noyés par l'ivresse. Un fin sourire aux lèvres. Faye adorait voir son sourire, il la faisait partir au quart de tour, mouiller.

"Danse avec nous !" lança-t-elle en lui faisant signe de venir.

Elle se sentit puissante quand il se leva pour les rejoindre. Il était soumis à leurs conditions : Alice et elle l'invitaient, et non l'inverse. Elles donnaient le tempo, le rythme. Menaient la danse.

Faye réalisa à cet instant qu'elle n'avait jamais vu David danser, mais il se laissa aller, fit quelques pas de côté et les rejoignit.

"Je n'ai pas été aussi saoul depuis la fête de mon bac, dit-il.

— Moi non plus. Et je n'ai sûrement jamais autant dansé", glapit Alice.

La combinaison de danse et d'alcool avait apaisé toutes les tensions et l'inquiétude de Faye. Rien n'avait plus d'importance à part ici et maintenant, dans cette pièce. Deux personnes qui comptaient beaucoup pour elle, une claire soirée d'été à Stockholm.

Le reste pouvait attendre. Le monde pouvait attendre.

La chanson d'ABBA mourut, remplacée par *Fireworks* de First Aid Kit.

Ils penchèrent leurs corps en arrière, tendirent les mains en l'air en chantant à tue-tête.

Alice avait dénoué ses cheveux blonds, son corps bougeait en rythme, sensuel, sans affectation, même si elle était sans doute consciente de sa beauté. L'instant d'après, Faye l'attira à elle et l'embrassa.

Ses lèvres étaient douces et humides. Sa langue sentait la menthe et l'alcool. Elles se serrèrent l'une contre l'autre, et quand Alice lui mordilla la lèvre inférieure, une sorte de décharge électrique lui traversa le corps.

Faye tourna la tête. Revenu à son fauteuil, David les observait sans rien dire, comme ensorcelé. À travers sa robe, Faye sentit les pointes durcies des seins d'Alice contre les siennes. Elles s'enlaçaient en lançant à David des regards provocateurs.

Elle comprenait qu'Alice était sur la même longueur d'onde. Leurs baisers d'abord joueurs s'étaient faits dévorants. C'était sans équivoque.

Alice et elle s'approchèrent tout près de David. Faye se plaça derrière elle et écarta doucement les bretelles de sa robe sur ses bras. L'étoffe glissa lentement sur le corps d'Alice, formant un petit tas à ses pieds. Elle était nue entre David et Faye. David était bouche bée, mais ne bougeait pas, son verre de whisky posé sur sa cuisse, le regard fixé sur Alice.

"Elle te plaît ?" demanda Faye tout en caressant la pointe des seins d'Alice.

Alice gémit, la tête posée en arrière sur l'épaule de Faye. Faye laissa ses mains descendre lentement entre les jambes d'Alice. Elle la trouva humide, la caressa comme elle-même aimait se caresser.

"Elle te plaît ?" demanda-t-elle à nouveau.

Alice haletait, de plus en plus mouillée sous les doigts de Faye.

David hocha lentement la tête. Il avait déboutonné son pantalon et sorti son sexe dur comme la pierre, qu'il caressait lentement de haut en bas avec la main droite. Faye continua un moment à caresser Alice, tandis que la main de David allait et venait.

Alice s'avança vers David. Le chevaucha. Se frotta d'avant en arrière sur sa cuisse au rythme de la musique. Elle évita sa queue, le força à en retirer ses mains. Elle se mit à se frotter contre elle, mais sans le faire pénétrer. Faye contourna le fauteuil et défit la chemise de David. Elle fit tourner ses doigts autour de ses tétons en les pinçant doucement. Puis elle se mit à caresser les pointes des seins d'Alice. Elle se pencha au-dessus de lui et elles unirent leurs bouches et leurs langues humides, tandis qu'Alice bougeait de haut en bas pour se frotter au sexe de David.

David était comme paralysé, en leur pouvoir.

"Touche-la", chuchota Faye en lui prenant la main pour la placer sur un des seins d'Alice.

Faye se releva, se déshabilla, attira Alice à elle, l'embrassa, puis conduisit sa tête entre ses jambes. Elle gémit et s'adossa au mur.

David interrogea du regard Faye, qui hocha la tête. Vite, il ôta ses vêtements et se plaça à côté d'elle, devant Alice. Faye hocha la tête à la question muette d'Alice. Elle n'était pas jalouse. C'était elle qui partageait. Partageait David. Alice. Ici et maintenant, personne n'appartenait plus à personne.

Alice, agenouillée, passait de l'un à l'autre pour les satisfaire. Faye croisa le regard de David, sourit légèrement, se mordit la lèvre et saisit plus fort les cheveux d'Alice.

"À nous, maintenant. Toi, tu peux regarder. Viens."

Faye prit Alice par la main et l'entraîna vers le canapé. Alice se coucha sur le dos, Faye sur elle tête-bêche, la langue d'Alice entre ses jambes. Elle commença elle aussi à lentement lécher Alice. Du coin de l'œil, elle voyait David assis à côté, sa main qui montait et descendait lentement.

Le plaisir lui obscurcit la vue tandis qu'Alice la léchait. Quand elle sentit l'orgasme commencer à faire vibrer tout son corps, elle le laissa exploser, poussant un grand hurlement. Elle cessa de lécher Alice, roula sur l'énorme canapé et regarda impérieusement David.

"Je veux te voir avec elle."

Il se leva et les rejoignit.

Alice s'agenouilla et présenta ses reins cambrés à David qui la pénétra. Faye sentit l'excitation monter par vagues à mesure que David donnait des coups de boutoir de plus en plus forts. Elle commença à caresser le clitoris d'Alice pendant que David la baisait, elle sentait sa bite battre contre sa main. De sa main libre, elle se mit à lui caresser les couilles, qui pendaient lourdes et chaudes dans sa paume.

"Tu aimes ça ?" lui demanda-t-elle, même si la réponse se voyait clairement sur son visage.

Au bout d'un moment, Faye ne put se retenir, elle voulait l'avoir, son entrejambe palpitait, humide et brûlant de désir. Elle se mit alors à côté d'Alice, dans la même position, et la remplaça. L'ivresse lui faisait tout voir comme à travers un brouillard : les lumières, leurs corps nus, le feu de cheminée, l'étoffe du canapé.

Les voix et les gémissements.

Tout comme dans un rêve.

Sa tête se mit à tourner.

La bouche d'Alice autour des pointes dures de ses seins. Les doigts d'Alice qui la caressaient, tandis que David lui donnait de tels coups de boutoir qu'une douleur voluptueuse se diffusait dans tout son corps jusqu'au bout du moindre nerf.

Elle dit des choses qu'elle n'avait jamais dites, des pensées jamais pensées lui traversèrent l'esprit.

Après, ils s'étendirent sur le canapé, tous les trois. Ils rirent, le souffle lourd. Endoloris, en sueur, poisseux, mais le corps encore plein d'excitation, prêts à continuer.

Certains instants, dans la vie, on oublie qu'on est un être humain, et c'est là l'essence même et le sens de l'humanité, pensa Faye en fermant les yeux. Puis elle sentit les lèvres d'Alice courir sur son corps. Elle aimait Alice. Elle aimait David.

FJÄLLBACKA – JADIS

Tomas et Roger avaient été engloutis sous la surface écumante de la mer. L'instant d'avant, ils étaient là, et maintenant ils n'étaient plus qu'un souvenir, de la nourriture pour les poissons. Les courants par ici étaient imprévisibles et violents – on pouvait espérer que leurs corps ne seraient jamais retrouvés.

J'ai pris la barre en maintenant le même cap que Roger.

Sebastian est sorti en se frottant les yeux du cockpit où il cuvait. Il a regardé autour de lui, mal réveillé.

"Où sont Roger et Tomas ?" a-t-il demandé.

Il s'est approché en plissant les yeux.

"Qu'est-ce qui s'est passé ? Tu as plein de sang sur la bouche."

J'avais à dessein omis de me laver. Il fallait que je fasse peur à Sebastian pour qu'il se taise.

Il a appelé Tomas et Roger. Je l'ai regardé sans exprimer aucune émotion.

"Ils sont tombés à l'eau, ai-je lâché à voix basse.

— Quoi ?"

Je l'ai cloué du regard, et il a dû y voir quelque chose de nouveau, quelque chose d'effrayant, car il a eu un mouvement de recul.

"Je les ai frappés avec une rame et ils sont passés par-dessus bord, ai-je expliqué en montrant de la tête là où je les avais attaqués. Roger est tombé directement. Tomas s'est accroché, et j'ai dû lui mordre la main jusqu'à ce qu'il lâche prise. C'est pour ça que j'ai du sang autour de la bouche."

Sebastian a écarquillé les yeux et fait un pas dans ma direction.

"Nous savons tous les deux que tu n'oses rien faire quand tu es seul, ai-je dit calmement. C'est fini, tout ça."

Il s'est arrêté à un demi-mètre de moi. En me léchant les lèvres, j'ai senti le goût métallique du sang de Tomas.

"Si tu me touches encore une fois, je te tuerai, Sebastian. Compris ? Je ne suis plus celle avec qui tu peux faire tout ce que tu veux. Et si jamais tu racontes ce qui s'est passé ici, je dirai que c'est toi qui les as poussés par-dessus bord et je raconterai tout. J'ai des preuves de tes viols."

Ce dernier point était un mensonge.

Sebastian a marmonné quelque chose, mais je l'ai ignoré.

"La seule raison pour laquelle tu es encore en vie, c'est parce que maman t'aime."

J'ai essayé de sentir, de savoir si j'éprouvais des remords après ce que j'avais fait. Tuer deux personnes. Mais je réalisais avec satisfaction que je n'avais fait que ce qui s'était avéré nécessaire. À ma survie. Peut-être est-ce à cet instant que je suis devenue adulte ?

Sebastian m'a dévisagée. Mais sa colère si visible avait disparu, il semblait résigné. Vaincu.

"Maintenant, je vais te dire ce que tu vas raconter quand on arrivera, ai-je repris. Tu vas dire à la police qu'ils sont tombés à l'eau. Qu'on a fait demi-tour pour les chercher, mais que la mer était trop agitée. Tu comprends ? Puis tu vas répéter cette histoire chaque fois qu'on te le demandera, tout le reste de ta vie."

"Tout va bien, chérie ? Pas de regrets ?"

David la sonda du regard tout en lui caressant la main du bout des doigts. Faye appréciait son inquiétude. Elle aurait trouvé étrange qu'il n'en exprime pas. Mais elle lui répondit avec la plus parfaite sincérité :

"Aucun regret. Nous étions trois adultes consentants, et je vous aime, toi et Alice. Bon, pas tout à fait de la même façon." Elle rit. "Mais quand même. C'était beau. C'était de l'amour. C'était du respect.

— Tu es formidable, fit David, et elle vit dans son regard qu'il le pensait vraiment.

— Bah, tu dis ça comme ça, lâcha-t-elle en lui tendant évidemment la perche.

— Tu sais bien que je trouve que tu es la plus belle femme de la terre ? Ou il faut que je sois encore plus clair ?

— Je crois qu'il faudrait que tu sois plus clair", dit-elle en se penchant pour l'embrasser.

David lui faisait cet effet : elle était assoiffée de ses compliments. Elle adorait quand il la couvrait de mots d'amour. Et de baisers. Elle aimait tout chez lui. Il n'y avait plus aucune incertitude possible après cette nuit. David leur avait fait l'amour à toutes les deux. Mais à chaque seconde, il avait clairement montré que c'était elle qu'il aimait.

"Écoute..." Il fit une pause. "On avait parlé de déjeuner, mais il faut que je parte pour la journée à Francfort. Des rendez-vous d'affaires ennuyeux. J'aurais aimé te retrouver, mais... mais bon. Il faut aussi que je travaille.

— Naturellement, approuva Faye en lui caressant la main. Je suis bien placée pour comprendre. Moi aussi, je vais devoir pas mal m'absenter, et ce serait très bizarre si je n'étais pas compréhensive quand tu dois t'absenter.

— Sûre ?"

Il la regarda à la dérobée. Elle l'aimait pour ses attentions. Dans sa naïveté juvénile, elle avait cru que Jack était son idéal. Mais David était différent. Avant tout, il n'était pas Jack.

David leva sa main vers sa bouche et l'embrassa.

"Tu es unique, tu le sais ? Quand je rentrerai ce soir, je voudrais t'emmener dîner. Frantzén. D'accord ?"

Faye hocha la tête et David l'embrassa d'une façon qui lui coupa le souffle. Dieu, qu'elle aimait cet homme !

Faye frictionna un peu plus ses cheveux en revenant dans la chambre. Resserra la ceinture de son peignoir. Si elle ne déjeunait pas en tête à tête avec David aujourd'hui, elle voulait s'offrir une petite grasse matinée.

À ce moment-là, son portable s'illumina sur le lit. Un SMS d'Ylva. Faye afficha le message.

Viens au bureau. Henrik est là. Il a procédé à plusieurs acquisitions qu'il vient seulement de rendre publiques. Il est majoritaire.

Faye tituba, manquant de lâcher son téléphone. Ça ne pouvait pas être vrai. Bordel, qu'est-ce qui se passait ?

Elle s'habilla en vitesse, se maquilla plus vite encore et sauta dans un taxi. Quand elle arriva au siège de Revenge, personne n'osa croiser son regard. Alice l'attendait à l'accueil. Elles échangèrent un sourire, avant que la gravité de la situation ne reprenne le dessus.

"Il est dans ton bureau, avertit Alice. Je n'ai pas l'intention de monter avec toi, pour des raisons évidentes. Mais Ylva est là-haut."

Faye hocha la tête, serra son sac Chanel et inspira à fond avant de prendre l'ascenseur. Ylva l'attendait au dernier étage.

"Et dire qu'il a le culot de se pointer ici à peine majoritaire, s'exclama-t-elle. C'est dingue !

— Ne lui montre pas ce que tu ressens, dit Ylva. Je vais essayer de sauver ce qui peut l'être. Et souviens-toi : il nous reste toujours le plan B.

— OK", acquiesça Faye en serrant les dents, avec une tape sur son épaule.

Ylva l'encouragea de la tête et se dépêcha de regagner sa place. Du coin de l'œil, Faye la vit se jeter sur une liasse de documents étalée sur son bureau.

Sans se presser, Faye se dirigea avec une nonchalance contrôlée vers son bureau, situé tout au bout du plateau. Elle aperçut Henrik à travers la paroi vitrée et vit qu'il l'avait vue. Elle releva la tête et s'efforça de respirer paisiblement. Ne pas perdre son calme. Plus de place pour les sentiments, pourtant une partie d'elle-même n'aurait rien tant aimé que d'aller démolir ce rictus d'autosatisfaction d'un coup bien senti de son sac Chanel Boy en cuir. En plus, il était clouté.

Au lieu de quoi, elle entra calme et maîtresse d'elle-même dans son grand bureau.

"Salut, Henrik, dit-elle en le saluant de la tête. Tu as l'air d'avoir déjà trouvé tes marques."

Il ne lui rendit pas son salut. Mais se fendit d'un grand sourire.

"La première chose à laquelle je vais m'atteler, c'est refaire toute la déco. Putain, c'était qui ton archi ? La sorcière blanche de Narnia ? Du blanc, du blanc, du blanc. Stérile et froid. Exactement comme toi."

Faye s'assit sur un des fauteuils, pendit son sac au dossier, lissa sa robe de soie Dolce & Gabbana et joignit les mains sur ses genoux.

"Oui, je dois avouer que c'est loin du style chaleureux que tu affectionnes. Qu'est-ce que ça va donner, alors ? Un minibar dans le coin ? Des fanions de club de foot et une tête d'élan empaillée que tu auras achetée à la salle des ventes, alors que tu prétendras avoir tiré l'animal ? Tu sais, ça va être un peu dur à accrocher ici, avec toutes ces cloisons en verre, mais tu pourras peut-être la fixer avec une ventouse géante ?"

Elle sourit en coin et vit que cela le rendait fou. En deux ans seulement, depuis la dernière fois qu'elle l'avait vu, son front s'était beaucoup dégarni.

"Tu sais, cet angle d'éclairage sur ta tête ne t'avantage pas trop. Mais j'en connais plusieurs qui ont obtenu de bons résultats à la clinique Poséidon. Ils te rasent le crâne, te prélèvent des bulbes sur la nuque et te les implantent là où tu perds tes cheveux. Très joli résultat."

Elle leva les deux pouces et Henrik saisit le bord du bureau. Un instant, il parut sur le point d'exploser. Comme elle était assise, Faye ne voyait pas le plateau de bureaux derrière elle, mais elle se doutait que les employées faisaient semblant de travailler tout en s'efforçant de deviner ce qui se passait dans son bureau de verre. Bientôt celui d'Henrik, songea-t-elle avec un brusque malaise.

"Je vois ce que tu essaies de faire, grimaça Henrik. Tu essaies de me pousser à bout, exactement comme tu l'as fait avec Jack. Tu as détruit sa vie, Faye. Tu lui as tout pris. Et puis… j'ai entendu tes mensonges à son sujet, et je n'en crois pas un mot. Jack n'était pas comme ça. Jack était… je sais que tu mens."

Il sifflait entre ses dents. Faye déglutit. Elle réprima l'envie de lui rétorquer sèchement qu'il lui était absolument impossible de juger de quoi Jack était ou non capable. Surtout s'agissant de ce qu'il avait fait à sa propre fille. Mais elle savait que ce serait vain. Henrik n'était pas venu là pour l'écouter.

"Tu n'as pas seulement tout pris à Jack. Tu m'as tout pris aussi.

— Tu as l'air de t'en être pas mal sorti malgré tout, persifla Faye en regardant son costume sur mesure Armani et sa Patek Philippe Nautilus.

— Ce n'est pas grâce à toi", répliqua Henrik.

Faye haussa les épaules.

"Tu as toujours aimé jouer les victimes, Henrik. Déjà à Sup de Co. C'était toujours la faute des autres.

— Tu crois être en position d'avoir cette attitude avec moi, Faye ?

— Mon attitude a-t-elle la moindre importance ? Est-ce que ça change quelque chose ?"

Henrik sourit, se pencha en arrière et posa les pieds sur le bureau. La regarda, soudain amusé.

"Non. Rien du tout, en fait. Je suis mon plan. C'est bon. J'ai la majorité, je vais dès que possible réunir un nouveau conseil d'administration, sans toi."

Faye fit un geste d'indifférence.

"Bravo, alors. Revenge va t'appartenir. Vas-y, prends possession des bureaux, c'est à toi. Mais est-ce que tu as la moindre vision ? La moindre idée de comment conduire une entreprise de cette sorte ?"

Henrik s'étira dans son fauteuil.

"Faye, le problème avec toi, c'est que tu es une coquille vide. Tu es superficielle, au fond tu ne vaux rien. Jack le savait. Je le sais. Tout le monde autour de toi s'en rend compte dès qu'on te connaît un peu. Tu peux tromper ton monde un petit moment, mais tôt ou tard, on comprend qui tu es. Personne ne peut t'aimer, Faye."

Il ricana. Ses yeux se mirent à briller, et encore une fois, elle imagina les clous de son sac à main déchirant sa peau rougeaude.

Au lieu de quoi, elle se leva lentement. S'assit au bord du bureau. Elle vit qu'il trouvait ça désagréable, car il recula de quelques centimètres.

"Je comprends d'où vient ton besoin de t'affirmer, Henrik. Alice m'a tout raconté. Mais ça aussi, ça s'opère, aujourd'hui. On peut au moins gagner un centimètre ou deux. Tu devrais peut-être l'envisager. Parce que, tu sais, tu ne pourras jamais utiliser ma société comme prolongement de ton pénis…"

Elle lui sourit avec mépris, se leva, prit son sac Chanel et se glissa hors de son ancien bureau.

Derrière elle, elle entendit un grand bruit. Henrik venait de jeter quelque chose contre la cloison de verre. Elle sourit. Un-zéro pour elle. Elle avait gardé son calme, lui non. Elle espérait juste que ce ne serait pas une victoire à la Pyrrhus.

La chaleur ne baissait pas. Faye quitta le siège de Birger Jarls-gatan et se dirigea à pied vers Stureplan pour déjeuner seule. Après ce qui venait de se passer, elle avait besoin de rassembler ses idées. Revenge était perdu, mais avec un peu de chance, c'était seulement provisoire : Ylva semblait placer toute sa confiance dans leur plan B.

Faye avait toujours eu du mal à réfléchir en restant immobile entre quatre murs. Elle avait besoin de stimuli extérieurs, de voir des gens, de les entendre.

La saison touristique battait son plein. Des grappes de touristes asiatiques sillonnaient le centre-ville. Il lui arrivait de les envier. Stockholm était une belle ville, elle l'adorait, mais elle n'arrivait plus à en profiter de la même façon qu'à son arrivée de Fjällbacka. Les yeux s'habituaient, s'émoussaient devant la beauté.

Faye parvint à Stureplan, resta un moment sans rien faire sous le Champignon au milieu de la place. Où aller ?

La terrasse du Sturehof était bondée, elle n'avait rien contre une place à l'intérieur, mais elle préférait éviter de tomber sur une connaissance, à présent que la rumeur du rachat de Revenge se répandait comme une traînée de poudre. Elle se dirigea vers Strandvägen, passa devant les boutiques de luxe sans regarder les vitrines, sentit que cette promenade réveillait son cerveau. Les eaux de Nybroviken miroitaient au soleil. Les quais étaient noirs de monde. Elle s'arrêta au passage piétons pour traverser.

Elle se sentait vide. La courte euphorie d'avoir réussi à pousser Henrik à mettre bas les masques s'était dissipée. À la place, elle n'éprouvait rien. Elle chercha sa rage. La noirceur. L'eau trouble. Mais au fond d'elle-même, elle ne trouva que le néant. Elle était désemparée. Désarçonnée. Elle savait comment gérer sa colère, mais pas ce rien.

Elle était habituée à se battre. Elle se battait depuis son enfance. Elle avait passé outre à toutes les limites imposées par les hommes, la justice, la logique. Les lois et la morale. Elle les avait franchies sans ciller. Mais là, elle était perdue. Elle ne se reconnaissait plus et ne savait que faire d'une Faye qui avait cessé de brûler.

Dans sa poche, son téléphone vibra, c'était sans doute Ylva. Faye n'avait pas le courage de répondre. Et quelque chose qu'Henrik avait dit au cours de leur entrevue la tarabustait. Mais elle ne savait pas bien quoi. C'était là, tout juste hors d'atteinte, dans l'eau trouble. Quelque chose qu'il avait dit et qu'elle aurait dû saisir.

Le feu passa au vert. Pendant qu'elle traversait, elle jeta un coup d'œil à l'une des voitures à l'arrêt. Un taxi. À travers le pare-brise, derrière le chauffeur, elle reconnut deux visages. David et Johanna. Faye détourna les yeux et se dépêcha d'avancer, atteignit le trottoir d'en face où elle s'immobilisa. Le feu changea et le taxi s'éloigna. Le cœur de Faye tambourinait dans sa poitrine.

L'avait-il vue ?

Avant de quitter le siège de Revenge, Faye avait envoyé un message à David pour lui demander s'il ne pouvait pas essayer de rentrer plus tôt de son voyage d'affaires. Elle aurait voulu lui parler de la prise de contrôle, d'Henrik, lui demander conseil sur la façon d'avancer. Elle aurait voulu s'appuyer contre lui, enfouir son visage contre son épaule, entendre sa voix rassurante à son oreille.

Mais il avait répondu que ce n'était malheureusement pas possible, qu'il fallait qu'il finisse ses affaires et qu'ils se verraient à son retour, tard dans la soirée. Pas un mot au sujet de Johanna. Avait-elle manqué quelque chose ?

Les mains tremblantes, Faye sortit son téléphone, consulta rapidement l'échange de SMS. Non, il était clair et net qu'il ne devait pas rentrer à Stockholm avant tard ce soir. Peut-être était-ce une urgence ? Peut-être une de ses filles était-elle tombée gravement malade, s'était blessée, et il avait dû revenir en catastrophe ? Était-ce pour cela que Johanna et lui se trouvaient dans le même taxi ?

Faye revit le visage d'Ylva, entendit à nouveau ses paroles : *"Que sais-tu de lui, en fait ?"*

Au diable Ylva. Au diable David. Au diable Henrik.

Elle serra le poing si fort que ses ongles lui écorchèrent la paume.

Il pouvait s'être passé n'importe quoi. Elle n'allait pas se monter la tête avant de connaître les faits. Elle aimait David. Tout était si simple avec lui. Ils voulaient profiter de la vie, ensemble. Ne jamais se limiter l'un l'autre. Est-ce que cela avait pu complètement aveugler Faye ? Était-elle en train de devenir folle ?

Elle marcha, comme en transe, et trouva un banc libre dans le parc Berzelius. De là, elle voyait les joyeux convives attablés à l'hôtel de Berne.

Son portable bipa. Elle le sortit. Un message de David. Quel soulagement ! Tout allait s'expliquer. C'était évidemment une urgence.

Mais quand elle ouvrit le message et le lut, ce fut comme si on lui enfonçait un couteau dans le ventre.

Tu me manques, j'ai hâte d'être à ce soir, putain comme c'est pénible d'être loin de toi, Stockholm et toi me manquez.

Seulement ça. Juste ces mots qu'elle avait si souvent lus et crus.

Autour d'elle, elle voyait des gens se presser, se rendre quelque part avec quelqu'un. Soudain, elle aurait voulu être comme eux. Soudain, elle aurait voulu ne pas être Faye.

D'une main tremblante, elle alla sur Instagram, entra le nom de Johanna Schiller et examina son flux. Un clochard s'assit à côté d'elle, ouvrit une canette de bière et en but une gorgée.

"Belle journée, fit-il.

— Vous trouvez ?" répondit laconiquement Faye.

Il ricana.

Elle remonta le fil des images. Jusqu'à la semaine où David et elle s'étaient rencontrés. Ce fut long. Johanna était assidue dans ses mises à jour. Parfois jusqu'à trois ou quatre photos quotidiennes. Beaucoup représentaient David. Sur un ponton, à un dîner, au restaurant, devant un barbecue. Il souriait, riait, serrait ses filles dans ses bras, embrassait Johanna sur la joue. Des enfants joyeux. Des couchers de soleil. Des plats bien présentés.

Faye resta bouche bée. Elle lut les légendes :

Dîner avec mes chéris.

Mon mari nous a surpris avec des lasagnes maison.

Barbecue sympa en famille.

Mini-week-end sur la côte ouest.

Le tout suivi d'au moins six émojis.

Faye sortit son ordinateur, déplia l'écran, ouvrit son agenda et compara les dates. David n'avait pas dit qu'il était allé sur la côte ouest. À la date en question, il était censé être en voyage d'affaires. Et à en croire le compte Instagram de Johanna, ils n'étaient pas en instance de divorce toxique, au contraire, leur couple semblait idyllique. Certes, sur les réseaux sociaux, on pouvait mentir, créer une photo truquée, retoucher, enjoliver – mais ça ?

Son cœur battait à tout rompre. Son ventre se noua au souvenir des derniers temps passés avec Jack.

Elle composa le numéro de David. Elle avait besoin de lui parler, d'entendre sa voix, qu'il lui donne une explication. Il devait y avoir une erreur.

Faye tomba sur le répondeur.

Elle lui écrivit un SMS, lui demandant de l'appeler au plus vite.

Avait-elle été aveuglée à ce point ?

Pourquoi ne pas avoir répondu aux appels de Johanna, ou écouté Ylva ? Vérifié plus tôt ce compte Instagram ? Comment avait-elle pu être à la fois aveugle et sourde ? Une nouvelle fois ?

Elle se leva du banc. Elle savait où se trouvait le bureau de David, du moins ce qu'il lui en avait dit. Existait-il seulement ? Elle se dépêcha de traverser le parc Berzelius, fit le tour de l'hôtel de Berne et se dirigea vers Blasieholmen, où plusieurs des sociétés financières les plus renommées avaient pignon sur rue. Son téléphone sonna, elle sursauta presque, le dégaina en espérant que ce serait David, mais non. C'était Ylva.

"Oui ? répondit-elle, irritée.

— Il faut que je te parle.

— Je n'ai pas le courage de parler de Revenge, laisse-moi juste quelques heures pour digérer tout ça.

— Oui, pour ce qui est de Revenge, il va falloir se rencontrer pour convenir d'un plan, voir comment faire pour ne pas perdre le contrôle de la société. Mais ce n'était pas de ça que je voulais te parler.

— S'il te plaît, Ylva, ce n'est pas vraiment le moment…

— Il s'agit de David. Tu dois voir ça. Peut-être que tu ne me croiras pas, mais c'est toi qui m'as demandé d'examiner sa proposition, ses finances, tout. C'est ce à quoi j'ai consacré ces derniers jours. Tout est là. Les papiers ne mentent pas. Les papiers ne jugent pas."

Faye s'arrêta. Son regard se perdit par-dessus l'eau, vers les majestueuses façades XIXe siècle. C'était si beau. Comment tant de beauté était-elle possible alors qu'elle nageait en plein cauchemar ?

"Où es-tu ? demanda-t-elle.

— Je ne pouvais pas rester au bureau après le passage d'Henrik, qui sait quand il nous mettra à la porte, alors je suis rentrée chez Alice.

— J'arrive, dit Faye.

— Ça va ?

— Je ne sais pas, murmura Faye. Je ne sais pas.

— Où es-tu ?

— Devant le parc Berzelius.

— Ne bouge pas. Je passe te prendre."

Des piles de documents s'amoncelaient sur la table, dans le bureau qu'Alice avait mis à la disposition d'Ylva quand elle avait emménagé dans la villa. Elle tira un siège, y installa Faye d'autorité et vint s'asseoir à côté d'elle.

Dans le taxi, elles n'avaient pas échangé un seul mot.

"Merci", murmura Faye.

Ylva la regarda droit dans les yeux.

"De rien. Tu aurais fait la même chose pour moi. Mais qu'est-ce qui s'est passé ? Je veux dire, à part le massacre de ce matin, c'est évident. Il y a autre chose. Tu veux en parler ?"

Faye soupira.

"Tu peux ouvrir, s'il te plaît, j'ai besoin d'air…"

Ylva hocha la tête et alla à la fenêtre. Faye hésita, puis d'une voix traînante :

"Je commence à croire que tu avais raison. Je ne sais pas… merde, je ne sais plus rien."

Ylva la dévisagea en plissant le front.

"Qu'est-ce que tu veux dire ?"

Faye fit glisser l'ongle de son majeur le long de la table. Elle ne savait pas par où commencer. Sa honte était cuisante.

Elle se racla la gorge.

"Pendant tout ce temps-là, David a continué à voir Johanna comme si de rien n'était. À vrai dire, je ne sais même pas s'il a jamais envisagé de divorcer. Toutes ces histoires comme quoi il se battait pour que nous puissions être ensemble, je crois que c'étaient des mensonges. Ils sont partis en famille à la mer à Marstrand alors qu'il était censé être resté à Saltis tout le week-end à se disputer. Ils étaient avec les filles au parc d'attractions de Liseberg alors qu'il disait être en voyage d'affaires à Tallinn."

Faye ne put retenir ses larmes.

"Pardon, mon Ylva, de t'avoir traitée comme ça quand tu essayais de me mettre en garde. Je sais que tu ne voulais que mon bien, que tu cherchais à me protéger."

Ylva se rapprocha de Faye, prit sa tête et l'appuya contre son épaule.

"Personne ne veut entendre ça de quelqu'un qu'on croit aimer, dit-elle. Et je n'étais pas au courant de tout ça. Je n'en avais aucune idée. Tout ce que je savais, c'était qu'il exagérait en te décrivant Johanna comme une folle.

— Je ne comprends pas comment j'ai pu être aussi aveugle. Et aussi conne."

Faye sanglotait à présent. Ylva lui caressa les cheveux, lui chuchotant à l'oreille pour la calmer.

Faye finit par essuyer ses larmes. Avec un soupir, elle posa la main sur la pile de documents devant elle.

"Alors, qu'est-ce que ça nous dit ? Des mauvaises nouvelles, je suppose."

Ylva se racla la gorge. Faye vit à son expression qu'elle avait peur de la blesser.

"Allez, vas-y, je peux encaisser.

— David Schiller est au bord de la banqueroute. Revenge et toi étiez censés être sa planche de salut. Et il y a plus grave. Tout se tient."

Puis elle entreprit d'expliquer.

FJÄLLBACKA – JADIS

Il y avait une cabine téléphonique sur le port. Pendant que Sebastian amarrait le voilier, j'y ai couru, j'ai décroché et appelé les secours. Une demi-heure plus tard, le ponton grouillait de monde. Quelqu'un avait tuyauté le journal local : un reporter et un photographe de *Bohusläningen* faisaient le pied de grue en attendant de pouvoir nous parler.

Ils nous tournaient autour comme des requins, et les policiers leur ont demandé d'attendre que nous ayons fini de leur expliquer ce qui s'était passé. Je devais avoir l'air effrayée, si petite. Mais intérieurement, j'étais fière. Sebastian était livide. Je ne le quittais pas d'une semelle. Les policiers et les autres ont dû penser que je le collais parce que j'avais peur, mais mon seul but était de m'assurer qu'il s'en tenait à la version des faits que je lui avais indiquée.

"Et donc, ils sont tombés à l'eau ?" a interrogé l'un des policiers.

Sebastian a hoché la tête.

"On a fait demi-tour, on est revenus en arrière, mais il n'y avait plus aucune trace d'eux", a-t-il marmonné.

Les policiers ont échangé des regards las. Il n'y avait chez eux aucune suspicion, juste du chagrin et du découragement.

"Vous n'auriez jamais dû prendre la mer par ce temps, a dit un des policiers en détournant les yeux.

— Pardon, ai-je chuchoté. Mais on voulait rentrer à la maison. C'est Tomas qui a voulu partir."

Ç'a enfin été le tour du journaliste. Il préférait me parler à moi plutôt qu'à Sebastian, j'avais probablement l'air plus innocente, pour susciter davantage de sympathie chez les lecteurs. Pendant l'interview, le photographe m'a tiré le portrait.

"Je refuse de croire qu'ils sont morts. J'espère qu'on va les retrouver", ai-je dit en essayant de prendre l'air le plus malheureux possible.

Faye suivit lentement Humlegårdsgatan avec ses lunettes de soleil comme un écran entre elle et le monde extérieur. C'était surréaliste. Les gens, les rires, la joie. Comment pouvaient-ils être aussi insouciants ? Son univers venait tout juste de voler en mille morceaux, son avenir était hypothéqué et réduit en miettes.

David et Henrik travaillaient ensemble. Ils avaient réussi à bien le cacher. Mais pas assez pour qu'Ylva, à force de temps, d'obstination et de minutie, ne puisse les percer à jour. Et d'une certaine façon, ils avaient été maladroits. Comme Ylva l'avait fait remarquer, le point faible d'Henrik était sa négligence. Elles savaient déjà qu'il avait prévu de révéler d'un coup plusieurs rachats de parts, pour provoquer un effet de surprise avec sa nouvelle majorité et réunir au plus vite un nouveau conseil d'administration. Ce qu'Ylva avait cependant réussi à démêler avant que ne soit rendue publique l'identité du nouvel actionnaire, c'était que David était un des investisseurs derrière lesquels Henrik se cachait. La manœuvre était grossièrement dissimulée derrière une société écran maltaise, mais après les scandales et les révélations de ces dernières années, Malte n'était plus comme autrefois un refuge sûr pour les sociétés souhaitant pratiquer l'optimisation fiscale ou cacher certaines pratiques. Autre erreur d'Henrik.

Mais peu importait. Ses erreurs leur avaient juste permis de découvrir le lien entre David et Henrik. Rien qui puisse les empêcher de perdre Revenge. Et Faye comprenait à présent ce qui la tarabustait depuis sa dispute avec Henrik au bureau : il avait sous-entendu que personne ne pouvait l'aimer.

Elle n'avait pas besoin d'aller chercher bien loin ce qui motivait les deux hommes. Henrik voulait réparer sa virilité blessée – c'était assez ironique qu'il veuille reprendre ce qu'il n'avait jamais possédé. Et David ? C'était bien simple : l'argent. Et le pouvoir. Pour lui, elle n'avait été qu'un moyen d'obtenir les deux. Faye le comprenait à présent : des informations volées par David dans son ordinateur avaient permis de cibler plusieurs des personnes qui avaient vendu leurs actions à Henrik ces derniers temps. Elle se sentait totalement flouée.

Faye sortit son portable. Écrivit un SMS à David.

Tu peux m'appeler ? Il y a quelque chose dont nous devons parler.

Tout s'était effondré. Elle avait perdu le contrôle de Revenge. Et elle avait perdu David. Ou plutôt celui qu'elle croyait connaître. Elle avait perdu quelque chose qui n'avait même jamais existé, ce qui en rendait le deuil impossible. Mais pour elle, c'était réel.

Son portable vibra dans sa main.

Ça a merdé à Francfort. Dois rester quelques jours. Tu me manques.

Faye déglutit, encore et encore. Et elle prit sa décision. Elle allait tout vendre et quitter la Suède pour de bon. Se retirer. Julienne était en Italie. C'était là-bas, auprès d'elle, qu'elle avait sa place. Avec la trahison de David et Revenge qui lui filait entre les doigts, il n'y avait plus aucune raison de continuer.

Elle allait remonter à l'appartement, prendre ses affaires et rentrer rejoindre Julienne. Laisser à ses avocats le soin de revendre ses actions Revenge. L'implantation aux États-Unis n'était plus son problème. Ce serait bientôt à Henrik de s'en occuper. Elle ne remettrait jamais les pieds en Suède. Elle aurait même préféré ne pas repasser par l'appartement, mais la photo de Julienne avec sa mère était cachée dans une pochette plastique derrière la baignoire. Elle prouvait qu'elles étaient toutes les deux en vie. Elle ne pouvait pas quitter la Suède sans la récupérer.

David avait laissé des affaires dans l'appartement, mais Faye n'aurait pas le courage de les mettre au feu dans la cheminée.

Et Ylva, et Alice ? Elle allait les décevoir, mais si elle restait, elle risquait de les mêler à ses ennuis. Elles se porteraient beaucoup mieux sans elle.

Elle composa le code, franchit le porche. Elle dut attendre un moment l'ascenseur.

Faye y entra, referma la grille et la porte. Vit les étages défiler. Elle se blinda. Quelques minutes seulement, et elle serait dans un taxi en route pour l'aéroport d'Arlanda.

L'ascenseur s'arrêta.

Faye alla droit à sa porte. Ses talons claquaient par terre. Elle glissa la clé dans la serrure, tourna. Au même instant, elle entendit un raclement derrière elle et sentit le métal froid sur sa nuque.

Elle se retourna lentement. Elle avait compris que c'était Jack avant même de le voir. Comme toujours.

IV

Une personne au moins a péri dans l'incendie d'un chalet de vacances dans les environs de Köping dans la soirée de mercredi. À l'arrivée des pompiers, le chalet était déjà entièrement embrasé.

"Ce type de chalets anciens présente souvent une installation électrique non conforme. Il n'est pas rare que des courts-circuits provoquent ce genre d'accident", nous a confié Anton Östberg, du service des secours du secteur ouest de la vallée du Mälar.

L'identité du mort demeure inconnue, ainsi que la présence éventuelle d'autres victimes.

"L'enquête vient tout juste de commencer, mais tout semble indiquer un tragique accident", a déclaré Gun-Britt Sohlberg, de la police de Köping.

Aftonbladet, 27 juin.

La pointe du couteau touchait la poitrine de Faye. La bouche de Jack se tordit d'un sourire triomphant et plein de mépris.

"Ouvre la porte, dit-il. Sinon je te tranche la gorge."

Le cœur de Faye battait violemment.

Elle fit comme il disait, ouvrit la porte et la grille de sécurité. Jack la bouscula à l'intérieur et verrouilla derrière eux. Il n'y avait aucune issue.

Il la poussa devant lui et l'assit de force sur le canapé, prit son sac à main et le fouilla. En étala le contenu sur la table basse.

"Tu m'as trompé, tu as trompé tout le monde. Tu as détruit ma vie. Je sais que je n'ai pas tué notre fille. Je ne sais pas comment tu t'y es prise, mais elle est vivante, forcément. Tu caches ma fille quelque part."

Faye ne parvint pas à répondre. Elle était paralysée, presque indifférente à ce qui était en train de se passer. Jack avait surgi si soudainement qu'elle n'arrivait pas encore à réaliser qu'il était là.

"Je vais retrouver Julienne pour prouver à tout le monde que c'est toi qui m'as envoyé en taule. Quand j'en aurai fini avec toi, le monde entier comprendra quelle menteuse et quelle salope tu es."

Jack parlait vite, d'une voix forcée, presque folle, en tournant en rond dans le séjour. Ses cheveux étaient gras, ses vêtements sales.

Disparue, l'élégance qui impressionnait tant Faye.

Il saisit son portable et y parcourut les images. Faye attendit calmement, elle savait qu'il n'y trouverait aucune trace de Julienne.

"Tu peux chercher partout, dit-elle. Je n'ai rien à te cacher."

Comme il ne trouvait pas ce qu'il cherchait, il rejeta le téléphone, se précipita vers le canapé et plaça son visage tout près du sien.

"Tu m'as fait condamner pour le meurtre de ma fille ! cria-t-il. Toute la Suède, toute ma famille, mes amis, ils croient tous que je suis un monstre. Un tueur d'enfant !"

Ses postillons atteignirent son cou.

"Tu sais ce qu'on nous fait en prison ? Je vais la retrouver et prouver ce que tu as fait ! Tout te prendre, comme tu m'as tout pris !"

Sa réaction redonna de l'assurance à Faye, même si elle comprenait qu'elle était en danger de mort. Ses mots avaient toujours prise sur Jack. C'était du moins ce qu'elle croyait et espérait. Tant qu'elle réussirait à l'atteindre, elle pourrait s'en sortir en vie.

Jack la plaqua sur le canapé, leva son couteau et l'approcha lentement de son visage. Faye serra les lèvres en se forçant à le regarder droit dans les yeux.

"Je devrais te lacérer le visage, siffla Jack. À cause de toi, j'ai tout perdu."

Son cœur tambourinait dans sa poitrine, mais Faye resta impassible.

"Tu m'as manqué", murmura-t-elle.

Sa voix semblait si sincère qu'elle se demanda elle-même si elle mentait ou non. Un instant, elle crut qu'il allait céder.

"Jack, c'est moi, Faye. Tu m'aimes. Je n'aurais jamais fait ce que j'ai fait si tu ne m'avais pas quittée, humiliée."

Jack la dévisagea presque tendrement.

L'instant d'après, il leva le bras gauche et lui frappa la joue de son poing fermé.

"Tu ne t'appelles même pas Faye. Tu t'appelles Matilda. Et quand j'en aurai fini avec toi, ici, je tiendrai la promesse que j'ai faite à ton père : lui donner la joie de te tuer pour le venger.

— Qu'est-ce que tu racontes ?"

Faye se frotta la joue, se recroquevilla en se faisant toute petite. Son cœur s'emballa.

"Tu sais très bien. J'étais détenu dans la même centrale que lui. Je suis au courant de ce qui s'est passé à Fjällbacka.

Comment tu lui as tout pris, comme tu as fait avec moi. Puis tu t'es enfuie à Stockholm. En croyant pouvoir recommencer à zéro.

— C'est faux, gémit Faye en essayant d'y voir clair. Tu te trompes."

Un nouveau coup l'atteignit, au ventre cette fois. Elle eut le souffle coupé et roula sur le flanc.

"Je t'en prie, Jack, haleta-t-elle. Je ne sais pas de qui tu parles, quelqu'un t'a trompé. Ce n'est pas ce que tu penses."

Jack se leva, se remit à faire les cent pas. Faye le regarda précautionneusement. La croyait-il ?

"Tu crois que c'est un hasard, si Gösta et moi on s'est évadés ensemble ? On s'est rencontrés en prison. Je lui ai promis que si je trouvais un moyen de sortir, je l'emmènerais. Parce qu'il a un compte à régler avec toi, lui aussi…"

Jack ricana.

"En apprenant qu'on allait être transférés en même temps, j'ai compris que c'était une occasion en or. L'envie de pisser d'un gardien, et on était dehors."

Faye ferma les yeux quelques secondes, puis se força à regarder Jack.

"Va-t'en, fit-elle. Tu ne fais qu'empirer les choses. Je ne dirai pas à la police que tu es venu. Je vais te donner de l'argent pour partir à l'étranger, refaire ta vie. Je t'aime. Je t'ai toujours aimé. Aucun homme ne te vaut, personne n'a pu te remplacer."

Ils sursautèrent tous les deux quand le portable de Faye se mit à sonner. Jack le ramassa par terre et le regarda. Un numéro familier.

"C'est la police, expliqua Faye. Ils m'appellent une fois par jour pour savoir si tout va bien."

Impassible, Jack lui tendit le téléphone.

"Réponds. Dis que tout va bien. Si tu prononces un mot sur moi, je t'enfonce ce couteau dans le ventre", dit-il en plaçant la lame juste sous sa poitrine.

Faye décrocha et enclencha le haut-parleur. Jack était accroupi devant elle, prêt à agir.

"Allô ?

— Bonjour, ici Oscar Veslander, police de Stockholm", annonça une voix.

Faye retint son souffle.

"C'est notre appel quotidien pour savoir si tout va bien."

Faye croisa le regard de Jack, sans parvenir à y reconnaître l'homme avec qui elle avait partagé sa vie. Qui était-il ?

"Oui", répondit-elle, et Jack hocha la tête.

Sa main descendit vers l'aine de Faye.

"Tout va bien."

Jack lacéra son tee-shirt d'un coup de couteau. Faye se mit à trembler.

"Où vous trouvez-vous ?"

Faye serra les mâchoires. Recula pour échapper au tranchant de la lame.

"Allô ?"

Elle baissa les yeux vers Jack, qui restait impassible.

"Je suis à la maison, je travaille, dit-elle d'une voix monotone.

— Nous n'avons malheureusement aucune nouvelle de votre ex-mari, mais soyez assurée que nous faisons tout notre possible pour le retrouver.

— Très bien. Parfait. Je sais que vous faites au mieux."

Sa voix trembla.

256

Si elle l'ignorait encore, Faye en avait à présent la certitude : Jack était fou. Totalement imprévisible. Il pouvait très bien décider de la tuer. Il fallait qu'elle se sorte de là.

"Bonne journée. Et appelez si vous avez la moindre question.
— Merci."

Faye raccrocha et regarda Jack. Il se releva lentement sans la quitter des yeux. Soudain, sans crier gare, il la frappa à nouveau. Elle s'effondra sur le canapé. Il lui arracha son téléphone. Elle leva la tête vers lui.

"Jack, tu dois disparaître, maintenant. Partir d'ici. Sinon la police te prendra. Je ne dirai rien. Ni que tu es venu, ni ce que tu as fait."

Il ne répondit pas.

On n'entendait que sa respiration lourde. Jack s'assit en face d'elle, approcha une boucle de cheveux de son nez et la huma.

"Ton odeur m'a manqué. Malgré tout ce que tu m'as fait subir, tu es l'amour de ma vie. Personne d'autre n'a compté, tu comprends ? Tu comprends que si je suis allé voir ailleurs, c'est que j'en avais l'occasion ? Les femmes se jetaient à mon cou. J'étais faible. Mais au fond, tu es la seule à avoir compté."

Faye frissonna. Ça ressemblait à des adieux.

"Tu as l'intention de me tuer ?
— Je ne sais pas. Je crois."

Son cœur battait si fort qu'elle en avait le vertige. Ses yeux s'obscurcirent.

"Non, Jack. Tu n'es pas un assassin. Tu n'as pas ça en toi. C'est moi. Faye."

Elle posa ses mains sur ses joues et le força à la regarder.

"Tu as une autre fille, Jack. Que deviendra-t-elle, si tu es condamné pour un deuxième meurtre ? Tôt ou tard, la police va te reprendre. Et Julienne... Tu as raison, elle est en vie. En sécurité. Si on oubliait tout ça, si tu arrivais à me pardonner, elle serait folle de joie. Elle parle encore de toi. Tu es son héros, Jack. Malgré tout, tu es son héros."

Faye déglutit en dévisageant Jack pour voir si ses mots avaient le moindre effet. Autrefois, elle était capable de lire ses pensées les plus intimes rien qu'en le voyant entrer dans une pièce. Mais son visage ne trahissait rien. Il était devenu un étranger.

"Et tu me manques." Elle laissa couler ses larmes. "Malgré tout ce que j'ai fait, je t'aime et t'ai toujours aimé. Mais tu m'as blessée. Tu m'as humiliée. Tu m'as détruite. Tout ce que je voulais, c'était vivre avec Julienne et toi, mais tu m'as trompée, Jack. Tu m'as d'abord privée de mon travail, de la part de ce que j'avais contribué à créer. Puis de ma propre famille. Tu m'as remplacée."

Les mâchoires de Jack travaillaient. L'expression de son visage commençait à s'adoucir. Intérieurement, elle jubilait. Peut-être allait-il juste s'en aller ?

"Julienne, dit Jack. Tu as une photo d'elle ? Je pense à elle chaque jour, chaque seconde."

Faye se souvint des photos qu'elle avait trouvées dans l'ordinateur de Jack. Les photos terribles, horribles. Elle aurait voulu ne jamais lui montrer Julienne. Mais quel choix avait-elle si elle voulait survivre, pour sa fille ?

Elle hocha lentement la tête.

"Nous pouvons l'appeler. Imagine combien elle sera contente."

Jack plissa les yeux avec méfiance. Il secoua la tête et posa son portable sur la table.

"Non. Pas de téléphone, pas de technique."

Faye inspira à fond.

"Oui, j'ai une photo d'elle. Tu veux la voir ?

— Où ?

— Pousse-toi un peu que j'aille la chercher."

Jack se leva lentement. Une fois Faye debout, il brandit le couteau à sa hauteur.

"Pas d'embrouilles ou je te tue. N'oublie pas ça.

— Je sais."

Elle gagna la salle de bains, Jack sur ses talons. Là, elle se contorsionna par-dessus la baignoire, glissa la main derrière et attrapa la pochette plastique contenant la photo de Julienne avec sa mère. Elle se redressa, tendit la pochette à Jack. Il la prit, examina l'image sans mot dire. Mais l'éclat dans ses yeux l'effraya. Il regarda la photo de Julienne comme si elle était sa proie, comme s'il pouvait faire ce qu'il voulait d'elle, puis la fourra dans la poche de son blouson.

Faye comprit alors qu'elle avait commis une erreur, que Jack, d'une certaine façon, l'avait bernée. Et à présent, il allait la tuer. Il leva le couteau. Faye cria, et tout fut noir.

FJÄLLBACKA – JADIS

Même si les corps de Roger et Tomas n'avaient pas été retrouvés, une cérémonie a été organisée pour eux.

J'étais là, dans l'église, à écouter toutes ces belles paroles détaillant quels garçons gentils et attentionnés ils étaient. Les gens pleuraient sur les bancs. Le pasteur peinait à maîtriser sa voix. Moi, j'avais envie de vomir en me rappelant tout ce qu'ils m'avaient fait, ce que j'avais dû endurer.

Sur l'autel, leurs portraits me narguaient. J'ai porté la main à mon cou, où le poids rassurant du bijou que maman m'avait offert avait disparu. Ils m'avaient pris mon dernier réconfort.

Tout ce à quoi j'arrivais à penser, c'était comment Roger et Tomas m'avaient tenue, pénétrée en riant quand je les suppliais d'arrêter. Comment l'éclat dans les yeux de Tomas était devenu froid et dur.

Je les haïssais pour ce qu'ils avaient fait, et j'étais contente qu'ils aient disparu.

Je ne plaignais même pas leurs parents, ni la grand-mère de Roger. C'était eux qui les avaient élevés. S'ils étaient devenus comme ça, c'était aussi leur faute.

Mais le village entier les encensait, les regrettait. Le fossé qui se creusait entre moi et Fjällbacka renforçait ma résolution de partir de là, loin de cette hypocrisie. De la loi du silence.

Faye ouvrit les yeux. Elle était étendue sur le sol froid de la salle de bains. Sa tête palpitait, sur le point d'éclater. Elle porta lentement une main à son front, qu'elle sentit poisseux. Elle regarda ses doigts et vit qu'elle saignait encore.

Malgré la douleur, elle était contente d'être en vie. Jack l'avait frappée à la tête avec le manche de son couteau et elle avait dû perdre connaissance. Même si la douleur déferlait par vagues sous son crâne, elle était vivante. C'était le principal.

"Tu aurais dû me tuer, Jack", murmura-t-elle.

En silence, elle se demanda pourquoi il ne l'avait pas fait.

Elle se releva, mal assurée sur ses jambes, s'appuya au rebord du lavabo et regarda dans le miroir son visage tuméfié et enflé.

Jack.

Et David.

Tous les deux, ils allaient avoir ce qu'ils méritaient. Que Jack ait la photo prouvant que Julienne était en vie était une catastrophe. Mais elle allait la lui reprendre. Il n'allait sûrement pas se précipiter au premier commissariat venu, la photo à la main. Elle avait encore du temps devant elle. Son moment de faiblesse, quand elle voulait tout abandonner et fuir, était passé. Ça ne lui ressemblait pas. Faye n'abandonnait jamais. Elle rendait les coups.

Elle ferma fort les yeux en se remémorant les photos de Julienne trouvées dans l'ordinateur de Jack. Julienne dénudée et vulnérable. À la merci de celui qu'elle aimait le plus au monde. C'était ce qui avait tout déclenché. Ce qui l'avait poussée à faire ce qu'elle faisait le mieux : s'occuper de ceux qu'elle aimait. Et se défendre. Quel qu'en soit le prix.

Elle s'était bercée d'un faux sentiment de sécurité, dans l'espoir que Jack avait disparu pour toujours. C'était naïf. Innocent. Elle ne commettrait plus cette erreur. À présent, elle allait stopper Jack. Définitivement. Pour elle, mais avant tout pour Julienne. Il ne devait jamais plus l'approcher, jamais plus lui faire de mal.

Tout juste minuit passé et le siège de Revenge était éteint et désert. Seul le bureau de Faye demeurait éclairé. Faye leva les yeux, crut voir Henrik en train de travailler. Sur Revenge. Son Revenge. Elle se dépêcha de passer devant le bâtiment. Ne voulait pas voir ça. Elle roula dans la nuit vers Lidingö. L'asphalte luisait, mouillé dix minutes plus tôt par une averse du soir. Il fallait qu'elle se rende chez Alice parler avec Ylva.

Tellement de choses dépendaient d'Ylva. Et d'Alice.

Si Ylva refusait d'aider Faye, elle ne pourrait pas arrêter Jack. Au mieux, elle irait en prison ; au pire, son père aurait le temps de l'assassiner avant. Il était là, caché quelque part. Jack aussi. Et elle avait besoin d'Ylva et d'Alice pour récupérer son entreprise.

Elle sonna et Ylva vint ouvrir. Elle écarquilla les yeux en voyant le visage de Faye. Elle ouvrit la bouche, puis la referma.

"Alice n'est pas là. Ça va ?"

Faye fit quelques pas dans l'entrée.

"Ça va, se dépêcha-t-elle de répondre. Mais il faut que je te parle.

— Qu'est-ce qui s'est passé ?" demanda Ylva en la conduisant dans la chambre d'amis où elle s'était installée.

Faye s'était demandé jusqu'où être sincère. Elle avait décidé de tout lui dire. Plus de mensonges. Du moins avec Ylva. Si Ylva la soupçonnait de mentir, elle pouvait lui retirer sa confiance. Faye ne devait pas courir ce risque.

"Jack."

Ylva mit la main sur sa bouche.

"Il m'a agressée chez moi. Il m'a assommée Je me suis réveillée sur le sol de la salle de bains."

Faye s'assit dans un fauteuil et saisit la photo de Nora sur la table de nuit. L'examina. Elle songea à la photo que Jack lui avait prise : celle qui prouvait que Julienne et la mère de Faye étaient en vie. Cela lui donna du courage.

"Je ne t'ai pas tout dit au sujet de Jack, Ylva. Il y a des choses dont je n'ai jamais parlé à personne. J'ai vécu avec lui presque toute ma vie d'adulte sans voir ces aspects-là, sans les comprendre. Sauf à la fin. Aussi, je ne suis pas sûre que, connaissant Jack et ayant toi aussi vécu avec lui, tu les aies perçus."

Ylva écarquilla les yeux.

"Qu'est-ce que tu veux dire ?

— Pour commencer, sache que notre fille Julienne est en vie. Elle est en lieu sûr en Italie avec ma mère."

Ylva resta bouche bée.

"Alors, cette policière qui est venue me voir disait vrai ? Je l'ai envoyée paître en la traitant de folle.

— Oui, Yvonne Ingvarsson a raison. J'ai fait mettre Jack en prison pour un meurtre qu'il n'a pas commis. Ça n'a jamais été à cause de moi, de mon ego, parce que Jack m'avait quittée ou qu'il me refusait l'argent auquel j'avais droit. Toi qui nous connais tous les deux, tu sais que j'ai pris part à la construction de ce qui allait devenir Compare."

Faye se passa la main sur le menton. Les mots qui venaient étaient difficiles à prononcer.

"C'était à cause des photos de Julienne. Jack avait pris des photos très détaillées de Julienne nue. Elle était entièrement à sa merci. C'est un malade, Ylva. J'ai réalisé qu'il fallait la protéger contre lui."

Faye baissa les yeux. Chaque mot lui coûtait.

Ylva la dévisageait, livide.

"Je suis si heureuse que Julienne soit vivante, murmura-t-elle. Mais ce que Jack lui a fait subir est terrible."

Faye chassa ses larmes en clignant des yeux. Sa voix était plus assurée.

"Tu as aussi une fille avec Jack. Et tant que Jack vivra, Nora sera en danger. Et d'autres enfants aussi. C'est un pédophile.

J'ai besoin de ton aide. Comme amie, comme femme. Car il y a certaines choses dont l'État de droit se lave les mains, même si les politiciens prétendent le contraire.

— Quel genre d'aide ?"

Faye regarda Ylva. Elle mettait sa vie entre ses mains. Qu'Ylva la lâche, ne tienne pas parole, la trahisse, et Faye finirait en prison. Deviendrait une des femmes les plus haïes de Suède. C'était étonnant, car elle n'avait fait qu'agir comme n'importe quelle mère responsable. La société n'avait pas su la protéger, jamais. Pas quand, enfant, elle avait été violée et brutalisée chez elle. Pas quand elle avait été spoliée de l'argent d'une entreprise qu'elle avait contribué à créer et jetée comme une vieille chaussette quand son mari en avait rencontré une autre.

Elle avait confiance en Ylva justement parce qu'elle était une femme, parce qu'elle pouvait comprendre cette vulnérabilité et cette impuissance. Même sans en avoir fait personnellement l'expérience, toute femme pouvait au moins *deviner* ce que ça faisait. Et elle avait aussi confiance en Ylva parce qu'elle connaissait Jack. Parce qu'elle avait vu le monstre qui se cachait derrière le masque. Et parce qu'elle aussi l'avait aimé.

"Jack doit être mis hors d'état de nuire pour que nos enfants soient en sécurité. Et Henrik devra payer cher pour avoir essayé de me prendre ce qui m'appartient."

Ylva regarda ses mains jointes sur ses genoux. Elle ne répondait pas. Des pleurs dans la chambre voisine les interrompirent.

Ylva se leva vivement.

"Va la chercher", dit Faye.

Ylva hocha la tête et se rendit dans la pièce voisine. Quelques minutes plus tard, elle revint avec Nora dans les bras, toute rouge de sommeil, mal réveillée, les cheveux ébouriffés. En voyant Faye, elle se fendit d'un sourire qui montra ses petites dents de lait. Ylva l'embrassa sur le sommet du crâne. Regarda Faye, les larmes aux yeux. Puis hocha la tête.

"Je suis avec toi. Et je suppose qu'il est temps d'activer le plan B ?

— C'est absolument le moment du plan B. Et j'ai aussi une idée pour Alice.

— Ah ?" fit Ylva avec curiosité tout en berçant Nora.

La fillette ferma les yeux et se rendormit. Faye ne dit rien, se contenta de sourire en prenant son téléphone. Quand Alice répondit, Faye entendit des voitures et des rires. Elle devait être assise en terrasse.

"Sten Stolpe a toujours eu un faible pour toi, non ? demanda Faye.

— Un faible ? ricana Alice. C'est le moins qu'on puisse dire.

— Est-ce que tu te sentirais de le contacter ?

— Bien sûr, pas de problème. C'est quoi, ton idée ?"

Faye lui expliqua et, en face d'elle, Ylva se mit à sourire.

FJÄLLBACKA – JADIS

Le temps a changé, les nuits se sont faites plus sombres et plus froides. J'allais devoir retourner à l'école.

J'entrais en quatrième et, selon la tradition, il y a eu une grande fête rassemblant dans la forêt tous les jeunes de la région le dernier week-end avant la rentrée. Collégiens et lycéens buvaient, écoutaient de la musique, baisaient, se battaient et vomissaient dans les buissons.

J'y suis allée seule, me tenant un peu à l'écart, surtout parce que je n'avais rien d'autre à faire. Sebastian était là. Il avait accédé à une sorte de célébrité pour avoir passé tout l'été à la télé, dans les journaux et à la radio à raconter combien ses amis étaient des gens bien.

Je n'allais jamais aux fêtes. Je ne voulais pas être là. Mais il fallait que je m'assure que personne ne posait de questions, que personne ne s'interrogeait, que personne ne savait. Je n'éprouvais aucun remords pour ce que j'avais fait, juste l'angoisse de me faire prendre. Je voulais entendre ce qui se disait, je voulais entendre les rumeurs que je savais courir dans tout Fjällbacka. Il fallait que je me mêle aux jeunes de mon âge pour vérifier si j'étais en sécurité. Et je voulais avoir Sebastian à l'œil.

Quand il m'a aperçue, son regard a lancé des éclairs, et il a déboulé. Visiblement ivre, il a titubé sur les rochers, failli s'étaler et réussi pourtant à rester debout.

"Qu'est-ce que tu fous là, sale pute ?" a-t-il craché en s'affalant à côté de moi.

Il puait l'alcool et le vomi.

Je n'ai rien répondu. Le rapport de force entre nous avait changé. Désormais, ce n'était que lorsqu'il avait bu qu'il osait me traiter de cette façon. Sinon, il semblait presque avoir peur de moi. C'était exactement ce que je recherchais.

"Va-t'en, Sebastian, je ne veux pas d'embrouilles.

— Tu ne me commandes pas.

— Oh si. Et tu sais pourquoi."

Je me suis dégagée, prête à me lever pour m'en aller, quand il a saisi mon bras.

"Je vais leur raconter, à tous, ce qui s'est passé ce putain de soir. Comment tu les as tués."

Je l'ai regardé calmement. Il ne m'avait pas touchée depuis les viols sur l'île. Mais il buvait trop. Et quand il buvait, il parlait. Se mettait en colère. Perdait le contrôle. Je le méprisais pour sa faiblesse. Il y avait bien trop de papa en lui. Sebastian était perdu et, à présent que l'intérêt pour sa personne commençait à se tarir, il allait chercher de nouvelles façons de se rendre visible.

"Sorcière, a-t-il craché. Sale putain de sorcière. J'espère que tu vas te refaire violer. C'est sûr, de toute façon. J'ai bien vu que tu aimais ça."

J'ai soupiré, me suis levée et l'ai laissé là.

Tandis que je marchais dans la forêt, j'entendais la musique, les rires et les voix rauques des fêtards. Je savais que j'allais être obligée de réduire Sebastian au silence. Maman l'aimait, mais elle ne le connaissait pas comme moi. Elle ignorait de quoi il était capable.

Le monde n'avait pas besoin d'hommes comme lui. Qui frappaient, terrorisaient et violaient. Un jour, il allait se marier, avoir des enfants, les réduire à sa merci. Je n'avais pas l'intention de laisser arriver ça. Je n'avais pas l'intention de permettre que Sebastian traite un jour sa petite amie, sa femme, comme papa traitait maman. Je n'avais pas l'intention de permettre qu'un petit garçon ou une petite fille grandisse en voyant ce que j'avais vu. J'étais la seule à pouvoir briser le cycle.

Mais surtout, je n'avais pas l'intention de le laisser me gâcher la vie. Il avait eu sa chance. C'était lui qui avait choisi de ne pas la saisir.

J'avais pensé le laisser vivre. À cause de maman. Même s'il m'avait infligé une blessure invisible en surface, mais qui, au fond de moi, m'empêchait de dormir nuit après nuit, hantée par des douleurs fantômes. Nous avions jadis été un refuge l'un pour l'autre, mais il m'avait dérobé le maigre éclat de lumière qui subsistait entre nos murs.

Il m'avait arraché les souvenirs qui m'aidaient à croire qu'il y avait un petit peu, tout petit peu de bien et de justice dans la vie.

Mais il ne m'avait pas seulement trahie, moi. Maman l'aimait. Elle ne voyait en lui que le bien, rien de la noirceur, du mal que papa lui avait légués en héritage. Il avait eu une dernière chance en raison de l'amour inconditionnel que lui portait maman. Et il venait de montrer qu'il ne la méritait pas.

Le cœur de maman se briserait le jour où elle comprendrait que Sebastian était exactement comme papa. Que la terreur se perpétuerait à la génération suivante, que son amour n'avait rien pu y changer. Voilà pourquoi il fallait qu'il meure. Pour épargner ce chagrin à maman. Elle ne saurait jamais ce qu'il avait fait. Ni qui il était en réalité.

Le chalet de vacances rouge était isolé au sommet d'un promontoire rocheux, non loin d'un lac, au milieu d'une épaisse forêt. Il appartenait aux parents d'Ylva, depuis longtemps trop âgés pour l'utiliser : des années qu'ils n'y étaient pas venus.

Faye examina la poignée métallique de la porte d'entrée, avant de hocher la tête avec satisfaction et de la refermer derrière elle.

Dans le soleil couchant, elle percevait les contours, les ombres de vieux meubles, sentait l'odeur d'humidité. Elle chercha à tâtons l'interrupteur, le trouva. Le déclic n'alluma aucune lumière. Un plomb avait dû sauter, car Ylva lui avait dit qu'il y avait du courant. Elle allait devoir trouver le compteur. Une chance qu'elle ait pris une lampe de poche.

Le plancher grinça sous ses pieds quand elle entra dans ce qui semblait être un séjour.

Faye posa par terre son lourd bidon d'essence et massa son avant-bras courbaturé, tandis que le silence revenait en elle et dans la maison.

Ici, sa route et celle de Jack allaient définitivement se séparer. Un seul d'entre eux quitterait cet endroit en vie. Beaucoup de choses risquaient de mal tourner. Elle pouvait très bien être la perdante.

De combien de temps disposait-elle avant son arrivée ? Une heure ? Deux ? Pour ne pas laisser de traces numériques, elle avait abandonné son portable dans la chambre d'Ylva. Elle jeta un œil à sa montre, constata qu'il était un peu plus de dix heures du soir.

Ylva avait appelé Jack sur le numéro qu'il lui avait donné quand il était passé chez elle. En pleurant, elle lui avait dit que Faye s'était pointée et avait enlevé Nora. Qu'elle était comme folle, menaçant de prendre à Jack la dernière chose qui lui restait – sa fille cadette. Qu'elle n'avait pas révélé où elle l'emmenait, mais qu'après son départ Ylva avait découvert que les clés du chalet de ses parents avaient disparu.

Faye sortit sa lampe de poche de son sac, l'alluma, balaya la pièce à la recherche de la porte de la cave. Examina les photos noir et blanc aux murs. Les gens qu'on y voyait paraissaient vieux, ils étaient probablement morts. D'autres photos montraient Ylva enfant. Ylva sans dents de devant. Ylva sur un cheval. Le ventre de Faye se serra. Connaissait-elle Ylva si bien que ça ? Et si elle était du côté de Jack ? Depuis le début ?

Faye avait mal jugé Jack. Et David. Ylva aussi ? Non, aucune chance.

"Arrête ça", marmonna-t-elle.

Elle poussa une porte qui s'avéra être la bonne et s'engagea dans l'escalier de la cave.

Par une petite fenêtre rectangulaire, elle vit les derniers rayons du soleil à la cime des arbres. Quand il reviendra, je serai peut-être morte, songea-t-elle. L'escalier raide protestait sous chacun de ses pas.

L'odeur d'humidité augmentait à mesure qu'elle descendait.

Une fois en bas, Faye localisa l'armoire électrique et coupa le disjoncteur général. À l'aide de sa lampe, elle trouva des plombs de rechange, réussit à les installer, et quand elle réenclencha le levier, une lampe s'alluma au plafond. Elle vérifia l'heure à sa montre et se dépêcha de remonter. Dans le séjour, Faye choisit un abat-jour.

Elle le débrancha de sa prise murale. Le dévissa rapidement et effectua les réglages nécessaires avec le tournevis dont elle s'était munie. Exactement comme le montrait le film qu'elle avait regardé. On trouvait tout sur internet, pourvu qu'on sache où chercher.

Elle sortit le fil de fer, l'entoura autour de la poignée de la porte extérieure. De nombreux tours. Serrés. Puis elle répandit devant l'eau d'une bouteille d'un litre et demi qu'elle avait apportée. Une petite flaque peu profonde se forma sur le perron.

Dans l'obscurité, ça ne se verrait pas.

Quand elle fut prête, il s'était écoulé quarante minutes depuis son arrivée. Elle éteignit, s'assit sur le canapé et attendit dans le noir. L'œil sur le cadran lumineux de sa montre, elle serrait le tournevis. Jack n'arriverait pas désarmé, et si quelque chose ne marchait pas, elle aurait à se défendre contre lui.

Défendre sa vie.

Elle allait peut-être mourir, mais elle comptait mourir libre, et non traquée comme un animal craintif.

Neuf minutes plus tard exactement, elle entendit le ronronnement d'un moteur de voiture.

Le bruit du moteur mourut et le silence revint. Faye se leva. Elle ôta précautionneusement ses chaussures, les posa sur le canapé et s'avança jusqu'à la lampe qu'elle avait placée près de la porte. Elle la brancha et jeta un regard inquiet à la poignée.

Se laissa glisser adossée au mur.

Elle entendit des pas à l'extérieur du chalet. Se lécha les lèvres. La nervosité lui nouait le ventre. Dehors, Jack piétinait. Et s'il ne choisissait pas l'entrée principale, mais passait par une fenêtre ? Ou par la cave ?

Mais pourquoi ferait-il ça ? Il savait qu'elle l'attendait. Pensait que Nora était à l'intérieur, en danger de mort.

"Faye, cria Jack. Je veux ma fille."

Elle vit sa silhouette par la fenêtre, se plaqua de plus belle contre le mur. Il ne pouvait pas la voir. L'instant d'après, il alluma une lampe de poche et éclaira devant lui par la fenêtre. Le cône de lumière passa tout près de son pied droit. Elle cessa de respirer. Se doutait-il de quelque chose ? Était-ce pour ça qu'il tournait à l'extérieur ?

Elle le revit. Jadis, elle l'avait aimé plus que tout, peut-être même plus qu'elle n'aimait Julienne. Aujourd'hui, elle voulait juste l'anéantir pour ce qu'il avait fait à leur fille, pour les dégâts infligés au corps et à l'âme de Julienne, pour l'humiliation qu'il lui avait fait subir. Pour toutes les femmes qui avaient été à sa place, qui étaient mortes soumises en pensant qu'elles ne valaient rien, s'étaient suicidées, privées de leur dignité. Maintenues en esclavage. Exploitées. Les femmes portaient encore des chaînes, même si leur aspect avait changé au fil des siècles.

Faye allait riposter.

Ne pas être une femme de plus tuée par son mari ou son ex.

"Allez, sors, cria-t-il. Si tu lui as fait du mal, je vais te tuer, Faye."

Elle entendait sa colère contenue. La voix était derrière elle à présent, toute proche, de l'autre côté du mur. Ce qui voulait dire qu'il se dirigeait vers la porte d'entrée.

Faye déglutit.

"Elle est là." Sa gorge était serrée, pâteuse. "À l'intérieur."

Jack piétinait sur les marches du perron. Semblait ne pas réussir à se décider. Il avait peur. Savait de quoi elle était capable. Qu'elle était plus maligne que lui. Qu'elle était dangereuse. Et que c'était lui qui l'avait rendue dangereuse.

"Sors avec elle !" cria-t-il.

Faye ne répondit pas. Elle serra les dents, ferma les yeux. Elle ne voulait pas trop l'attirer pour ne pas éveiller ses soupçons.

"Vas-y, chuchota-t-elle. Mais vas-y."

Les pas s'étaient arrêtés. Il était sans doute immobile sur les marches du perron, à quelques mètres seulement d'elle. Elle sentait sa présence, son hésitation, sa peur.

Ses jambes tremblaient de nervosité. Faye planta ses ongles dans la paume de sa main.

"Touche la poignée, Jack, murmura-t-elle. Ouvre la porte. Je t'attends."

Une seconde plus tard, elle entendit un grésillement.

Elle sourit.

"Un, deux, trois", compta-t-elle avant de tendre la main pour couper l'interrupteur de la lampe.

Elle entendit un choc sourd de l'autre côté de la porte. Se leva lentement en reniflant. Une odeur de brûlé arrivait du dehors.

Faye poussa lentement la porte qui, très vite, buta sur le corps de Jack. Elle voyait ses jambes par l'embrasure, il était tombé à la renverse, elle insista et finit par avoir la place de se glisser par l'ouverture. Elle se pencha, examina son visage. Ses yeux étaient grands ouverts. Vides. Elle s'approcha et posa deux doigts sur son cou. Aucun pouls.

Elle regarda l'homme qu'elle avait jadis aimé plus que tout sur terre et essaya de comprendre ce qu'elle ressentait.

La forêt se dressait comme une muraille tout autour du chalet, le coupant du monde extérieur.

Le silence était compact.

Ils se trouvaient dans une autre dimension. Là, il n'y avait que Faye et Jack.

L'histoire commencée à Sup de Co tant d'années plus tôt venait de s'achever. Elle vit défiler tant de larmes. Ses pleurs. L'avilissement. L'avortement. Les femmes avec qui il l'avait trompée. Mais aussi Julienne, la reprise de Compare, la création de Revenge. Sa libération. Qui est plus libre que celui qui a été prisonnier ? Comment sinon apprécier le parfum de la liberté ? Une personne peut être une prison pour une autre ; sa rage ou son mépris, les chaînes qui l'entravent.

Faye saisit le poignet de Jack, tira le corps lourd par-dessus le seuil jusqu'au séjour. La tête cognait contre le parquet.

Jack resta étendu par terre tandis que Faye, hors d'haleine, s'assit sur le canapé et regarda son corps. Elle se leva. Alla lui donner un coup de pied. Ça fit un bruit sourd. Aucune réaction. Elle prit son élan. Lui donna un autre coup de pied.

Songea aux photos de Julienne dans l'ordinateur de Jack. Son regard quand elle lui avait remis la pochette plastique avec la photo.

Elle se pencha sur le cadavre.

"Tu aurais dû me laisser partir, ne pas être aussi obstiné, aussi fier. Et tu n'aurais *jamais* dû m'humilier, me menacer au sujet de ma fille. Et tu n'aurais jamais, jamais dû faire ce que tu as fait à Julienne. "

Faye se redressa. Ramassa le bidon d'essence et se posta derrière Jack. Elle dévissa le bouchon et, se déplaçant parallèlement au corps, imbiba ses vêtements d'essence.

Elle ouvrit la porte et lâcha une allumette. Une seconde plus tard, le corps de Jack s'embrasa.

FJÄLLBACKA – JADIS

J'ai senti l'odeur familière de cigarette qui s'échappait de la chambre de Sebastian, j'entendais des bouteilles tinter, et la musique jouer à faible volume pour ne pas réveiller papa. Maman venait de revenir à la maison. Une fois encore, papa l'avait conduite aux urgences. Avec la consigne de dire qu'elle était tombée dans l'escalier, avait glissé, oups, quelle maladroite – c'était tellement inutile : aucun médecin ne pouvait raisonnablement y croire, mais personne ne se donnait la peine ou n'avait le courage de contester cette version.

Maman avait commis l'erreur de dire qu'elle comptait rendre visite à son frère Egil, et papa l'avait poussée dans l'escalier, qu'elle avait dégringolé jusqu'à la dernière marche. Le temps était compté. La colère de papa montait en flèche. Cette fois-ci, elle avait atterri sur le bras, la prochaine fois, maman pouvait très bien tomber sur la tête, et je serais alors seule pour de bon.

Il était minuit tout juste passé. Papa et maman dormaient. Il était toujours plus calme les premiers temps, quand maman rentrait de l'hôpital. Je comprenais bien qu'une aussi bonne occasion ne se représenterait pas.

Je voulais épargner maman. Ce que papa éprouvait, je m'en fichais. Lui, je m'en occuperais plus tard.

J'ai refermé mon livre, posé mes pieds nus sur le parquet. J'avais déjà prévu comment procéder, quoi faire. J'ai enfilé la fine nuisette blanche que je savais plaire à Sebastian. J'avais remarqué qu'il avait du mal à détacher ses yeux de moi quand je la portais. J'ai pris les trois cachets de somnifères volés à papa et réduits en poudre au mortier trois jours plus tôt.

J'ai quitté ma chambre et inspiré à fond avant de frapper à sa porte.

"Qu'est-ce que c'est ?"

J'ai pressé la poignée et je suis entrée.

Il était devant son ordinateur. Il s'est retourné et m'a fixée. Son regard vitreux s'est arrêté sur mes jambes nues, avant de lentement remonter.

"J'ai repensé à ce que tu as dit."

Le front de Sebastian s'est plissé. Le bleu que lui avait fait papa la dernière fois qu'il l'avait battu se voyait très clairement.

"Putain, de quoi tu causes, là ?

— À la fête, dans la forêt. Quand tu as dit que j'avais aimé ce que vous m'aviez fait. Tu avais tort.

— Ah oui ?" a-t-il lâché avec indifférence en retournant à son écran.

J'ai avancé d'un pas sous la barre accrochée au-dessus de la porte pour faire des tractions. Je ne l'avais jamais vu l'utiliser.

Les murs étaient couverts de posters de femmes légèrement vêtues, aux poitrines débordant de vêtements réduits à de minuscules bouts d'étoffe. La chambre était en désordre, partout des restes dans des assiettes, des tas de vêtements et une odeur renfermée de sueur et de nourriture avariée. J'ai froncé les narines de dégoût.

J'ai laissé tomber par terre le petit sachet et l'ai poussé du pied dans un coin de la chambre.

"Je n'ai pas aimé quand ils me l'ont fait. Mais ça me plaît quand c'est toi."

Il se figea.

"Tu veux que je m'en aille ? ai-je demandé. Ou c'est OK si je reste un peu ? Papa et maman dorment."

Il a hoché la tête, le dos toujours tourné vers moi, et j'en ai conclu qu'il voulait bien que je reste.

"Je peux avoir une bière ?

— Elles sont tièdes.

— Ça ira quand même."

Il s'est mis à plat ventre sur le lit, a tendu la main en dessous et en a sorti une bouteille. Il l'a ouverte et me l'a tendue.

Il avait toujours au bras la cicatrice de la fois où papa l'avait taillardé avec une bouteille cassée.

Je me suis assise au bord du lit et il est venu à côté de moi. Nous avons bu chacun une gorgée en silence. J'ai jeté un œil à sa bouteille, elle était presque vide. Il en voudrait bientôt encore une. C'était là qu'il faudrait mettre le somnifère. Il y avait quatre bouteilles vides sur la table, et je ne l'avais pas entendu une seule fois aller aux toilettes.

Ce serait bientôt le moment. Mieux valait se tenir prête.

"Tu aimes quand je te résiste ?" ai-je demandé doucement.

Son visage a rougi, il gardait le regard fixé au mur.

"Je ne sais pas."

Sa voix était pâteuse.

"Je voudrais juste savoir ce que tu aimes, ce que tu préfères. Tu peux faire ce que tu veux avec moi.

— Mmh."

Il se tortillait sur place. J'ai vu gonfler son pénis sous son pantalon de survêtement. Il l'a remarqué et a paru gêné.

"Ça va", ai-je fait.

J'ai tendu la main et j'ai tâté son sexe. J'ai senti monter un haut-le-cœur que j'ai rapidement ravalé.

Il s'est écarté sur le lit.

"Il faut que j'aille aux chiottes."

J'ai hoché la tête.

"Je t'attends ici."

Faye marchait nue à travers la forêt. Derrière elle, la maison flambait. Elle avait jeté ses vêtements au feu, ils seraient détruits en même temps que Jack.

Les flammes orange montaient vers le ciel nocturne où s'élevait un panache de fumée.

Sans se retourner, elle s'éloignait de Jack, pleine de cette puissante liberté acquise de haute lutte qui la possédait tout entière.

Les phares de la voiture de location éclairaient la petite route forestière, à l'endroit précis où Ylva et elle avaient convenu de se retrouver. Son amie, qui ne s'était jamais beaucoup éloignée, devait se rendre au lieu de rendez-vous dès qu'elle voyait la fumée s'élever de la maison. Et comme elle l'avait promis, elle était là.

Ylva lui adressa un sourire pâle de derrière le volant, Faye ouvrit la portière sans rien exprimer. La voiture était rouge, vieille, constellée de rouille, sans GPS. Personne ne pourrait prouver qu'elles étaient là.

"C'est fait ? demanda Ylva.

— C'est fait."

Ylva hocha la tête et se retourna vers la banquette arrière, puis lui tendit un sac noir plein de vêtements propres. Sans ADN de Jack.

"Tu veux t'habiller avant qu'on parte ?"

Faye secoua la tête et monta à l'avant, le sac sur les genoux. L'odeur de fumée commença à emplir l'habitacle. Ylva toussa.

"Non, roule."

Faye regarda entre les arbres la maison embrasée et, au même instant, le toit s'effondra avec fracas. Ylva, sur le point de mettre le contact, s'immobilisa et baissa lentement la main.

Elles restèrent quelques minutes à regarder la jolie maison ancienne partir en fumée, puis Ylva passa en première et la voiture se mit lentement en mouvement.

"Qu'est-ce que ça te fait ?" demanda-t-elle.

Faye réfléchit un moment.

"Rien, en fait. Et toi ?"

Ylva déglutit, puis regarda Faye.

"Pareil."

Une fois sur l'autoroute, elles croisèrent quatre voitures de pompiers qui arrivaient à vive allure, toutes sirènes hurlantes.

Le soleil matinal entrait par la fenêtre de la chambre d'amis d'Alice. Il illuminait Ylva qui tenait Nora dans ses bras. Elle venait de se réveiller, un peu grognonne.

"Ça va ?" demanda Faye qui venait de se pointer, après avoir passé une nuit sans sommeil sur un canapé.

Elle adressa à Ylva un regard appuyé.

"Ça va, répondit Ylva d'un ton qui ne collait pas avec sa façon désespérée de s'accrocher à Nora.

— On a fait ce qu'on devait faire.

— Oui, je sais."

Ylva enfouit le nez dans les cheveux de Nora, ferma les yeux. Les petits bras potelés de sa fille enlaçaient fort son cou.

Alice entra dans la pièce, les regarda et sourit.

"Le petit-déjeuner est servi."

En rentrant, la veille, Faye avait aussi tout raconté à Alice. Ça n'avait pas non plus été facile, et Alice avait bien sûr été choquée.

Le téléphone de Faye sonna, elle décrocha en voyant qui c'était.

"Coucou, ma chérie, dit-elle quand le visage de Julienne emplit le petit écran. Je ne peux pas te parler maintenant, je t'appelle plus tard. Mais je vais bientôt rentrer. Je te le promets. Très, très bientôt. Bisou ! Je t'aime !

— OK, salut, maman !"

Elle raccrocha.

"Elle te manque ?" demanda Ylva.

Nora cligna lentement des yeux. Elle était en train de s'endormir dans les bras de sa mère.

"Oui", lâcha Faye.

Elle n'avait pas le courage de parler de Julienne. Son père avait disparu. Pour toujours. Et elle avait beau le haïr, elle avait beau savoir qu'il n'y avait pas de place pour lui dans la vie de Julienne, elle était pourtant triste. Que Julienne traverse la vie sans papa.

La culpabilité pesait lourd sur ses épaules. Non pas de l'avoir tué, mais d'avoir si mal choisi. Mais sans Jack, elle n'aurait pas eu Julienne en ce qu'elle avait d'unique. C'était une équation difficile. Elle aurait juste aimé avoir encore la photo dans la pochette plastique. Elle était comme un talisman qui lui donnait de la force et lui rappelait ce qui était important. Mais elle avait disparu avec Jack.

"Et maintenant ?" demanda Alice.

Elle semblait forte et déterminée.

Faye regarda Nora, ses paupières lourdes et ses longs cils.

Elle ressemblait tant à Jack, parfois.

"Il va falloir utiliser les preuves, films et photos. Le moment est venu d'activer le plan B d'Ylva."

Alice sourit.

"Tu veux dire qu'il va falloir mettre la pression à Eyvind ?

— Oui, il nous faut les documents de L'Office européen des brevets.

— Il doit s'agir des bons actes, rédigés comme il faut, dit Ylva en berçant Nora dans ses bras. J'ai spécifié tout ce dont nous avions besoin."

Alice sourit à nouveau.

"Quand il verra les photos et les films, il fera tout ce qu'on voudra, c'est sûr. Sinon on envoie tout à sa femme.

— Bien", conclut Faye.

Elle regarda Nora, qui s'était endormie contre l'épaule d'Ylva. Quand elle dormait, elle ressemblait exactement à Julienne. Un instant, elle aurait voulu pleurer. Pour Julienne. Pour Nora. Pour Ylva. Pour elle-même. Pour elles toutes.

FJÄLLBACKA – JADIS

J'ai tout juste eu le temps de récupérer le sachet dans le coin de la chambre, de me jeter à plat ventre sur le lit pour sortir une nouvelle bouteille, de l'ouvrir et de verser la poudre dedans avant le retour de Sebastian.

Je lui ai tendu la bouteille. Il l'a prise sans un mot, s'est assis sur le lit et y a porté ses lèvres. A bu une grande gorgée.

Il était toujours sur ses gardes, comme s'il n'arrivait pas à croire que je me sois rendue d'un coup, que je le laisse coucher avec moi sans résistance.

"Tu pourrais mettre de la musique, dis ?

— Quoi ?"

Il s'agissait maintenant de lui faire boire le reste de sa bière en le gardant à distance le plus longtemps possible. La seule pensée de ce que je pouvais être forcée de faire avec lui me donnait envie de vomir.

"Metallica ?"

Il a hoché la tête. Il s'est levé pour sortir le disque du lecteur et a fouillé du doigt le long de sa rangée de CD jusqu'à en trouver un de Metallica. Il l'a inséré. A appuyé sur *Play*. Monté un peu le volume.

Puis il s'est campé devant moi.

"Il faut que j'aie un peu plus bu, ai-je dit. Je sais que ce qu'on va faire est mal, mais je n'y peux rien si j'aime ça.

— On fait la course. Le premier qui a fini sa bouteille."

J'ai souri.

"Bonne idée."

J'ai jeté la tête en arrière et nous avons avalé nos bières en même temps. J'ai retenu mon souffle pour ne pas sentir le goût. J'ai soupiré une fois la bouteille vide. Sebastian s'est essuyé la bouche. Il m'a regardé avec appétit, et un désagréable frisson m'a traversée. Combien de temps ces cachets mettaient-ils à agir ?

"Tu as des revues pornos ?" ai-je demandé.

Je savais qu'il avait une cachette. Parfois derrière le radiateur, d'autres fois sous le matelas. Il s'est tourné et a fourré la main sous le matelas.

Il m'a tendu une revue. La couverture présentait une femme aux seins énormes qui écartait les jambes devant l'objectif. Son sexe était rasé.

J'ai ouvert et feuilleté la revue.

"Qu'est-ce que tu aimes ? Est-ce qu'il y a quelque chose que tu aimerais que je fasse", ai-je dit, le regard fixé sur la revue.

Tout faire pour différer, laisser aux cachets le temps d'agir.

Il a haussé les épaules.

"Tu dois quand même avoir des préférences ?

— Non, je ne sais pas.

— J'aimerais avoir de plus gros seins. Hein, que les garçons aiment les gros seins ?"

Sebastian n'a pas répondu.

J'ai continué à feuilleter.

"Si tu avais dit que ça te plaisait d'être avec moi, je ne les aurais jamais laissés te toucher", a-t-il marmonné.

J'ai levé les yeux du magazine. Il n'a pas croisé mon regard.

Mensonge, ai-je pensé, tu n'aurais jamais levé le petit doigt pour moi. Tu es trop lâche pour ça.

Au lieu de quoi, j'ai abondé dans son sens :

"Je le sais.

— D'une certaine façon, c'est ma faute s'ils sont morts."

Tu as raison, me suis-je dit. Et bientôt, toi aussi tu seras mort. Et jamais je ne verserai une larme sur toi. Car je sais quel personnage répugnant et lâche tu es. Tu ne détruiras jamais la vie de personne d'autre.

"Ne pense pas à ça."

Sebastian a bâillé en clignant des yeux. Il s'est calé en arrière, le dos contre le mur. Ses paupières commençaient à se fermer.

"Couche-toi, ai-je murmuré. Je vais bien m'occuper de toi."

J'ai refermé la revue porno et je l'ai reposée. J'ai rampé plus près de lui pour lui glisser un oreiller sous la tête. Sebastian semblait déjà dormir, alors je me suis blottie près de lui et j'ai observé son visage paisible.

Je suis restée là quelques minutes sans bouger, pour que les cachets aient le temps de vraiment agir. Une fois sûre qu'il dormait profondément, je suis allée à son ordinateur. J'ai ouvert le traitement de texte et rédigé une lettre d'adieu dans laquelle Sebastian expliquait combien ses deux camarades lui manquaient et la culpabilité qu'il éprouvait de n'avoir rien pu faire pour les sauver. Comme j'écrivais mieux que lui, j'ai choisi un langage simple, et truffé le texte de fautes d'ortho-graphe bien senties. Ça m'a pris du temps, car j'utilisais deux de ses briquets pour taper, au cas où quelqu'un vérifierait les empreintes digitales.

J'ai laissé le document en évidence, pour que ceux qui entre-raient dans la chambre le trouvent rapidement.

Restait le gros du travail.

Mécaniquement, je suis allée chercher une ceinture dans le placard. J'ai pensé à disposer une chaise comme il fallait. Je me suis placée derrière Sebastian, les jambes de part et d'autre de son corps, j'ai attaché la ceinture autour de son cou et j'ai tiré. C'était dur. Plus dur que je n'aurais cru.

Je me suis levée sur le lit, j'ai tiré plus fort en poussant sur mes jambes. Son visage est devenu bleu. Il suffoquait. Mais ses yeux sont restés fermés.

J'ai tiré de toutes mes forces encore cinq minutes au moins avant d'enfin lâcher prise. J'ai tendu ma main vers son cou. Pas de pouls. Pas de vie.

Son corps était lourd, il pesait plus que je ne pensais. Je l'ai lentement traîné jusqu'au placard en m'arcboutant sur mes jambes et je l'ai assis sur la chaise sous la tringle de la pende-rie. J'ai eu du mal à fixer la ceinture à la tringle. J'ai ensuite renversé la chaise d'un coup de pied. Sebastian est resté pendu à la tringle, inerte.

J'ai regardé autour de moi dans la chambre. Qu'avais-je oublié ? J'ai passé le sachet dans lequel j'avais mis le somnifère contre le bout des doigts de Sebastian pour y imprimer ses empreintes. Personne ne me soupçonnerait. Son suicide serait la conséquence logique de l'été difficile qu'il avait traversé, où deux de ses meilleurs amis étaient morts.

J'ai vérifié une dernière fois la pièce avant de ramasser ma bouteille de bière et de regagner ma chambre sur la pointe des pieds. J'ai envisagé de sortir la jeter, mais je me suis contentée de la cacher sous mon lit.

Je suis restée éveillée jusqu'à six heures du matin, j'ai lu, réfléchi, essayé de sentir si j'éprouvais des remords. Mais je n'en avais pas. Pas du tout.

Vers six heures, j'ai entendu les pas de papa sur le palier. En allant aux toilettes, il a dû réagir à la porte de Sebastian restée ouverte, car il s'est arrêté devant. Une seconde plus tard, j'ai entendu son hurlement.

La première partie de mon plan était exécutée, ça s'était relativement bien passé. Ne restait plus que maman.

"C'est le matin, chez toi ?"

Faye hocha la tête. Kerstin semblait reposée. Heureuse. Ça la réjouissait. Au milieu du chaos ambiant, le bonheur de son amie lui redonnait espoir.

Le visage de Kerstin s'approcha de l'écran. Les fines lignes autour des yeux apparurent plus nettement. La sollicitude de son regard faisait chaud au cœur.

"Ça va ? demanda-t-elle.

— Tu sais, en fait, oui. Ça m'a servi de leçon. Jamais plus je n'abandonnerai le pouvoir. Je ne serai plus jamais vulnérable.

— Tu ne peux pas promettre une chose pareille. Je ne veux pas que tu promettes ça. Il faut toutes oser être un peu vulnérables."

Faye soupira. Pensa à Julienne. À l'avenir qu'elle voulait pour sa fille.

"Oui, tu as sûrement raison. Mais ça prendra du temps. Je ne sais pas si je supporterais d'avoir à nouveau le cœur brisé."

Kerstin éclata soudain de rire. Son rire chaleureux toujours si inattendu.

"Arrête les violons, Faye. Tu es plus forte que ça et tu le sais bien. Ça ne te ressemble pas de t'apitoyer sur ton sort. Nous sommes beaucoup à t'aimer. Et même si tu as perdu la bataille, tu vas gagner la guerre. Ne l'oublie jamais.

— Je n'ai pas encore gagné."

Kerstin posa une main sur l'écran. Faye sentit presque la caresse sur sa joue.

"Non, mais tu vas gagner. Appelle-moi dès que ce sera fini.

— Promis. Bisou. Tu me manques.

— Toi aussi."

Faye ferma sa session FaceTime. Elle s'aperçut qu'elle souriait malgré son appréhension. Kerstin lui manquait, mais c'était merveilleux de la voir si heureuse avec son Bengt à Mumbai.

Elle saisit son portable et appela Ylva.

"Salut, Faye, j'allais justement t'appeler."

La voix tendue d'Ylva fit battre son cœur si vite que son pouls tambourina à ses oreilles.

"L'investissement est prêt ?

— Oui, sa femme est sur la même longueur d'onde. L'investissement est assuré.

— Ouf !"

Faye ferma les yeux. Son pouls se calma, et sa poitrine frémit d'espoir pour la première fois depuis longtemps. La dernière pièce du puzzle était en place.

Elle se regarda dans le miroir et se peignit les lèvres en rouge vif. Elle s'était à nouveau installée au Grand Hôtel : elle s'y sentait plus en sécurité, après tout ce qui s'était passé. Elle hésitait entre le taxi et la marche, puis décida d'enfiler une paire de ses talons hauts les plus confortables et d'aller à pied. Elle avait besoin de marcher pour rassembler ses idées. Elle prit enfin son manteau blanc Max Mara sur un bras et sa serviette Louis Vuitton sous l'autre et quitta la suite.

L'eau scintillait le long des quais. C'était une journée parfaite. Le soleil brillait, et pas un souffle de vent ne ridait la surface du Mälar à l'entrée de Stockholm. Elle souriait aux gens qu'elle croisait.

Elle s'arrêta net. Quelque chose aperçu du coin de l'œil avait retenu son attention. Elle se retourna vers la grande vitrine d'une galerie d'art. Un buste de femme avec des ailes d'argent. Saisie par cette sculpture, Faye porta la main à sa poitrine, à la place du pendentif que sa mère lui avait jadis offert. Avant qu'il disparaisse lors des sombres journées d'Yxön.

Elle s'approcha. L'artiste s'appelait Caroline Tamm. Faye regarda l'heure, puis entra dans la galerie.

"Je voudrais acheter la sculpture en vitrine. L'argentée.

— Vous ne voulez pas connaître le prix ? s'étonna la galeriste.

— Non, dit Faye en lui tendant son Amex Black. Je suis un peu pressée. Je paie maintenant, et vous ferez envoyer la sculpture à cette adresse."

Faye lui donna sa carte de visite.

Pendant qu'on enregistrait sa carte, Faye alla de l'autre côté regarder la sculpture. Les ailes étaient comme des cornes qui surgissaient du dos de la femme. Un signe de force comme elle n'en avait encore jamais vu. Cela symboliserait le renouveau. Quand elle pensait perdre Revenge au profit d'Henrik, elle avait eu l'impression de porter des ailes de cire qui fondaient pour la punir de s'être trop approchée du soleil. Aujourd'hui, elle se sentait capable de voler aussi haut qu'elle voulait. Avec des ailes d'argent.

Quand la porte de la galerie se referma derrière elle, Faye sut qu'elle était prête.

Faye pencha la tête en arrière pour observer la belle façade XIXᵉ siècle. Quand elle avait débarqué de Fjällbacka, elle s'extasiait devant tous ces vieux bâtiments. Aujourd'hui, presque vingt ans après, elle était assez riche pour acheter tout le pâté de maisons. C'était une drôle d'impression.

Elle tourna le regard vers la gauche, vers Stureplan et Biblioteksgatan, où se trouvait jadis la boîte de nuit Buddha Bar. Elle se rappela cette claire soirée de l'été 2001, quand elle avait rencontré Viktor. C'était un mignon et gentil garçon. Trop gentil, pensait-elle alors. À quoi aurait ressemblé sa vie si elle ne lui avait pas préféré Jack ?

Elle leva à nouveau les yeux vers la fenêtre. Là-haut, au cinquième étage, David attendait. Et Henrik. Chacun dans une pièce.

Alice et Ylva lui avaient envoyé un SMS : tout était prêt, aucun des deux hommes n'avait vu l'autre arriver. La scène était amorcée. Faye se demanda ce qu'elle éprouvait : trac, colère, tristesse ?

Mais non, que du bonheur. Un bonheur sauvage et pur. Tout aurait pu être tellement pire sans Ylva et Alice. Elles l'avaient sauvée. Elles s'étaient mutuellement sauvées.

Elle entra le code de la porte et attendit l'ascenseur. L'instant d'après, elle passait entre les bureaux déserts du siège de Revenge, humant la bonne odeur de café. La salle de réunion était éclairée. Elle vit la nuque et les larges épaules de David en conversation avec Ylva et Alice. La bouche souriante d'Alice bougeait, mais l'épaisse porte en verre empêchait d'entendre de quoi il s'agissait.

Faye ouvrit la porte, David se retourna et la regarda. Il se leva en écartant les bras.

"Enfin, chérie, comme tu m'as manqué, s'exclama-t-il. Sans toi, Francfort, c'était affreux."

Faye passa devant lui sans le regarder, tira le fauteuil en bout de table et s'y assit.

Elle croisa les jambes.

"Qu'est-ce que… Faye ? Qu'est-ce qui se passe ?" demanda-t-il, étonné.

Le sourire d'Alice avait disparu. Elle le fixait avec colère. David sembla remarquer le changement d'ambiance dans la pièce.

"Je t'ai fait venir aujourd'hui pour te présenter à notre nouvelle investisseuse", commença Faye en tendant une main vers Ylva qui lui passa un dossier.

Faye l'ouvrit, consulta les papiers et hocha la tête.

"Oui, tu te poses peut-être des questions, étant donné que je n'ai plus le contrôle de Revenge. Entre autres à cause des informations volées que tu as livrées à Henrik. Il est dans la pièce voisine, et crois-moi : Revenge sera bientôt à nouveau à moi. Et à ta place, j'éviterais désormais de m'associer avec Henrik Bergendahl. Tu vas bientôt comprendre. Mais en attendant, regarde ça. Tout y est dit."

Elle fit passer le document du dessus à David, qui le saisit.

"Je peux… je peux expliquer", bégaya-t-il.

Faye ricana.

"Tu ne vas rien expliquer du tout. Tu vas écouter."

Pour la première fois, elle le cloua du regard. Elle fit glisser vers lui trois feuilles agrafées. Le document s'intitulait "Demande conjointe de divorce", au nom de David Schiller et Johanna Schiller.

"Tu vas signer ça.

— Mais qu'est-ce que c'est que ça ? J'essaie de faire avancer ce divorce depuis plusieurs mois, tu le sais bien."

Faye éclata de rire. Alice et Ylva l'imitèrent. David les regarda l'une après l'autre, bouche bée.

"C'est fini, mon petit. Tu as consacré ta vie à tromper les femmes. C'est terminé, tout ça. Essayer de te tailler une part du gâteau Revenge avec l'argent de ta femme, tout en prétendant que vous étiez en instance de divorce, c'était... créatif. Puis te couvrir en procurant à Henrik des informations confidentielles sur l'implantation aux États-Unis." Elle indiqua de la tête le premier document qu'elle avait passé à David. "Je suis forcée de t'accorder que tu t'es donné du mal. Mais je le répète : c'est terminé, tout ça. Tu comprends ? Considère-toi heureux si tu échappes à la prison."

David déglutit. Son visage virait au cramoisi.

"Je...

— Ferme ta gueule !" éructa Faye.

On frappa à la porte, et elle fit entrer une femme brune en élégant tailleur Chanel.

"Bonjour, cher ex-mari", lança Johanna Schiller en s'asseyant à côté de Faye.

David resta abasourdi.

Il cligna des yeux en regardant alternativement les deux femmes.

"Elle essaie de te tromper, Johanna. Ne crois pas ses mensonges. Elle veut juste ton argent. J'ai eu une aventure, un moment de faiblesse, mais ça n'a jamais été plus que ça pour moi, jamais. Tout ce qui compte, c'est toi et moi, Johanna. Je t'aime."

Johanna commença à pouffer.

"Je ne t'aurais jamais trompée, reprit-il en montrant Faye. C'est elle qui m'a séduit."

David frappa soudain du poing sur la table, l'expression de son visage changea, il avait l'air d'un petit garçon en colère.

"Arrête ton char, dit Johanna en secouant la tête. Signe ces papiers et disparais, on va avoir une réunion du conseil d'administration."

David se pencha vers elle.

"C'est toi, la nouvelle investisseuse ?

— Eh bien, oui, puisque tu es fauché", murmura Ylva.

Johanna hocha gaiement la tête.

"Sans toi et ton cinéma, je vais avoir du temps à revendre. Et de l'argent. J'en ai assez de renflouer tous tes investissements douteux. Quand Ylva est venue m'expliquer la situation, je lui ai dit que je serais ravie d'investir dans Revenge."

David se tourna vers Faye. Elle le regarda, amusée, en croisant les bras. Il ouvrit la bouche pour parler, mais se ravisa.

"Signe et va-t'en, mon petit. Nous avons à parler, puis nous sortirons fêter ça."

David prit le stylo et, sans quitter Faye des yeux, il fit un pâté. Puis il se leva si brusquement que son siège bascula à la renverse. Il recula jusqu'à la porte, le regard furieux.

"David Schiller ?" dit une voix derrière lui.

David fit volte-face. Deux policiers attendaient sur le seuil.

Faye les avait vus arriver sans rien dire.

"Oui ? répondit-il d'une voix tendue.

— Suivez-nous, s'il vous plaît.

— Mais pourquoi ?"

Sa posture était défensive.

"Nous verrons ça dehors."

David se tourna vers Faye.

"Qu'est-ce que tu as fait ?

— J'ai porté plainte contre toi pour tes exactions contre Revenge et contre moi. Ces faits d'espionnage industriel te vaudront probablement quelques années de prison."

Les deux policiers prirent David par le bras et l'emmenèrent. Elles entendirent ses bruyantes protestations retentir à travers le bâtiment. Ylva rassembla les documents et les rangea dans le dossier.

Faye se leva et alla serrer la main de Johanna.

"Bienvenue à bord.

— Merci."

Faye inspira à fond. Le champagne attendrait encore un peu au frais. Il fallait qu'elle s'occupe d'un autre salaud avant de pouvoir crier victoire.

Henrik ricana de toutes ses dents en voyant Faye entrer dans ce qui était encore tout récemment son bureau. Ylva la suivit aussitôt, puis Alice, qui referma derrière elle.

"Qu'est-ce que trois ex-employées peuvent avoir sur le cœur ? Vous avez de la chance que je vous accorde ce moment, j'ai énormément à faire, nous sommes en pleine implantation aux États-Unis, et ma patience face aux récriminations d'anciennes salariées est très limitée. Nous appliquons à la lettre les clauses de licenciement prévues dans vos contrats. Mais je dois dire que je suis ravi de te voir si désireuse de travailler, Alice. C'est nouveau, chez toi.

— Ta gueule, Henrik", lâcha gaiement Alice.

Il fronça les sourcils.

"Je n'ai pas toute la journée. Dites-moi ce que vous voulez et allez-vous-en. Vous n'avez rien à faire ici."

Il se cala au fond de son fauteuil, les mains jointes derrière la nuque.

Ylva posa une liasse de documents sur son bureau. Certains passages étaient marqués au surligneur vert.

"Qu'est-ce que c'est que ça ?"

Henrik saisit les papiers avec irritation et commença à les survoler.

"Tu possèdes Revenge, absolument, mais tu n'as aucun droit sur nos produits. Voici les documents de l'Office européen des brevets qui le confirme. Ce sera intéressant de voir comment les partenaires américains de Revenge réagiront. Pour ne pas parler de tes partenaires financiers. Tu possèdes une société, mais pas ses produits. En clair, ce que tu as ne vaut rien du tout."

Faye désigna Alice et Ylva de la tête.

"Avec elles deux, j'ai commencé à convaincre les actionnaires de revenir vers moi. Et tout ce que tes détectives privés ont déterré pour forcer mes actionnaires, y compris Irene Ahrnell, à te vendre leurs parts… eh bien, si tu t'avisais ne serait-ce que d'envisager d'utiliser ces informations, nous savons tous les deux qu'Alice n'aura même pas besoin de mandater qui que ce soit pour déterrer des choses sur toi…"

Alice croisa les bras en hochant la tête avec un sourire en coin.

"Salopes ! Vous inventez ! Mes avocats n'auraient pas pu rater une chose aussi importante."

Henrik se leva et dévisagea Alice, le visage empourpré.

"Mmh, mais il semble pourtant que ce soit le cas, dit-elle. Peut-être qu'il serait temps de changer de cabinet. Je t'appellerais bien tête de nœud, mais vu que tu en as une toute petite, ça t'irait mal. Enfin, on fait ce qu'on peut avec ce qu'on a…

— Espèce de sale…"

Henrik fit mine de marcher sur Alice, mais Faye s'avança en le fusillant du regard. Elle se pencha au-dessus du bureau, poussa les documents vers lui et lâcha d'une voix glaciale :

"Sans les droits des produits, cette société est une coquille vide. En d'autres termes, une énorme perte financière pour toi. Et tes investisseurs. La meilleure décision que tu puisses prendre aujourd'hui, c'est de me revendre toutes tes actions. À la même valeur où toi et tes prête-noms les avez achetées. J'espère que tu comprends et apprécies ma générosité.

— Et pourquoi je ferais ça ? J'ai de puissants investisseurs qui me soutiennent, j'ai les moyens de te poursuivre en justice, je me fous de ce que tu as pu trouver en tout petit dans je ne sais quel putain de contrat – je vais te saigner jusqu'au dernier centime…"

Henrik sifflait et crachait des postillons, mais Faye se contenta de lui prendre sa pochette et de s'essuyer le visage avec.

"Vu que, dans le rachat de Revenge, ton plus gros investisseur, de loin, est Sten Stolpe, à ta place, je ne serais pas aussi sûr de moi.

— Sten est un de mes plus vieux amis, de mes plus fidèles clients et partenaires d'affaires. Je crois pouvoir dire avec certitude qu'il me soutiendra sans réserve."

La voix d'Henrik dégoulinait de mépris. Alice, qui avait soigneusement inspecté ses ongles pendant la conversation, intervint, sans l'air d'y toucher :

"Tu devrais consulter ton téléphone. Quelque chose me dit que Sten cherche à te joindre…

— Putain, qu'est-ce que…"

Henrik prit sa serviette et en tira son portable. Faye tendit le cou pour voir l'écran. Elle se tourna vers Ylva et Alice.

"Oups, Henrik a quarante-trois appels manqués et pas mal de messages de Sten. Je me demande ce qu'il peut bien vouloir. Il a l'air pressé de lui parler…"

Henrik fit s'afficher les messages de Sten, et son visage perdit ses couleurs.

"Bordel, Alice, qu'est-ce que tu as fait ?"

Alice le regarda avec d'innocents yeux bleus.

"Moi ? Je n'ai rien fait. C'est une pure coïncidence, mais mon téléphone a été volé hier. J'ai porté plainte à la police, comme il se doit. Imagine ce que quelqu'un pourrait avoir déniché dans mes vidéos pour l'envoyer à Sten. Il pourrait s'agir d'un film où tu baises sa fille mineure, par ailleurs notre baby-sitter, mais qu'est-ce que j'en sais ? Encore une fois, mon téléphone m'a été volé hier. Je t'ai dit que je l'avais déclaré à la police ?"

Henrik hurla et se jeta sur Alice. Mais Ylva lui fit un croche-pied et il s'étala de tout son long.

Il resta à trépigner par terre.

Les trois femmes sortirent, mais Faye se retourna sur le seuil.

"Je veux ta signature sur l'acte de revente avant ce soir. Le papier est tout en bas de la pile, sous les contrats."

Une fois la porte refermée, on entendait encore ses jurons.

FJÄLLBACKA – JADIS

Maman avait été facile à convaincre. Elle vivait dans une sorte de brouillard depuis la mort de Sebastian, et papa déversait sur elle tout son chagrin et sa frustration. Sa fureur avait empiré mois après mois. Chaque fois que je poussais la porte d'entrée en revenant de l'école, je retenais mon souffle. Je commençais toujours par appeler maman, chaque jour terrorisée à l'idée de ne pas recevoir de réponse. J'entendais les cris, je voyais les bleus et maman qui s'étiolait de plus en plus. Elle ne mangeait presque plus. J'ai essayé de l'alimenter, j'ai pris en charge la cuisine, appris à préparer ses plats préférés. Parfois, elle en prenait quelques bouchées, mais le plus souvent elle fixait juste son assiette d'un œil vide.

Je savais qu'elle était en train de mourir sous mes yeux. J'avais toujours pensé que maman périrait sous les coups de papa, quand il finirait par aller trop loin dans son désir de lui faire mal. Mais à mesure que les mois passaient, j'ai compris qu'elle allait mourir faute d'espoir. Elle ne voyait aucun terme. Aucune issue. J'avais voulu la libérer par la mort de Sebastian, lui épargner d'être écrasée sous le poids de notre secret. Au lieu de quoi, je l'avais peut-être tuée, lentement mais sûrement.

Chaque jour, je me remémorais le soir où je l'avais trouvée après qu'elle avait pris des somnifères. Je me revoyais lui fourrer les doigts dans la gorge pour la forcer à vomir. Cette fois-là, je l'avais sauvée. Mais à présent, je la tuais. Il fallait que je fasse quelque chose. Que je lui donne un espoir. Une issue.

Une fois décidée, j'ai commencé à m'organiser.

Ça me faisait si mal de devoir attendre, patienter, alors que je voyais maman couverte de sang et de bleus, de pire en pire. Si je ne l'aidais pas à partir pour de bon, elle serait morte sous peu. Et je n'y aurais pas survécu.

Il fallait aussi que papa soit puni. Pour ce qu'il nous avait fait, pour ce qu'il avait enseigné à Sebastian, pour la terreur dans laquelle il nous avait forcés à vivre.

Une seule personne pouvait m'aider. Le frère de maman. Papa n'aimait pas oncle Egil, et l'introduire chez nous était risqué. Un risque qu'il refusait de prendre. Pour moi, oncle Egil n'était qu'un lointain souvenir. Mais maman parlait souvent de lui. Et j'avais compris qu'il ferait n'importe quoi pour elle.

Maman gardait son numéro dans un carnet d'adresses élimé caché dans un tiroir de sa commode, sous ses bas. Je ne l'ai associée à aucune phase des préparatifs. Son regard vitreux me donnait envie de la serrer fort dans mes bras, mais ses yeux me disaient aussi qu'il fallait que je sois l'adulte qui prenne soin d'elle. Pour la première fois de ma vie, j'étais le parent, et elle l'enfant.

Elle était petite comme un oiseau, fragile, chaque jour un peu plus frêle. J'ai appelé oncle Egil en cachette depuis l'école, un jour que le téléphone était sans surveillance au secrétariat. Il était important de ne laisser aucune trace. Je lui ai dit ce dont j'avais besoin, et il a immédiatement promis de m'aider. Sans réserve. Sans questions. Sa voix ressemblait tant à celle de maman qu'elle me mettait en confiance.

Un soir, à la fin de l'été, j'ai décidé que tout était prêt. J'ai appelé Egil depuis l'école pour lui donner mes instructions. Je savais qu'il les suivrait à la lettre.

Une fois papa endormi, un peu aidé par des somnifères dans son whisky du soir, je me suis attelée à ce qu'il fallait faire. Maman était inerte comme une poupée de chiffon. Elle était si brisée, si affaiblie qu'elle n'a rien dit, rien demandé, juste suivi mes instructions, me laissant la guider. Je ne lui ai pas préparé ses bagages. Rien ne devait manquer. On ne devait pas avoir l'impression qu'elle avait emporté quoi que ce soit. Qu'elle était partie de son plein gré.

La soirée était assez fraîche. Pas de brise tiède pour nous réchauffer tandis que nous descendions lentement vers la mer.

J'avais aux pieds les bottes de papa. Dans une main, je tenais son marteau. De ma main libre, je guidais ma mère vers le rivage. Les gants de papa étaient trop grands, je devais sans arrêt les remonter sur mes mains sensiblement plus petites. Maman a trébuché et j'ai dû la rattraper, humant le parfum de ses cheveux quand elle s'est appuyée sur moi pour ne pas tomber. Elle allait me manquer. Mon Dieu, qu'elle allait me manquer ! Mais aimer quelqu'un, c'est le laisser libre. Et à présent, je libérais maman.

Au bord du rivage, oncle Egil attendait dans un bateau, tous feux éteints. Il savait exactement ce qu'il devait faire. Je ne lui avais épargné aucun détail du plan. Il n'avait pas protesté, même si les silences à l'autre bout du fil avaient beaucoup parlé à sa place. Mais il savait que j'avais raison.

En revanche, je n'avais rien dit à maman. J'avais considéré plus charitable d'attendre jusqu'à ce dernier moment pour obtenir son accord. Mais je savais qu'elle ferait comme je lui dirais. Elle était habituée à la douleur.

"Maman, il faut que je te frappe. Que je te frappe fort. Avec le marteau. C'est le marteau de papa. Il faut qu'il paie pour ce qu'il a fait. Il faut qu'il sorte de notre vie. Tu comprends, maman ?"

Maman n'a même pas hésité. Elle a hoché la tête. J'avais salué oncle Egil en arrivant au bateau, mais à présent je n'osais plus le regarder. J'ai serré maman dans mes bras. Senti ses épaules menues et fragiles contre ma poitrine.

J'avais si peur de la frapper trop fort. Peur de la voir se fendre comme un vase de cristal. Mais à présent, je ne pouvais plus revenir en arrière. J'ai pris le marteau. Je l'ai levé. J'ai fermé les yeux. Et j'ai frappé. Je visais les parties molles, pour ne rien casser. Mais pas une goutte de sang sur le marteau de papa. Il me fallait du sang. J'avais besoin de sang. Il fallait frapper une partie plus dure. Quelque chose devait se briser pour que la peau éclate, que le sang coule sur le marteau.

J'ai visé son tibia. Levé le marteau haut au-dessus de ma tête et frappé. Les lèvres de maman n'ont laissé échapper qu'un gémissement étouffé. Du coin de l'œil, j'ai vu qu'Egil s'était détourné. J'ai regardé le marteau. Du sang. Le sang de maman.

J'ai posé le marteau à un mètre du rivage. Assez loin pour que l'eau ne l'atteigne pas avant l'arrivée de la police. Tendrement, j'ai guidé maman jusqu'au bateau d'Egil. Elle avait du mal à s'appuyer sur la jambe que j'avais blessée. Mais son corps contre le mien était chaud et doux. Je l'ai confiée à contrecœur à oncle Egil, humant une dernière fois son parfum à pleines narines. Je savais qu'il faudrait attendre des années avant de la revoir.

Après les avoir regardés disparaître sur l'eau par une nuit d'encre sans lune, je suis lentement remontée vers la maison, ayant lancé un dernier coup d'œil au marteau couvert de sang.

Une fois rentrée, j'ai bien rangé les bottes de papa dans le vestibule. Quelques gouttes de sang les avaient éclaboussées. J'ai ôté les gants, eux aussi tachés de sang, et je les ai soigneusement posés sur l'étagère.

La maison était silencieuse. Il ne restait plus que papa et moi. À partir de demain, je serais seule. J'avais hâte.

Je me suis couchée. J'ai pensé à maman. Je me suis souvenue du bruit du marteau écrasant l'os.

Je l'aimais. Et elle m'aimait. Nous nous aimions. Ma dernière pensée avant de céder au sommeil.

Tout au bout de la table ronde du Café Riche, une bouteille de Bollinger dépassait d'un seau à glace argenté. Alice, Ylva et Faye levèrent leurs verres et trinquèrent. C'était leur deuxième bouteille de la soirée. Elles avaient dit au serveur qu'elles commanderaient à manger plus tard, mais elles avaient depuis longtemps oublié. Faye se sentait ivre, mais décida que ça valait la peine de prendre l'avion le lendemain pour l'Italie avec la gueule de bois – puisque c'était la dernière fois qu'elle voyait Alice et Ylva avant trois mois.

Elles avaient convenu d'une répartition des tâches. Elles se reverraient début octobre, au nouveau bureau new-yorkais, pour le lancement de Revenge aux États-Unis. Johanna les rejoindrait elle aussi. Elle était fraîchement divorcée, heureuse, et couchait régulièrement avec son coach sportif. Vu la vitesse à laquelle elle avait atterri dans son lit, Faye soupçonnait fortement que cette liaison n'était pas si récente. Mais cela ne la concernait pas.

David était en prison en attendant son procès pour espionnage industriel. Aux dernières nouvelles, la société d'Henrik s'acheminait vers la faillite. Le bruit courait dans les sphères financières que rien n'allait plus entre Henrik et Sten Stolpe et que ce dernier faisait à présent tout pour l'écraser.

Le serveur, un élégant jeune homme de vingt-cinq ans avec de larges mâchoires, des yeux gris glacé et un corps de dieu grec, se racla la gorge.

"Désirez-vous autre chose ? Ou c'est bien comme ça ?"

Il sourit à Faye, qui sentit un frisson lui parcourir le corps. Elle était heureuse et libre. Prête à aller de l'avant. Une aventure courte et intense, comme un adieu à la Suède, ça ne pourrait pas faire de mal.

"Ç'aurait pu être mieux", dit-elle calmement.

Il tiqua, étonné. Ylva et Alice la regardèrent, interloquées.

"Oui", reprit Faye en lui faisant signe d'approcher.

Il se pencha.

"Ce serait parfait si tu me disais à quelle heure tu finis, pour que je puisse envoyer une voiture te ramener à mon hôtel", chuchota-t-elle.

Son étonnement se mua en une expression amusée.

Il se redressa et dit en feignant le plus grand sérieux :

"À une heure du matin, madame."

Alice et Ylva, qui comprenaient à présent ce que Faye voulait, éclatèrent de rire. Le serveur rajusta sa chemise et s'éclipsa.

Elles levèrent leurs coupes pour trinquer à nouveau.

Un mouvement saisi du coin de l'œil fit tourner la tête de Faye vers la fenêtre donnant sur Birger Jarlsgatan. Par le carreau, elle vit un visage connu. Un visage qui l'emplit de terreur. D'une main tremblante, elle posa sa coupe.

Aucun doute. C'était son père. Il s'approcha de la fenêtre, croisa le regard de Faye et plaqua contre la vitre la photo de sa mère avec Julienne.

Puis il disparut.

REMERCIEMENTS

Quand on a écrit un roman, il y a beaucoup de personnes à remercier. Je voudrais commencer par expliquer qui est Karin, à qui ce livre est dédié. Karin Linge Nordh a été mon éditrice depuis mon deuxième roman. Je ne serais pas l'écrivaine que je suis devenue sans Karin, sans sa compétence, son intelligence et sa passion pour la littérature. Après mon dernier livre, Karin a changé de poste, mais je garderai pour toujours ce qu'elle m'a enseigné. Et j'ai aussi le privilège qu'elle reste une amie proche. Sincèrement, de tout cœur, Karin, un grand merci !

Pour ce livre, j'ai eu le privilège de travailler avec John Häggblom et Ebba Östberg. Je ne saurais trop les porter aux nues, et ce texte n'aurait jamais été le même sans leur bénédiction. Ce sont des étoiles au firmament éditorial, et je suis infiniment reconnaissante de travailler avec eux. Je voudrais aussi remercier ma correctrice, Kerstin Ödeen, ainsi que toutes les personnes impliquées chez mon éditeur Forum/Ester Bonnier. Vous êtes tant à faire un travail fantastique : pas de noms pour n'oublier personne, mais vous saurez vous reconnaître…

Une personne très importante pour ce livre, ainsi que pour le précédent sur Faye, est mon collègue l'écrivain Pascal Engman. Il a apporté son talent et son engagement à nos échanges d'idées, et je suis incroyablement heureuse qu'il ait accepté de prendre ce temps. Merci Pascal !

J'ai aussi une équipe incroyablement compétente qui a travaillé sans relâche au lancement de *Des ailes d'argent* : Christina Saliba, Joakim Hansson et Anna Frankl, avec les autres collaborateurs de la Nordin Agency, ainsi que Lina Hellqvist et Julia Aspnäs.

La documentation est toujours très importante dans un livre. Emmanuel Ergul a été une énorme source d'information pour les aspects économiques de ce roman, ainsi que Martin Junghem et Sara Börsvik.

Beaucoup de monde à remercier également dans ma sphère privée. Sans ma famille, pas une ligne n'aurait été écrite : mon mari Simon, que j'aime plus que tout, et mes merveilleux, fantastiques enfants, Wille, Meja, Charlie et Polly. Ma mère, Gunnel Läckberg, et mes beaux-parents, Anette et Christer Sköld. Merci d'être là et de m'épauler.

Et comme toujours : merci, papa, pour m'avoir donné l'amour des livres.

CAMILLA LÄCKBERG,
Stockholm, mars 2020.

DÉCOUVREZ D'AUTRES REINES DU POLAR

ZONE B

roman traduit du suédois
par Johanna Chatellard-Schapira

Daniel reçoit une lettre inattendue. Son frère jumeau Max, dont il n'a pas eu de nouvelles depuis des années, lui demande de venir le voir à Himmelstal, dans une maison de repos perdue au cœur des Alpes suisses. La raison du séjour de son frère reste obscure, mais selon Max, il s'agit juste d'un havre de paix paradisiaque pour les gens fortunés.

Prétextant une affaire extrêmement urgente à régler, il propose à Daniel de se substituer à lui pour quelques jours. La perspective d'un petit séjour dans un établissement luxueux ne déplaît pas à Daniel et les deux frères échangent leur identité. Or lorsque Daniel comprend que Himmelstal n'est pas une clinique ordinaire, où les patients se remettent d'un simple *burnout*, mais un endroit complètement coupé du reste du monde, il est trop tard ; il est pris au piège.

Masques d'apparence troublants, sourires un peu trop insistants, contours imprécis d'une doctrine inintelligible, les sombres lois de la vallée vont bientôt se révéler à lui dans toute leur perversité. À Himmelstal, personne n'est celui qu'il prétend…

Avec une subtilité déconcertante, Marie Hermanson instaure un huis clos twinpeaksien et capture le lecteur dans les rets d'un thriller à double fond.

LE PAYS DU CRÉPUSCULE
roman traduit du suédois
par Johanna Chatellard-Schapira

À vingt-deux ans, Martina vient de perdre son emploi et son logement. Sans diplôme ni réelles perspectives, elle est sur le point de retourner vivre chez ses parents quand une rencontre inopinée avec une ancienne amie du lycée la tire de son marasme. Celle-ci travaille au service d'une riche retraitée qui n'a plus toute sa tête. Persuadée de vivre dans les années 1940, elle convie tous les soirs à des dîners imaginaires les membres d'une société secrète. À la suite d'un entretien sommaire, Martina devient sa secrétaire personnelle. Elle peut alors profiter des largesses et des absences pathologiques de la vieille dame, et vivre dans son manoir décrépit situé en pleine campagne. Les semaines passent et les trois femmes rejouent inlassablement les mêmes rituels du quotidien, enivrées par la moiteur de l'été et les grands crus sortis de la cave.

Bientôt, elles sont rejointes par une adolescente, puis deux hommes. Si le manoir offre d'abord un refuge à ces naufragés de la vie, ils embrassent vite l'idée de rester indéfiniment dans ce "pays du crépuscule". Ils échafaudent alors un plan pour s'assurer l'héritage de la propriété…

À mi-chemin entre le thriller psychologique et le conte fantastique, ce huis clos démonte nos rapports avec la réalité, parfois trop cruelle à accepter, et les subterfuges que l'on invente pour l'appréhender.

MÉCHANT LOUP

roman traduit de l'allemand
par Jacqueline Chambon

Le commissaire Oliver von Bodenstein et sa collègue Pia Kirchhoff sont confrontés à deux enquêtes à première vue fort différentes. La très jeune fille morte, apparemment torturée et violée, repêchée dans le Main, semble être tombée de la lune. Personne n'a signalé sa disparition et la police n'a aucune piste. Mais concernant Hanna Herzmann, la célèbre présentatrice d'une émission people, sauvagement agressée, les pistes foisonnent, tant cette carriériste sans scrupule est détestée aussi bien par ses collègues de la télévision et les victimes de ses émissions que par son ancien mari ou encore par sa fille adolescente.

Un homme fait vite figure de coupable idéal : un brillant avocat condamné pour le viol de sa fille. Non seulement il vit dans un camping près de l'endroit où a été trouvée la jeune noyée, mais il semble qu'il soit l'amant d'Hanna. Bientôt, pourtant, un meurtre affreux rebat les cartes et relance l'enquête…

Avec son intrigue surprenante, sa construction d'une précision horlogère et ses personnages inoubliables qui nous touchent parce qu'ils nous ressemblent, *Méchant loup* explore avec colère les noirceurs de la pédophilie.

LES VIVANTS ET LES MORTS
roman traduit de l'allemand
par Juliette Aubert

Au cœur de l'hiver, une vieille dame est tuée d'une balle dans la tête tandis qu'elle promène son chien dans un parc de la banlieue de Francfort. Trois jours plus tard, une autre femme est abattue avec la même arme à travers la fenêtre de sa cuisine, alors qu'elle est en pleins préparatifs de Noël. L'officier de police judiciaire Pia Kirchhoff comprend qu'elle peut dire adieu à son voyage de noces en Équateur : son collègue Oliver von Bodenstein va avoir besoin d'elle.

Les victimes n'avaient apparemment aucun ennemi. Pourquoi, alors, fallait-il qu'elles meurent ? Ont-elles été choisies au hasard ? Lorsque d'autres morts surviennent, la peur se répand dans la population face à celui que la presse a déjà surnommé "le sniper du Taunus". Pia et Oliver tentent désespérément de déterminer le mobile de celui qui s'est autoproclamé "le Juge". En priant secrètement qu'il y en ait un, parce que rien n'est plus imprévisible qu'un homme qui tue sans discernement. Lorsque, aiguillés par les énigmatiques messages du meurtrier, les deux enquêteurs élargissent le champ de leurs investigations aux proches des victimes, ils mettent au jour une terrible tragédie humaine aux ramifications complexes.

Dans ce nouveau roman, Nele Neuhaus plonge le lecteur dans les coulisses du don d'organes. Mettant en scène avec subtilité les défis auxquels doit faire face une médecine humaine, trop humaine, elle signe son roman le plus sombre et le plus terrifiant.

UN LONG RETOUR
roman traduit de l'anglais (Canada)
par Lori Saint-Martin et Paul Gagné

Fraîchement retraité, l'ex-inspecteur-chef Armand Gamache coule des jours heureux à Three Pines, où il pense avoir trouvé la paix à laquelle il aspirait en quittant la tête de la section des homicides de la Sûreté du Québec. Mais voilà que son amie Clara Morrow vient lui faire part de ses inquiétudes au sujet de son mari, Peter. Le couple d'artistes peintres, fragilisé par la notoriété grandissante de Clara, avait décidé de se séparer provisoirement, le temps de faire le point, en se promettant de se retrouver un an plus tard, jour pour jour. Mais les mois ont filé, la date convenue est passée et Peter n'a pas reparu. Des mouvements bancaires semblent indiquer qu'il a séjourné dans plusieurs villes d'Europe avant de revenir à Québec où l'on perd sa trace. Se pourrait-il qu'il lui soit arrivé quelque chose ? Pour en avoir le cœur net, Gamache part à sa recherche. Accompagné de Clara, de Myrna Landers et de Jean-Guy Beauvoir, son ancien adjoint, il s'aventure dans les paysages démesurés de Charlevoix, jusqu'au fin fond de la Belle Province, et plonge plus profondément encore dans l'esprit tourmenté de Peter. À la poursuite d'un artiste si désespéré qu'il vendrait son âme…

LA NATURE DE LA BÊTE

roman traduit de l'anglais (Canada)
par Lori Saint-Martin et Paul Gagné

Laurent Lepage est un gamin à l'imagination débridée. À Three Pines, pas un jour ne passe sans qu'il ne soit témoin de phénomènes étonnants : invasion d'extraterrestres, arbres qui marchent ou autres dinosaures nageant dans l'étang… Aussi, lorsque le garçon de neuf ans découvre un canon géant dissimulé au cœur de la forêt, personne ne l'écoute. Pas même Armand Gamache, qui a pris sa retraite au village. Quand l'enfant est retrouvé mort quelques jours plus tard dans un fossé et que les enquêteurs localisent un gigantesque lance-missiles, l'ex-inspecteur-chef comprend que le petit fabulateur a dit vrai cette fois-ci et l'a payé de sa vie. Mais qui, parmi les habitants, a pu commettre cet odieux crime ? Et comment expliquer la présence d'une arme de destruction massive dans la paisible bourgade ? Alors que s'engage une traque effrénée, digne des plus grands romans d'espionnage, les pires craintes de Gamache semblent se confirmer. Un monstre est venu autrefois semer le malheur à Three Pines. Et il pourrait bien être de retour.

SUCCION

roman traduit de l'islandais
par Catherine Mercy et Véronique Mercy

Assise sur les marches glaciales devant l'entrée de sa nouvelle école, Vaka regrette de n'avoir pas mis un manteau plus chaud. Apparemment, son père a oublié de venir la chercher, sa mère a oublié de lui donner de l'argent de poche cette semaine et l'école est déjà fermée. On ne peut décidément pas se fier aux adultes. Résignée à attendre, elle voit bientôt une petite fille approcher. Vaka la reconnaît tout de suite : elle est dans sa classe, c'est celle à qui il manque deux doigts. La petite fille habite juste derrière l'école, alors Vaka lui demande si elle peut venir chez elle passer un coup de téléphone pour appeler son père. Plus personne ne reverra jamais Vaka.

Dégradé et relégué au plus bas de l'échelle après les polémiques qui ont entouré sa dernière enquête, l'inspecteur Huldar doit se contenter des chiens écrasés. Jusqu'au jour où on le charge d'une vérification de routine qui bascule dans l'horreur lorsque, après un signalement anonyme, il trouve deux mains coupées dans le jacuzzi d'une maison du centre-ville. Huldar ignore encore que cette mutilation n'est que la première d'une longue série.

Après *ADN*, Huldar et Freyja, la psychologue pour enfants, reprennent du service dans une de ces intrigues glaçantes et addictives dont Yrsa Sigurðardóttir a le secret.

ABSOLUTION
roman traduit de l'islandais
par Catherine Mercy et Véronique Mercy

C'est par des vidéos transmises sur Snapchat à tous les contacts de la victime que la police islandaise est avertie d'un crime. On y voit la jeune Stella, terrifiée, demander pardon avant sa mise à mort. Quelques jours plus tard, près du corps, un papier sur lequel est seulement écrit le chiffre "2" sera retrouvé.

L'inspecteur Huldar est chargé de l'enquête, et la psychologue pour enfants, Freyja, doit l'aider à mener les interrogatoires des amies de l'adolescente. Très vite, tous deux comprennent que Stella était loin d'être l'ange que beaucoup décrivent. Mais qui aurait pu en vouloir à une lycéenne au point de la tuer ?

Peu après, un jeune homme est enlevé chez lui, en l'absence de ses parents. Là encore une feuille est découverte sur les lieux de la disparition : y est inscrit le chiffre "3". Jusqu'où la série se poursuivra-t-elle ? Et qu'en est-il de la victime numéro 1 ?

Dans cette nouvelle enquête haletante, Yrsa Sigurðardóttir met en lumière un drame terriblement actuel, qui touche tous les pays, tous les pans de la société et toutes les classes, celui du harcèlement en milieu scolaire et, plus difficile à endiguer encore, sur les réseaux sociaux.

Pour en savoir plus sur la collection Actes noirs,
tous les livres, les nouveautés, les auteurs, les actualités,
lire des extraits en avant-première :

actes-sud.fr
facebook/actes noirs

OUVRAGE RÉALISÉ
PAR L'ATELIER GRAPHIQUE ACTES SUD
ACHEVÉ D'IMPRIMER
SUR ROTO-PAGE
EN SEPTEMBRE 2020
PAR L'IMPRIMERIE FLOCH
À MAYENNE
POUR LE COMPTE DES ÉDITIONS
ACTES SUD
LE MÉJAN
PLACE NINA-BERBEROVA
13200 ARLES

DÉPÔT LÉGAL
1ᵣ ÉDITION : NOVEMBRE 2020
N° impr. : 96772
(Imprimé en France)